「어때? 이상하지 않아?」

이세계는 스마트폰과 함께.21

일생일대의 이벤트가

마침내 시작된다——!

「2학년 C반 교실에서 점을 봐드립니다—!」

교문을 지나자 사람들의 떠들썩한 웅성거림과 함께

학생들이 손님을 끄는 목소리가 여기저기에서 들려왔다.

힘이 넘치네.

이세계는 스마트폰과 함께. 21

후유하라 파토라 illustration ■우사츠카 에이지

캐릭터 소개

모치즈키 토야

하느님의 실수로 이세계로 가게 된 고등학교 1학년(등장 당시). 기본적으로는 너무 소란을 피우지 않고 흐름에 몸을 내맡기는 스타일, 무의식적으로 분위기 파악을 하지 못한 채, 은근히 심한 짓을 한다.
무한한 마력에 모든 속성 마법을 가지고 있으며, 무속성 마법을 마음대로 사용하는 등, 하느님 효과로 여러 방면에서 초월적. 브륀힐드 공국 국왕.

벨파스트 유미나 에르네아

벨파스트의 왕녀. 열두 살(등장 당시). 오른쪽이 파란색, 왼쪽이 녹색인 오드아이. 사람의 본질을 꿰뚫어 보는 마안의 소유자. 바람, 흙, 어둠이라는 세 속성을 지녔다. 활이 특기. 토야에게 한눈에 반해, 무턱대고 강하게 다가갔다. 토야의 신부가 될 예정.

에르제 실레스카

토야가 구해 준 쌍둥이 자매의 언니, 양손에 건틀릿을 장비하고 주먹으로 싸우는 무투사. 직설적인 성격으로 소탈하다. 신체를 강화하는 무속성 마법 【부스트】를 사용할 줄 안다. 매운 것도 좋아한다. 토야의 신부가 될 예정.

린제 실레스카

쌍둥이 자매의 여동생. 불, 물, 빛이라는 세 속성을 지닌 마법사. 빛 속성은 별로 잘 사용하지 못한다.
굳이 따지자면 낯을 가리는 성격으로 말이 서툴지만 가끔 대담해진다. 단 음식을 좋아한다. 토야의 신부가 될 예정.

코코노에 야에

일본과 비슷한 먼 동쪽의 나라, 이센에서 온 무사 소녀. 존댓말을 사용하지만 매우 오랜 세월을 살았다. 자칭 612세. 마법의 천재. 사람을 놀리기를 좋아한다. 어둠 속성 마법 이외의 여섯 가지 속성을 지녔다. 토야의 신부가 될 예정.

루시아 레아 레굴루스

애칭은 루. 레굴루스 제국의 제3 황녀. 유미나와 같은 나이. 제국 반란 사건 때에 자신을 도와 준 토야에게 한눈에 반했다. 쌍검을 사용한다. 유미나와 사이가 좋다. 요리 재능이 있다. 토야의 신부가 될 예정.

스우 오르트린데 에르네아

애칭은 스우. 열 살(등장 당시). 자객에게 습격당하고 있을 때 토야가 구해 주었다. 벨파스트 국왕의 조카, 유미나의 사촌. 천진난만하고 호기심이 왕성하다. 토야의 신부가 될 예정.

힐데가르드 미나스 레스티아

애칭은 힐다. 레스티아 기사 왕국의 제1 왕녀. 검술에 능하며 '기사 공주' 라고 불린다. 프레이즈에 습격당할 때 토야에게 도움을 받고 한눈에 반한다. 긴장하면 말을 더듬는 습관이 있다. 야에와 사이가 좋다. 토야의 신부가 될 예정.

린

전(前) 요정족 족장. 현재는 브륀힐드의 궁정마술사(잠정). 어려 보이지만 매우 오랜 세월을 살았다. 자칭 612세. 마법의 천재. 사람을 놀리기를 좋아한다. 어둠 속성 마법 이외의 여섯 가지 속성을 지녔다. 토야의 신부가 될 예정.

사쿠라

토야가 이센에서 주운 소녀. 기억을 잃었었지만 되찾았다. 본명은 파르네제 포르네우스. 마왕국 제노아스의 마왕의 딸이다. 머리에 자유롭게 빼낼 수 있는 뿔이 나 있다. 감정을 겉으로 잘 드러내지 않지만, 노래를 잘하며 음악을 매우 좋아한다. 토야의 신부가 될 예정.

폴라

린이 【프로그램】으로 만들어 낸 곰 인형으로, 마치 살아 있는 것처럼 움직인다. 200년 동안 계속 움직이고 있으며, 그사이에도 개량을 거듭했다. 그 움직임은 상당한 연기파 배우 수준. 폴라…… 무서운 아이!!

코하쿠

토야의 첫 번째 소환수, 백제라고 불리는 서쪽과 큰길의 수호신으로 짐승의 왕, 신수(神獸), 평소엔 새끼 호랑이 크기로 다니며 눈에 띄지 않게끔 한다.

산고&코쿠요

토야의 두 번째 소환수, 두 마리가 한 세트, 현제라고 불리는 신수, 비늘의 왕, 물을 조종할 수 있다. 산고가 거북이, 코쿠요가 뱀.

코쿄쿠

토야의 세 번째 소환수, 염제라고 불리는 신수, 새의 왕, 침착한 성격이지만, 외모는 화려하다. 불꽃을 조종한다.

루리

토야의 네 번째 소환수, 창제라고 불리는 신수, 푸른 용으로, 용의 왕, 비꼬기를 잘하고, 코하쿠와는 사이가 나쁘다. 모든 용을 복종시킬 수 있다.

모치즈키카렌

정체는 연애의 신, 토야의 누나를 자처하는 중, 천계에서 도망친 종속신을 포획해야 한다는 대의명분으로, 브륀힐드에 눌러앉았다. 느긋한 말투, 패 게으르다.

모치즈키모로하

정체는 검의 신, 토야의 두 번째 누나를 자처한다, 브륀힐드 기사단의 검술 고문에 취임, 늠름한 성격이지만 조금 천연스럽다, 검을 쥐면 대적할 상대가 없다.

프란셰스카

바빌론의 유산 '정원'의 관리인, 애칭은 세스카, 메이드복을 착용, 기체 넘버 23, 입만 열면 야한 농담을 한다.

하이로제타

바빌론의 유산, '공방'의 관리인, 애칭은 로제타, 작업복을 착용, 기체 넘버 27, 바빌론 개발 청부인.

벨플로라

바빌론의 유산 '연금동'의 관리인, 애칭은 플로라, 간호사복을 착용, 기체 넘버 21, 목욕 간호사.

프레드모니카

바빌론의 유산 '격납고'의 관리인, 애칭은 모니카, 위장복을 착용, 기체 넘버 28, 입이 거친 꼬마.

프레리오라

바빌론의 유산 '성벽'의 관리인, 애칭은 리오라, 블레이저를 착용, 기체 넘버 20, 바빌론 넘버즈 중 가장 연상, 바빌론 박사의 밤 시중도 담당했다, 남성은 미경험.

파메라노엘

바빌론의 유산, '탑'의 관리인, 애칭은 노엘, 체육복을 착용, 기체 넘버 25, 계속 잔다, 먹고 자기만 한다, 기본적으로 게으르고 뭐든 귀찮아하는 성격.

이리스팜므

바빌론의 유산 '도서관'의 관리인, 애칭은 팜므, 세일러복을 착용, 기체 넘버 24, 활자 중독자, 독서를 방해하면 싫어한다.

리루루파르셰

바빌론의 유산, '창고'의 관리인, 애칭은 파르셰, 무녀 복장을 착용, 기체 넘버 26, 덜렁이, 게다가 자각이 없다, 깜빡하고 저지르는 실수가 잦다, 잘 넘어진다.

아틀란티카

바빌론의 유산, '연구소'의 관리인, 애칭은 티카, 흰옷을 착용, 기체 넘버 22, 바빌론 박사 및 넘버즈의 유지보수를 담당하고 있다, 극심한 어린 여자아이 취향.

레지나바빌론박사

고대의 천재 박사이자 변태, 공중 요새 '바빌론'을 비롯한 다양한 아티팩트를 만들어 냈다, 모든 속성을 지녔다, 기체 넘버 29번의 몸에 뇌를 이식하여 5000년의 세월을 넘어 부활했다.

지금까지의 줄거리

 하느님이 특별히 마련해 준 스마트폰을 들고 이세계에 오게 된 소년, 모치즈키 토야. 두 세계가 휘말렸던 사신과의 싸움은 막을 내렸다. 토야는 세계신에게 그 공적을 인정받아 하나가 된 두 세계의 관리자가 되었다. 언뜻 보기엔 평화가 찾아온 것처럼 보이는 세계. 하지만 세계에는 아직도 혼란의 씨앗이 남아 있었으며, 세계의 관리자가 된 토야는 거듭 말려드는데……

이세계는 스마트폰과 함께.

세 계 지 도

표지 · 본문 일러스트
우사츠카 에이지

"청첩장은 이걸로 완료…….."

"그럼 【게이트 미러】로 보내겠습니다. 그리고 성 아랫마을에 계신 분들에게는 기사단이 직접 건네드리겠습니다."

"잘 부탁드립니다."

두꺼운 봉투 뭉치를 들고 집사 라임 씨가 깊이 고개를 숙였다. 후우, 어깨 아파. 봉랍을 이렇게 한꺼번에 찍기는 처음이다. 이것만큼은 메시지로 알릴 수 없는 일이니까.

원래는 이 청첩장을 보내면 참가할지 참가하지 않을지 상대가 답신을 보내고, 그에 맞춰 내가 당일에 각 나라와 당사자가 있는 곳에 【게이트】를 열 예정이었다. 그런데 굳이 신랑이 할 필요가 없다며 토키에 할머니가 대신해 주시기로 했다. 공간 전이 마법이라면 나보다 실력이 뛰어나니 토키에 할머니 이상의 적임자는 없다. 그저 고마울 뿐이다.

나는 스마트폰을 꺼내 전에 만든 체크 리스트를 열었다.

"이제는…… 답례품인가?"

이 세계에는 답례품이란 관습은 없다. 하지만 지방에 따라서는 작은 선물을 인사차 건네는 관례도 있는 등 완전히 그런 관습이 없지는 않은 모양이라 우리는 답례품을 건네기로 했다. 일본에서는 평범한 일이기도 하니까.

그런데 답례품으로는 뭘 주면 될지. 우리 사진이 들어간 접시나 머그컵은 줘도 사용하지 않을 테고, 오히려 짓궂은 짓 같다는 생각도 든다.

"답~례~품~. ……앗. 카탈로그를 주고 거기서 고르게 하는 방법도 있나?"

스마트폰으로 검색해 보니 다양한 카탈로그가 소개된 사이트도 있었다.

의외로 이거 괜찮을지도 모르겠어. 카탈로그의 상품 중에서 각자 원하는 물건을 결정해 달라고 하면 된다.

하지만 하객은 왕후 귀족이나 부자들이 많으니 가방이나 식기처럼 평범한 상품이면 카탈로그에 실어도 그다지 가지고 싶지 않을지도 모른다.

그렇다면 진귀한 물건을 골라서 실어야 하겠네. 마사지 의자라든가?

음식도 괜찮겠어. ……인스턴트 카레라든가……. 아니지, 답례품인데 인스턴트 카레는 좀 그런가? 앗, 용고기라면 기뻐할지도 몰라.

아니면 검이나 갑옷을 더 기뻐할까? 또는 마법을 부여한 액세서리라든가? 신분이 높은 사람들이라면 해독이나 방어 마법이 부여된 마도구는 군침이 돌지도 모른다.

 으으음, 잘 정리가 안 되네.

"잠깐 기분 전환이라도 할까?"

 나는 스마트폰을 품에 넣고 방을 나섰다. 그리고 어슬렁어슬렁 성안을 걸었다. 일도 없냐며 한마디 들을 듯하지만, 지금으로선 급한 일이 없다. 원래 작은 나라이기도 하고 인재가 모여 있기도 하니까.

 복도 청소를 하는 메이드들에게 인사를 하면서 나는 밖으로 나갔다. 평소와 다름없이 훈련장에서는 기사단 사람들이 훈련에 매진하고 있었다. 목검을 서로 맞부딪치는 사람, 묵묵히 근육을 단련하는 사람, 각자의 기술을 확인하는 사람. 모두 열심히 노력하는 중이었다.

"어?"

 훈련장 구석 벤치에 혼자 앉아 멍하니 하늘을 바라보는 소녀가 보였다. 에르제다. 벤치 옆에는 물통과 건틀릿이 놓여 있었다. 휴식 중인가?

 나를 전혀 눈치채지 못한 듯해서 살짝 놀려 주려고 나는 살금살금 벤치 뒤로 돌아갔다.

 그리고 뒤에서 에르제의 두 눈을 가리려고 살짝 다가갔다.

"누구게……에엑?!"

"어?! 뭐야, 토야였어?!"

 눈을 가리려고 했는데 그 전에 내 얼굴로 에르제의 주먹이 날아왔다. 뻐억! 소리가 시원스러워?! 코가 부러지지 않았을까?

"미, 미안! 나도 모르게 반사적으로……! 일부러 그런 거 아냐."

"알아……. 내가 잘못한 거야……."

달콤한 연인들처럼 화기애애한 전개는 바라지도 말았어야 했다. 어? 코피가 나네……. 자신의 피를 보긴 정말 오랜만 아닌가? 꽤 튼튼해졌다고 생각했는데…….

"【빛이여 오너라, 평안한 치유, 큐어힐】."

얼굴에 회복 마법을 거는 처지가 될 줄이야. 에르제를 놀랠 생각이라면 다음부터는 조심하자.

"응, 멈췄네. 미안해."

"아냐. 내가 에르제를 놀라게 한 게 잘못이지. 멍~하게 있길래 그런 건데. 무슨 일 있었어?"

"무슨 일이 있었던 건 아닌데……. 내가 결혼을 한다고 생각을 하니 여러 감정이 교차해서……."

쓴웃음을 짓듯이 크게 한숨을 쉬는 에르제. 그 옆에 앉아 있던 나는 조금 가슴이 두근거렸다.

이, 이건 흔히 말하는 '결혼 전 증후군' 인 건가……?!

결혼을 앞둔 사람이 결혼생활이 불안해 우울한 감정을 느끼고 최악의 경우에는 결혼을 파기하기까지 이른다는 그……?!

어, 어, 어, 어떻게 하면 되지?!

"무, 무슨 불안한 일이라도 있어……?"

"불안한 일? 그야 많지."

많나요?! 어쩌냐. 땀이 막 쏟아져.

"명색에 왕비가 되는 거잖아. 흠이 될 행동은 자제해야 하고 게다가 아, 아이가 태어나면 왕자나 공주로 반듯하게 교육해야 하니……. 내가 그런 일을 할 수 있을까 하는 생각이 들어서. 이런저런 생각을 하는 사이에 불안이 점점 커지더라고……."

"흐압!"

"아야얏?!"

나는 에르제의 머리에 춉을 날렸다.

"지나친 생각이야. 왕비라고 어깨에 힘이 들어갈 필요 없어. 내가 국왕인데? 새삼스럽게 격식 차릴 필요 없잖아? 에르제는 에르제답게 왕비가 되면 돼. 아이도 혼자 키우는 게 아니잖아. 나도 있고, 여덟 명이나 엄마가 더 있어. 아무 걱정 안 해도 돼. 괜찮아. 전부 다 잘 될 거야. 꼭 행복하게 해 줄게. 많은 하느님들이 보증해 주고 있어."

머리를 맞은 에르제는 한동안 멍하니 있었지만 곧 작게 미소 지었다.

"후후, 그게 뭐야. 하느님들 얘기가 나오면 불안해지고 싶어도 그럴 수 없지. 치사하게."

치사하면 어때? 좋아하는 아이의 불안을 없애는 일이니 하느님도 용서해 주실 거야.

에르제는 언제나 밝게 웃어 줬으면 했다. 이 미소는 내 등을 밀어주는 힘이니까.

"아무튼 혼자서 고민하지 마. 앞으로는 계속 내가 옆에 있잖아."

"그러네. 속이 뻥 뚫린 기분이야. 나답게 행동하면 되는 거지? 모두가 함께라면 무슨 일이 있어도 무섭지 않아."

에르제가 벤치에서 일어서서 크게 기지개를 켰다. 그리고 돌아보며 내가 보고 싶었던 미소를 지어 주었다.

"고마워, 토야."

"아내의 고민을 들어 주는 것도 남편이 할 일이니까. 이렇게 해서 해결된다면 이 정도야 아무 일도 아니지."

"아, 아내라니……?! 무, 무슨 소릴 하는 거야! 아, 아직 결혼 안 했으니, 아내는 아니잖아?! 부끄럽게!"

얼굴을 새빨갛게 물들인 에르제는 빙글 돌아 나에게 등을 보이더니 빠르게 달려가 버렸다. 에구, 너무 오버한 건가?

그래도 화가 난 건 아니니 괜찮겠지.

"맞다. 답례품을 어떻게 할 지 상의할 걸 그랬어. 까맣게 잊었네……."

"음? 토야 님. 햇볕을 쬐고 계시는지요?"

실수했다며 벤치에서 반성하는데, 눈앞에 야에와 힐다 콤비가 목검을 들고 나타났다. 여전히 사이가 좋구나. 아무래도 두 사람은 훈련하러 온 듯했다.

아까 에르제도 그랬으니, 두 사람도 무슨 걱정이 없는지 한 번 물어보자.

"결혼을 해서 불안한 점은……."

"불안 말입니까?"

두 사람은 서로 얼굴을 마주 보고는 고개를 갸웃하며 잠시 고민했다. 아니, 없으면 됐어. 그래야 더 안심되니까.

한참 생각하더니 야에가 주먹으로 손바닥을 탁 쳤다.

"아, 그러고 보니 하나 신경 쓰이는 점이 있습니다."

"어? 뭐, 뭔데?"

"결혼식에 나오는 요리……. 신부는 먹으면 안 되는지요……?"

그거냐. 야에답다면 야에다운 고민이지만.

이어서 힐다가 작게 앗, 하고 외치며 말했다.

"저, 저는 그러니까, 이, 임신하면 그동안에는 격렬한 운동을 못 하니 몸이 둔해지지 않을지 좀 걱정이 돼요……."

너무 이른 걱정이 아닐까. 물론 너무 격렬한 운동은 자제했으면 하는 마음은 있지만.

다행히 이 두 사람은 에르제만큼 고민하고 있지는 않은 듯하다. 좀 안심이 된다.

"그런데 왜 그런 질문을 하셨는지요?"

"결혼하기 전에는 생각이 많아지는 모양이라서. 문제가 있으면 지금 해결하려고."

"결혼에 관해서라면 앞으로 생각할 일이 많을 거예요. 분명히 수많은 고난이 우리를 덮치겠죠. 하지만 사랑의 힘과 강한 마음이 있다면 모두 극복할 수 있다고 저는 확신해요."

"그, 그러네."

힐다는 눈을 반짝이면서 콧김을 거칠게 내쉬었다. 얘는 시련이나 역경이 닥치면 더 불타오르는 성격이니까. 결혼 전 증후군과는 무관할지도 모른다.

"소인은 모두를 믿습니다. 틀림없이 어떤 문제든 모두 다 같이 해결할 수 있을 겁니다."

나도 야에와 같은 생각이다. 이 아이들은 그 무엇보다도 화합을 중요하게 여긴다. 야에는 이미 우리를 새로운 가족으로 생각하겠지. 항상 자연스러운 모습. 그게 야에의 장점이다.

그렇다면 에르제의 쌍둥이 여동생은 어떨지, 조금 신경이 쓰인다.

"린제는 어디 있어?"

"린제 님 말씀입니까? 요즘에는 토키에 님과 자주 같이 있더군요."

그러고 보니 자주 발코니에서 뜨개질을 배웠었지?

두 사람의 훈련에 방해가 되기도 하고 린제가 어떤지 궁금하기도 해서 나는 【텔레포트】로 린제가 자주 있는 발코니로 이동했다.

그곳에 가 보니 의자에 앉아 열심히 뜨개질하는 린제의 모습이 보였다.

내가 다가가는데도 눈치채지 못할 만큼 뜨개질에 열중하고 있었다. 엄청난 집중력이야.

말을 걸려다 말고 나는 잠시 린제가 뜨개질하는 모습을 넋 놓고 바라보았다. 최선을 다해 노력하는 모습이 아름답게 느껴졌기 때문이다.

"……? 앗, 토야 씨? 언제 오셨나요?"

"미, 미안. 말을 걸기가 힘들어서……."

아무래도 넋 놓고 바라보았다고는 말하기 힘들어 나는 나를 눈치챈 린제에게 말을 얼버무리고 말았다.

내가 테이블의 맞은편 자리에 앉자, 린제는 작게 고개를 갸웃했다.

"무슨 일, 있나요?"

"아니, 별일은 아닌데……."

별일이 아니지 않을지도 모르지만. 이제 결혼하게 되는데 혹시 불안한 일은 없는지 직접 물어보았다.

"불안, 말인가요? 물론 불안은 많지만, 지금은 그보다도 기대되어 두근거리는 마음이 더 강한, 느낌이에요."

"두근거리는 마음?"

"네. 토야 씨랑 다른 약혼자들이 정식으로 한 가족이 되는 거고, 아이들이 태어나면 다 같이 추억도 쌓게 될 테니……. 미래가 기대되어, 두근거려요."

불안보다 미래에 대한 기대가 더 크다는 말인가?

"그런데 왜 갑자기 그런 질문을 하세요? ……아하, 언니를, 만나셨군요?"

"어? 어떻게 그걸…… ."

"요즘 어딘가 산만해 보여서요. 언니는 생각하기 시작하면, 오래 고민하는 습관이 있어요. 하지만 일단 결정하면 더는 고민하지 않으니 괜찮아요."

역시 쌍둥이의 여동생. 언니를 정확히 파악하고 있다.

그런데 아까부터 궁금했는데 말입니다. 테이블에 쌓여 있고, 지금도 짜고 있는 '그것'은 혹시…… .

"네. 이게 넥워머고 이게 니트모자, 예요."

나는 테이블에 있던 작은 모자를 집어 들었다. 부드럽고 촉감이 좋은 실로 짠 그것은 아무리 생각해도 아기용이었다. 그 외에도 롬퍼스, 양말, 턱받이, 아기 니트…… 너무 많지 않아?!

"아홉 명 분량, 이니까요."

"아니, 그래도. 너무 이르지 않을까……?"

"빠르면 빠를수록 좋지 않을, 까요?"

그래도 아직 '그런 일'도 안 했는데…… . 동시에 태어날 리도 없고.

뭐라고 할까. 린제는 '새색시'를 뛰어넘어 '어머니'가 된 느낌이야. 벌써 모성 본능이 활발히 작동하는 건가? 너무 지나치다는 생각도 드는데.

물론 나쁜 일은 아니지만.

그렇지. 린제한테 답례품 이야기를 해 보자.

"답례품이요……? 하객에게 나눠 주는 증정품이었던가요? 뭐가 좋을지 저도 잘 모르겠지만……. 과자는, 어떤가요?"

과자라……. 너무 간소한 것 같기도 하지만 나쁘다고도 할 수 없나? 고급 재료를 사용한 호화로운 케이크라면 기뻐할지도 모르고.

"그 외엔 뭐가 좋을까?"

"음~. 그렇지. 오늘은 스우도 자고 가는 날이니 그때 모두에게 물어보면 되지 않을까요?"

린제가 좋은 생각이라는 듯이 손뼉을 쳤다. 흠……. 그럼 그렇게 할까?

다 같이 같은 방에서 자는 '숙박 모임'도 이제는 익숙해졌다. 나만 항상 소파에서 자긴 하지만. 이제는 결혼할 때까지 이 스타일을 고수하려고 합니다. 한심하다고 웃으려면 웃든가. 잘 자라는 키스는 모두에게 해 주고 있으니 나는 만족이다.

일단 약혼자 모두의 의견을 듣고 카탈로그 리스트를 만들자. 금액은 어느 정도 선으로 해야 좋을까? 이건 코사카 씨한테 물어봐야 할까. 신경 쓸 일이 많아도 너무 많아. 결혼식은 참 힘든 거구나…….

"간단한 마도구가 좋지 않을까? 스마트폰의 음악 기능만을 오르골에 부여한다든가."

"그거 좋아. 아마 가지고 싶어 할 거야."

검은 잠옷을 입은 린의 의견을 듣고 분홍색 잠옷을 입은 사쿠라가 찬성했다. 음악 플레이어인 건가. 귀족은 기뻐하려나? 아니지. 자신만의 악단을 보유한 수준의 귀족은 별로 가지고 싶지 않을지도 몰라. 일단 스마트폰에 메모해 두자.

이번에도 우리는 거대한 침대 위에서 대화를 나누었다. 덧붙이자면 침대 아래에서는 코하쿠, 산고&코쿠요, 코교쿠, 루리, 폴라, 아르부스 등의 수행단 일단이 내가 만들어 준 지구의 보드게임을 하며 놀았다. 냥타로는 사쿠라네 어머니인 피아나 씨를 호위해야 해서 오지 않았다.

〈음?! 루리! 이 자식이! 거긴 내가 노렸던 토지다!〉

〈알게 뭐야. 먼저 차지하면 임자지. 그럼 여기에 마을을 세워야겠군.〉

섬을 개척해 마을과 도시를 세우고 먼저 포인트를 모은 사람이 승리하는 게임의 확장판인데 상당히 열기를 띤 모양이다. 그런데 주사위를 어쩌면 저렇게 잘 던지는 건지.

일단 이 게임도 카탈로그 리스트에 올려 둘까.

에르제를 보고 결혼 전 증후군을 걱정했지만, 다행히 스우가 살짝 향수병에 걸린 정도에 불과해 마음이 놓였다.

정확히는 향수병이라기보다 결혼을 하면 부모님인 오르트린데 공작 부부나 태어난 지 얼마 되지 않은 남동생인 에드워드, 그리고 계속 자신을 돌봐주었던 집사 레임 씨와 헤어지게 되어 쓸쓸한 모양이었다.

전이문으로 언제든 마음껏 부모님을 찾아가도 좋다고 이야기해 둔 덕분에 불안감은 어느정도 가신 모양이다.

"나는 모두와 같이 새로운 가족을 이루는 것이 아닌가. 하나도 쓸쓸하지 않네."

강한 척이긴 해도 그렇게 말을 해 준 스우가 무척 사랑스러워서 나는 무심코 꼭 껴안고 말았다. 절대 이 아이를 쓸쓸하게 만들기 않겠어. 그랬다간 오르트린데 공가에게도 면목이 없으니까.

"저라면 호화로운 조리 세트를 가지고 싶을 거예요."

"음~. 그렇지만 그건 요리사가 갖고 싶은 물건 아닐까요?"

루와 유미나가 그런 이야기를 했다. 유미나 말대로 왕후 귀족 중에 요리가 취미인 사람은 별로 없지 않을까? 그런데 우리 결혼식에는 귀족이 아닌 일반인…… 이를테면 '은월'의 미카 누나나 도란 씨, '무기점 웅팔'의 바랄 씨, 카페 '파렌트'의 아에루 씨 등도 초대했다.

그분들이라면 가지고 싶을 가능성이 크다. 실용적이고, 일에도 사용할 수 있을 테고. 일단 포함해 두자.

"그런데 '지구'에서는 어떤 답례품을, 주나요?"

"응? 한번 볼래?"

나는 린제의 질문을 받고, 스마트폰으로 검색한 카탈로그의 일부를 공중에 투영해 보여 주었다.

주로 요리와 음식 재료였다. 당연하다는 듯이 반응한 사람은 야에와 루였다.

"오오. 이 고기 요리, 아주 맛있어 보입니다……."

"정말이에요! 한번 먹어 보고 싶어요!"

"신혼여행으로 지구에 가면 먹어 보자."

세계신님의 허가는 받았다. 형식상으로는 어디까지나 신입 신과 그 권속의 연수 여행이었지만.

그날 밤에 우리는 밤늦게까지 답례품 카탈로그에 포함할 리스트 작성을 위해 많은 대화를 나누었다. 약혼자들과 보내는 밤이라기엔 조금 무미건조하기는 하다.

더 친밀하게 보내도 되지 않았을까 하고 조금 반성했다. 으음.

카탈로그 리스트가 완성되어 【드로잉】으로 인쇄를 하고, '공방'에서 제본하여 책으로 만들었다. 이 안에서 원하는 물건을 골라 부속된 엽서에 적으면 엽서가 브륀힐드로 전송된다.

선물은 ABC코스로 나뉘어 있는데, A코스는 1개, B코스는 2개, C코스는 3개의 증정품을 선택할 수 있다.

가격에 따라 차등을 두었지만 대부분 직접 만든 물품이라 나로서는 가격 차이가 난다는 느낌이 들지 않지만.

그런 일이 있으리라고 생각하고 싶지는 않지만, 혹시나 팔지도 모르니 철저히 넘버와 성혼기념품이라는 각인을 새겨둘 생각이다. 우리가 선택한 하객에 한해 그런 사람은 없을 테지만.

자, 준비는 거의 끝났다. 이제는 1주일 후에 열리는 결혼식은 기다리면 그만이다.

배려라고 거창하게 말할 수는 없지만, 나는 약혼자들 모두를 태어나고 자란 본가로 돌려보냈다.

에르제, 린제 자매는 리프리스의 숙부님이 있는 농장으로. 야에는 오에도의 도장을 운영하는 본가로, 유미나는 벨파스트의 성으로. 스우도 오르트린데 공작 댁으로, 루와 힐다도 레굴루스와 레스티아의 왕가로. 사쿠라도 어머니와 함께 마왕국 제노아스에 있는 스피카 씨의 집으로 갔다. 태어나고 자란 집이니까. 마왕 폐하가 들이닥쳤다고 하지만……

린은 본가라고는 할 수 없지만 미스미드의 고향으로 돌아갔다. 당연히 폴라도 같이 갔다.

각자 가족이나 친구들과 함께 독신 시절의 마지막 시간을 즐겁게 보내 줬으면 한다.

그런데 좀 그러네. 약혼자들이 사라진 순간 갑자기 조용해졌어. 아침 식사 시간에도 조금 허전했고.

모로하 누나와 타케루 삼촌은 아침 일찍부터 훈련을 했고, 코스케 삼촌은 밭을 보러 갔다. 카리나 누나도 아침 일찍부터 사냥을 떠난 데다, 카렌 누나와 스이카는 일어나지도 않았다. 우리 집안의 하느님 패밀리는 마음 내키는 대로 행동하니까.

소스케 형은 있었지만…… 말을 안 하니……. 신경을 써 준 것인지 에드바르 그리그가 작곡한 '아침'을 연주해 줬지만, 아침을 먹으면서 바이올린을 켜면 힘들지 않나?

그래서 계속 토키에 할머니하고만 이야기했다.

토키에 할머니는 평소에 성의 발코니에서 세계의 결계를 복구했지만(겉보기에는 뜨개질을 하는 모습으로밖에 안 보인다), 그 이외에는 성의 메이드들과 이야기하거나 산책을 한다며 성 아랫마을을 이리저리 둘러보기만 했다.

겉보기에는 평범한 할머니라 사람들도 친숙해진 모양이었다. 이것도 신의 힘……인 걸까?

아침 식사를 마치니 갑자기 한가해졌다. 코사카 씨가 결혼식&신혼여행이 끝나기까지 오랜 휴가를 준 덕분에 할 일이 없었다.

"코하쿠…… 한가하네."

〈좋은 일이 아닐지요?〉

그야 그렇지. 그렇긴 한데. 나는 소파에서 뒹굴거리며 코하쿠의 머리를 쓰다듬었다. 갑자기 나이를 확 먹은 느낌인데. 툇마루에서 햇볕을 쬐는 고양이와 할아버지 같아.

안 되지. 아직 그럴 나이는 아니잖아. 외출하자. 응, 그러자.

새끼 호랑이 형태인 코하쿠를 안고 나는【텔레포트】로 이동했다. 이동한 곳은 내겐 익숙한 브륀힐드 모험자 길드의 뒤뜰이었다. 모험자들이 훈련장으로 사용하거나 사냥한 거대 마수를 손질할 때 사용하는 곳이다.

다행히 모험자들은 뒤뜰 구석으로 전이한 우리를 아무도 눈치채지 못한 듯해서, 나는 얼른 후드를 쓰고 길드 안으로 들어갔다.

브륀힐드의 모험자 길드는 상당한 성황이었다. 벨파스트 국왕과 레굴루스 제국 사이에 끼어 있는 이 근처에는 강한 마수가 없다. 이곳에 오는 모험자들의 대부분은 전이문 너머에 있는 던전이 목적이다.

사실 던전은 모험자의 랭크를 올리는 데는 적합하지 않다.

모험자 랭크를 올리려면 의뢰를 확실히 성공시켜 모험자 길드에 공헌해야 한다. 꾸준히 실적을 쌓으면 베테랑 레벨인 파란색 랭크까지는 도달한다. 하지만 던전 탐색과 마수 퇴치는 의뢰가 아니다. 어디까지나 모험자가 자기 의지로 던전에 들어가는 것뿐이다.

모험자들의 노림수는 던전에 잠들어 있는 보물과 그곳에 터를 잡고 있는 진귀한 마수들의 소재다. 가지고 돌아오면 상당한 벌이가 된다.

물론 'ㅇㅇ의 소재를 모아 오기' 같은 의뢰라면 길드 랭크도 오르지만 의뢰를 받아들였다가 실패하면 길드에게 벌금이나 경고 처분을 받을 가능성도 있다. 그러니 길드의 의뢰를 받지 않고 직접 필요한 사람에게 팔아야 더 이득이다.

길드도 소재를 사들이니 그런 점은 길드도 이해하고 있다고 해야 할지 뭐라고 할지.

결국 우리 나라의 길드에는 돈을 목적으로 오는 모험자가 많다는 말이다. 물론 하급 랭크 모험자가 할 만한 쉬운 의뢰는 꽤 많지만, 상급자, 파란색 랭크 이상을 노리는 사람들에게는 별로 구미가 당기지 않는 모험자 길드라고도 할 수 있다.

브륀힐드의 모험자 길드는 마을의 작은 규모에 비해 큰 편으로 접수처 세 곳에서 의뢰를 받았다. 나는 몇 번이나 방문한 곳이라 낯이 익은 접수원이 있는 카운터로 갔다.

"모험자 길드 브륀힐드 지부에 어서 오세요. 이번에는 어떤 일로…… 우와."

고양이 수인인 미샤 씨가 나와 발밑의 코하쿠를 보더니 곧장 정체를 파악하고 어색한 웃음을 지었다. 뭐야, 좀 상처받았어…….

"죄송합니다. 레리샤 씨 계신가요?"

"어~. 길드 마스터라면 2층에 있습니다. 잠시 기다려 주세요."

미샤 씨가 후다닥 서둘러 카운터 옆의 계단을 올라갔다. 아차. 전화로 연락하면 됐잖아. 잠시 기다리자 다시 타다닥 하는 소리를 내며 미샤 씨가 계단을 내려왔다.

"기다려 주셔서 감사합니다. 들어가시죠."

"죄송합니다. 실례하겠습니다."

나는 미샤 씨에게 가볍게 고개를 숙이고 길드의 계단을 올랐다. 그리고 2층 제일 안쪽의 세련된 문을 노크하고 안으로 들어갔다.

"어서 오십시오, 공왕 폐하. 이쪽으로 오시죠."

길드 마스터인 레리샤 씨의 권유대로 나는 정면 소파에 앉았다. 엘프는 언제 봐도 미인이다. 어딘가 모르게 움츠러든다.

"청첩장을 보내주셔서 감사합니다. 모험자 길드를 대표해 반드시 참가하겠습니다. 그런데 오늘은 무슨 일로 오셨는지요?"

"아, 그게 말이죠……."

레리샤 씨의 질문을 듣고 잠시 말문이 막혔다. 역시 한가하니 뭔가 할 일이 없냐고 묻기는 좀 그렇다.

"아, 그 모험자 아카데미는 어떻게 되고 있나 해서요. 특별히 문제는 없나요?"

"문제없습니다. 새로 모험자가 된 자는 대체로 아카데미에 들어가 2주간의 연수를 받거나 랭크업 시험을 받습니다. 그에 따라 신출내기는 최소한의 지식과 기술을 익히고, 실력자는 적합한 랭크를 부여받으니, 무모하게 의뢰를 받아들이는 사람도 줄었습니다."

"랭크가 높은 의뢰는 어떤가요?"

"그건 엔데 씨, 노른 씨, 그리고 니아 씨를 비롯한 '홍묘' 여러분이 해 주시고 계십니다. 주로 던전의 깊지 않은 곳에 강한 마수가 출현했을 때 정도이지만요."

어? 다들 랭크가 그렇게 높아졌다고?

"엔데 씨가 은색 랭크, 노른 씨와 니아 씨가 빨간색 랭크네요."

"어?! 엔데가 은색 랭크예요?!"

"네. 얼마 전에 던전에 나타난 미노타우로스 무리를 혼자서 해치워서요."

그 얘긴 처음 듣는다. 던전은 기본적으로 길드에 맡겨두니까. 으으음. 조만간 엔데도 금색 랭크가 될지도 모른다. 용기사를 가지고 있어 거수도 쓰러뜨릴 수 있을 테니까.

노른과 니아도 빨간색 랭크구나. 좋은 일인지도 모르지만 이래서는 내 일이 없을 듯했다.

결국 레리샤 씨와 이런저런 세상 이야기만 하고 길드 밖으로 나갔다.

이제 어쩌나. 다리는 절로 학교를 향해 움직였다.

사쿠라와 함께 피아나 씨가 제노아스로 돌아가 있어 학교에는 지금 교장 선생님이 없다. 일손이 부족하지 않을까 하는 생각이 들었다.

목조 건물인 학교에 도착한 나는 내 눈을 의심하는 광경을 보게 되었다.

철봉이나 미끄럼틀 같은 놀이기구가 설치된 운동장에서 아이들이 선생님들과 놀고 있었다. 그건 흐뭇한 광경이었지만, 그 아이들과 선생님들 사이에 안경을 쓴 소녀와 보라색의 작은 고렘이 있는데 이건 문제가 아닐까?

"앗, 토야~앙이네. 오랜만이야."

〈기긱.〉

"근데…… 너희가 왜 여기에 있어?"

보라색 왕관인 비올라와 그 마스터인 루나 트리에스테. 내가 '저주'를 걸고 석방했을 텐데.

"왜냐니. 선생님이라서?"

"뭐?!"

루나의 입에서 튀어나온 말을 듣고 나는 진심으로 놀랐다. 선생님?! 얘가?!

"앗, 사람을 뭐로 보고. 이래 봬도 아이들에게 아주 인기가 많아."

대체 이게 어떻게 된 거지? 피아나 씨가 없는 동안 아이들을 맡은 선생님 두 명에게 어떻게 된 일인지 들어 보기로 했다.

젊은 여성인 미에트 씨와 엘프 남성인 레이세일 씨. 피아나 씨 혼자서는 아이들을 다 돌볼 수 없어서 고용한 선생님들이다.

두 사람의 이야기를 들어 보니 불쑥 나타난 루나가 아이들과 놀아 주게 되었다고 한다. 그러자 어느새 아이들이 친근하게 따랐고 수업도 도와주게 되어 피아나 씨가 자신의 권한으로 채용했다는 모양이었다.

그러고 보니 코사카 씨를 통해 새로 직원을 고용했다는 이야기를 들은 것 같기도 하네……. 일단 이 학교는 국영이니까.

"그런데 어째서 네가……… 설마."

"아이들은 참 좋아. 순수하게 감사의 마음을 표현하거든. 어른은 어딘가 의무적으로 '고맙습니다'라고 말하지만, 이 아이들은 진심에서 우러나와 '고맙습니다'라고 말해. 그 말을 들으면 온몸에 소름이 돋으며 오싹거리지 뭐야. 우헤헤헤. 난 천직을 찾은 걸지도 몰라."

황홀한 표정으로 말하는 루나. 나는 애한테 다른 사람에게 감사의 말을 들으면 쾌감을 느끼는 '저주'를 걸었다. 완벽히 욕망을 향해 돌진하는 모습이잖아.

"이런 사람을 고용해도 괜찮나요? 아이들에게 악영향을 끼치지 않을까요?"

"아하하……. 하지만 아이들이 잘 따르기도 하고, 잘 돌보기도 하니까요. 비올라도 힘쓰는 일을 맡아 주고요."

엘프 선생님인 레이세일 씨가 쓴웃음을 지으며 대답했다. 제대로 돌보지 않으면 감사의 말을 못 들을 테니 당연한가. 얘는 말하자면 진지하게 쾌감을 목적으로 일하는 거지만.

"루나 선생님~. 같이 놀아요~."

"비올라도 같이 놀자~. 괜찮죠? 루나 선생님?"

"모래밭에 성 만들어 주세요, 루나 선생님."

서서 이야기하는 우리 곁으로 아이들이 잔뜩 몰려왔다. 그 대부분이 루나와 비올라를 둘러싸고 손을 잡아끌었다. 정말 잘 따르네……. 얘들아, 이 언니는 변태 중의 변태거든?

"그래. 그럼 다 같이 모래밭에 성을 만들까?"

"와~! 감사합니다, 루나 선생님~!"

"고마워요~!"

"으왓……?!"

감사의 말을 하는 아이들에게서 고개를 돌린 루나는 황홀함에 휩싸인 표정을 짓고 있었다. 우와. 그런 표정은 안 되지…….

"그, 그럼 모래밭으로 갈까?"

"네! 자, 비올라도 가자~!"

〈기긱.〉

아이들의 손에 이끌려 루나와 비올라가 모래밭으로 걸어갔다. ……왜 허벅지를 붙이고 비틀거리며 걷는 거야? 여러 가지로 위험하다는 생각이 든다.

"저렇게 반드시 감사의 말을 하라고 가르쳐 주고 있습니다."

"그거야 물론 중요한 일이겠지만요……."

어떤 만화에서 '고마워', '미안해', '좋아해'라는 세 가지 말은 타이밍을 놓치면 좀처럼 말을 하기 어렵다고 적혀 있었지? 그러니 그런 마음이 들면 제대로 전달하는 편이 좋다고.

감사의 마음을 솔직히 전할 줄 아는 아이는 올곧게 자랄 듯하지만…… 이래도 되는 건가?

루나가 욕망에 충실하게 행동하는 한 아이들을 소중하게 대하겠지만……. 일찍이 '광란의 숙녀'라 불렸던 인물이라고는 생각하기 힘들어. 옛날과 비교하자면 이쪽이 훨씬 나은 거야 당연한 일이지만.

학교에서도 내가 도울 일이 없어 보여 다른 장소로 이동하기로 했다. 조금 불안하긴 했지만…….

점심시간이 되어 오랜만에 '은월'에 가 보려고 발걸음을 옮겼다.

시간이 시간인 만큼 숙소 '은월'의 1층 식당은 사람들로 붐볐다. 여전히 성황이구나. 이곳의 요리는 싸고 맛있으니 당연하다면 당연한 일이다.

〈주인님, 저곳에 기사단 사람들이 있습니다.〉

"뭐?"

코하쿠의 말을 듣고 시선을 돌려보니 테이블에 앉아 식사하는 순찰 기사 중에 란츠의 모습도 보였다. 여전히 미카 씨를 보려고 들락거리는 모양이네.

갑옷을 입고 있지 않으니 비번인 건가? 일단 란츠의 정면 자리가 비어서 난 일단 그곳에 앉았다.

"……? 아니! 페, 페……!"

"쉿~. 신경 쓰지 말고 식사해 줘. 나도 밥을 먹으러 온 것뿐이니까."

난 크게 소리를 내려던 란츠를 제지했다. 소란스러워지면 좀 그러니까.

"어서 오세요. 주문은 결정…… 어?"

"쉿~."

내게 있는 곳으로 주문을 받으러 온 사람은 미카 누나였다. 웬일이지? 미카 누나는 대부분 주방에서 요리를 만드는 줄 알았는데.

"오늘은 특별해. 리플렛에서 아버지가 오셨거든. 네 결혼식에 초대됐잖아. 그래서 미리 오신 건데, 지금은 숙박비 대신 일을 하고 계셔."

"아버지한테 돈을 받아요……?"

"아버지긴 해도 우리 모두 숙소의 점주. 그런 점은 확실히 해야지."

엄격하다. 일은 하지만 결과적으로는 공짜로 머물고 있으니 그건 딸의 배려라 할 수 있을까. 도란 씨도 참 고생이구나.

"아버지 말고도 리플렛에서 오신 분들은 모두 여기서 묵고 계셔. 무기점 웅팔의 바랄 아저씨도, 도구점의 시몬 씨도."

저기요, 아직 일주일 남았는데요. 리플렛 가게는 괜찮은 걸까? 걱정되네.

"그래서, 주문은?"

"그럼 요일 런치 세트 부탁드려요. 코하쿠한테도 같은 거로요."

"알았어~."

미카 누나가 가지고 온 물을 두고 주방으로 돌아갔다. 내가 물을 마시며 목을 축이는 동안에도 눈앞의 란츠는 계속 미카 누나를 눈으로 좇고 있었다.

"……아직 고백 안 했어?"

"푸우읍?! 무, 무, 무슨 말씀을……?!"

눈에 띄게 당황하는 란츠. 정말 알기 쉬워. 레스티아 출신 사람들은 고지식하고 솔직한 사람이 많더라. ……선선대 왕인 웅큼한 할아버지를 제외하면.

"태도에 다 드러나. 눈치채지 못한 사람은 미카 누나 혼자가 아닐까?"

"카렌 님도 그렇게 말씀하셨습니다……."

역시나. 태도가 뻔히 보이니까.

미카 누나가 눈치를 못 챘다는 게 문제란 말이지. 일단은 마음을 전달해 호의가 있다는 사실을 알게 해야 하는데……. 내가 잘난 척 말할 처지는 못 되지만.

"본인보다도 아버지이신 도란 씨가 먼저 눈치채신 모양이에요……. 가끔 절 노려보십니다……."

저 아저씨는 무슨 짓을 하는 건지. 아니지. 잠깐만. 장수를 잡으려면 일단 말부터 공격하라잖아.

"란츠는 쇼기 둘 줄 알아?"

"쇼기 말인가요? 여기에 와서 시작했지만, 기사단 숙소에서 동료들과 자주 둡니다. 전술 훈련에도 도움이 되니까요. 그런데 왜 그러시나요……?"

"일단은 말을 공격하자."

"네?"

따악. 쇼기 말을 놓는 소리가 울렸다.

식사를 끝낸 나와 란츠는 점심시간이 끝나고 사람이 많이 줄어든 식당에서 서로 마주 보고 앉아 쇼기를 두었다.

두 번 대국을 해 보고 알았는데, 란츠는 실력이 강한 편이었다. 솔직히 말해 나보다도 강했다. 이대로는 승부조차 되지 않아 살짝 부정행위도 했다.

〈주인님. 7의 6 보(步)입니다.〉

〈알았어~.〉

테이블 아래에 있는 코하쿠가 텔레파시로 지시를 내렸다. 나는 코하쿠와 시각을 동기화한 다음에 스마트폰으로 쇼기 어플리케이션을 실행해 코하쿠에게 나의 부정행위를 돕게 했다.

간단히 말해 란츠는 지금 쇼기 어플과 대전하는 중이었다.

"으으음……."

그런 줄도 모르고 란츠는 고민하면서 쇼기를 두었다. 쇼기 어플의 랭크는 란츠의 실력에 맞춰 두었으니 겉보기에는 대등한 대전처럼 보이리라 생각한다.

힐끔. 주방을 바라보니 도란 씨가 우리를 슬쩍슬쩍 보고 있었다. 신경 쓰이나 보네?

이윽고 불에 뛰어드는 여름벌레처럼 도란 씨는 우리 테이블 옆을 왔다 갔다 하기 시작했고, 마지막에는 완전히 관객이 되어 우리의 대국을 관전하기 시작했다. 걸려들었구나.

"장군입니다!"

"……음, 졌습니다."

란츠의 승리였다. 강한 편이 아니라 굉장히 강한걸?

"후우. 갑자기 강해지셨군요, 폐하."

"아니, 처음에는 탐색전을 한 거야."

나는 란츠의 말을 적당히 받아넘겼다. 미안해, 부정행위를

저질러서. 난 쇼기가 약하니까. 덕분에 원했던 생선을 낚았지
만.

"란츠, 꽤 강한데? 역시 우리 기사단의 유망주야. 도란 씨,
어떤가요? 대국해 보시겠나요?"

"응? 앗?!"

란츠를 띄워 주면서 옆에 있던 도란 씨에게 말을 걸었다. 대
국에 집중했는지 처음으로 도란 씨의 존재를 깨달은 란츠가
깜짝 놀라 큰 소리를 냈다.

"재미있군. 오랜만에 상대할 맛이 나는 사람과 둘 수 있겠
어. 이봐, 나중에 시간 되나?"

"네, 됩니다! 오늘은 비번이라서요."

"그런가. 그럼 해 볼까?"

나는 도란 씨에게 자리를 양보하고 일어섰다. 테이블 아래
에서 스마트폰을 입에 문 쿠하쿠가 나왔다

우리는 딱딱 쇼기 말을 늘어놓기 시작한 두 사람을 떠나 테
이블을 닦고 있던 미카 누나에게로 갔다.

"아빠의 병이 또 도졌어……. 부추기지 마."

"뭐 어때요. 그보다 미카 누나는 란츠를 어떻게 생각하세
요?"

"응? 성실하고 좋은 사람이라고 생각하는데? 자주 짐도 들
어 주고."

이런. 정말로 아무런 생각도 없는 건가.

"그래도…… 얼마 전에 란츠 씨가 술에 취해 날뛰는 모험자를 제압해 줬는데, 그때는 멋지긴 했어."

호오. 전혀 가망이 없는 건 아닌가?

"남친을 사귄다면 란츠 같은 사람이 좋아요."

"아하하. 나 같은 사람은 상대도 안 해 줄 거야."

"상대는 그렇게 생각하지 않는 것 같은데요?"

"응?"

웃으며 넘어가려던 미카 누나가 움직임을 멈췄다. 이걸 계기로 조금은 관심을 두면 좋을 텐데.

그런 생각을 하는데 금세 미카 누나의 얼굴이 새빨갛게 물들었다. 어? 이 변화는 대체 뭐지?!

문어도 아니고 그렇게 빨개질 필요는 없잖아요! 지금까지 아무런 반응도 없었는데 너무 갑작스럽잖아! 어?! 관심이 있었던 건가?!

"어? 뭐야. 그게 무슨 말이야?! 그, 그 말은 그러니까, 어?!"

"………정말로 전혀 눈치채지 못하셨나요……. 누나한테 어필하려고 노력했을 텐데요?"

"어필이라니, 식사 초대를 하거나, 꽃다발을 주는 정도인데……."

"보통은 관심도 없는 여성에게 꽃다발을 주진 않아요."

"그, 그러니……?"

에휴. 엄청나게 둔감한 모양이다. 괜히 쓸데없는 짓을 한 건가? 너무 심하게 의식하기 시작한 것 같은데. 꼭 이럴 때만 전문가인 카렌 누나는 나타나지 않는다. 쓸모가 없어.

이 정도면 란츠가 평범하게 고백만 했어도 일이 잘 풀렸겠는데.

상관없지. 결과가 좋으니 다 좋았다 치자. 앞으로 이 두 사람이 어떻게 될지는 모르지만.

"미카 씨, 3번 테이블에서 주문 들어왔어요."

"앗?! 네, 네네. 아, 알았어!"

웨이트리스에게 주문표를 받은 미카 누나가 허둥대며 주방으로 사라졌다. 귀까지 빨간데요.

이런 일은 자신의 마음만 눈치채면 순식간에 진전되는 건지도 모른다. 나도 그랬고.

"코하쿠, 돌아갈까?"

〈네.〉

약혼자들이 돌아오려면 아직 며칠 더 있어야 하네. 어느새인가 약혼자들이 곁에 있는 생활이 평범해졌다. 역시 좀 쓸쓸해.

그래도 결혼하면 계속 함께 있을 테니, 지금 이런 기분을 맛보는 것도 나쁘지 않을지도 모른다.

나는 천천히 걸으면서 그런 생각을 했다.

◇ ◇ ◇

"이, 이렇게 결혼식에 초대해서, 주셔서, 참으로 감, 감사할 따름이옵니다~~!"

"네, 잘 알았으니 부디 일어나 주세요……."

성의 객실에서 깊게 고개를 숙이는 걸 넘어 무릎까지 꿇은 남성을 보고, 나는 어쩌면 좋냐는 듯이 옆에 있는 여성을 바라보았다.

"죄송하네요. 우리 남편은 여전히 귀족이나 높으신 분을 껄끄러워해서요. 그 이외에는 평범하니 용서해 주십시오."

"네에……."

배짱이 넘치는 어머니 같은 느낌의 여성이 깔깔 웃으며 말했다.

무릎을 꿇은 남성은 조제프 씨. 그리고 그 옆에 있는 사람이 아내인 라나 씨. 에르제와 린제의 숙부님과 숙모님이다.

왕족이 아닌 약혼자의 가족은 결혼식 전날에 성으로 초대해 하룻밤을 주무시라고【게이트】로 모셔온 참이었다.

물론 부부뿐만 아니라 그 아이들도 같이 왔다. 장녀인 엠마 씨(21)를 시작으로 아론(16), 시나(10), 알렌(7), 클라라(6), 키라라(6), 애런(5), 리노(3)까지 모두 모였다.

"우와~! 방이 엄청 넓어!"

"양탄자가 푹신푹신해~!"

"이 의자에 앉으면 엄청 튀어 올라!"

"얘들이! 얌전히 있어야지!"

가만히 있지 못하는 아이들을 장녀인 엠마 씨가 따끔하게 혼냈다. 아무튼 굉장히 떠들썩하다. 리노, 내 코트에 콧물을 닦지는 말아 줘.

"라나 숙모…… 조제프 삼촌, 괜찮을까? 결혼식에는 전 세계의 임금님도 오고, 귀족도 많이 올 텐데. 졸도하는 거 아냐?"

"무리는 안 하는 편이……. 와 주신 것만 해도 우리는 기쁘, 니까. 결혼식에는 굳이 나오지 않아도……."

에르제와 린제가 걱정스러운 듯이 말했다. 응, 나도 좀 불안해. 결혼식 중에 아까처럼 발작(?)이라도 일으키면 큰일이니.

그런데 조제프 씨는 벌써 고개를 드는 에르제와 린제를 보고 똑똑한 발음으로 말했다.

"무슨 말이냐! 너희의 중요한 순간을 놓치다니, 그랬다간 저 세상에서 누님 부부를 볼 낯이 없지! 죽어도 좀비가 되어 나가겠다!"

아뇨, 좀비는 곤란합니다만. 덜덜 떨고는 있었지만 결의는 단단한 듯했다. 조카딸인 두 사람을 축복하고 싶다는 마음은 나에게도 전해졌다.

"토야, 어떻게 안 될까?"

"안 되진 않지만……."

최면 마법【히프노시스】를 쓰면 트라우마를 지울 수도 있겠지만, 그걸 써도 될지 어떨지.

일단 라나 씨에게 마법에 관해 설명하고 허락을 받았다. 본인에게 '지금부터 최면 마법을 겁니다'라고 말하면 걸리지 않을 가능성도 있어 조제프 씨에게는 아무 말 하지 않았다.

"좋아. 그럼 해 볼까."

나는 조제프 씨의 정면에 서서 마력을 집중시켰다. 그러자 조제프 씨 주변에 검고 흐릿한 안개가 피어올랐다.

"【어둠이여 꾀어라, 재식(裁植)한 거짓 기억, 히프노시스】."

"흐엑?!"

이상한 목소리를 내더니 조제프 씨의 눈이 풀려 흐리멍덩해졌다.

"아시겠나요? 당신은 귀족을 상대로도 평범하게 행동할 수 있습니다. 조금 긴장은 하지만 예의 바르게 이야기도 할 수 있습니다. 아무 걱정도 할 필요 없습니다. 괜찮습니다."

"귀족…… 괜찮아……."

아무런 긴장도 하지 않고 평범한 사람처럼 똑같이 대할 수 있다고 했다간, 귀족을 상대로 실례를 범할 가능성도 있으니까. 조절이 어렵다.

"끝났어?"

"응. 이제 괜찮지 않을까 싶긴 한데."

에르제가 조제프 씨 눈앞에서 짝! 하고 손을 마주쳤다. 깜짝 놀란 듯이 조제프 씨가 눈을 계속 껌뻑거렸다.

"삼촌. 눈앞의 사람이 누군지 알겠어?"

"응? 그래. 모, 모치즈키 토야 씨, 님……. 브륀힐드 공국의 공왕 폐하시잖아? 이번에 이렇듯 초대해 주셔서 황송하고 감사하고…….."

아직 말이 이상한 느낌이 들긴 하지만 아까보다는 나아졌다. 성공인가?

"괜찮아 보이네. 마음이 놓여. 좀 아깝다는 생각도 들지만."

에르제의 말을 듣고 어리둥절한 표정을 짓는 조제프 씨. 그 리액션은 분명 재미있기도 하지만, 본인에게는 별로 좋은 일이 아니라고 생각한다.

"ㄲ마워. 아빠두 이제 안심하ㄱ 내일 결혼식에 나갈 수 있겠어."

"하하, 잘 먹혀서 다행이에요. 그럼 방으로 가시죠. 에르제와 린제가 안내해 드릴 겁니다."

조제프 씨 가족이 우르르르 에르제와 린제를 따라갔다. 아이들은 에르제와 린제에게 달라붙어 이것저것 계속 질문을 쏟아냈다.

후우. 아이들이 저렇게 많으면 힘들겠어……. 난 진심으로 조제프 씨가 대단하다고 생각했다. 윽, 나도 언젠가는 남의 일로 치부할 수 없게 되는 건가.

바빌론 박사가 만든 '미래시의 보옥'에 따르면, 나는 아이가 아홉으로 조제프 씨보다 많아지는 모양이니까…….

"조제프 씨처럼 '아빠' 역할을 잘할 수 있을까……?"

"토야 님, 여기에 계셨습니까."

조제프 씨와 교대하듯이 이번엔 야에와 그 가족, 즉, 야에의 아버지인 주베에 씨, 어머니인 나나에 씨, 오빠인 주타로 씨, 원래는 코코노에 가문의 여자 하인이었지만 지금은 주타로 씨의 약혼자인 아야네 씨가 우르르르 안으로 들어왔다.

당연히 야에의 가족도 조제프 씨 가족과 마찬가지로 이 성에서 묵을 예정이었다. 야에가 마을을 안내한다고 했었는데 돌아온 건가?

어? 주타로 씨가 왠지 힘이 없어 보이네?

"저어……. 또 모로하 형님에게 지고 말았습니다. 게다가……."

"야에한테도 질 줄이야……."

아~. 야에는 매일같이 모로하 누나에게 훈련을 받고 있으니까. 그 덕분에 부쩍 실력이 늘어난 데다가, 권속화 힘까지 더해져 무지막지하게 강해졌다.

예전엔 자신이 검을 가르쳐 주기도 했던 여동생인데, 그런 동생에게 졌으니 역시 충격이 큰가.

"주베에 씨는 야에와 대결해 보지 않으셨나요?"

"주타로와의 시합을 보고 저로서는 도저히 미치지 못한다는 사실을 깨달았으니까요. 스무 살 정도 젊었다면 더 발버둥 쳐 봤을지도 모르나, 저로서는 부모인 저를 뛰어넘어 주어 감사할 뿐입니다."

으~음. 그런 감정이 드는 건가. 주타로 씨는 아직 그렇게까지 달관하지 못한 모양이지만.

"토야 님!"

"우와앗, 네?!"

주타로 씨가 갑자기 나에게로 다가와 무릎을 꿇고는 깊이 고개를 숙였다. 또냐?! 조제프 씨도 그렇고, 오늘따라 무릎을 꿇는 사람이 많네.

"저를 부디 이 나라에서 지내게 해 주십시오! 이 땅에서 모로하 님에게 야에와 마찬가지로 검술 지도를 받고 싶습니다!"

"네에?!"

야에가 검술에 미쳤다고 표현한 대로, 주타로 씨는 검과 관련된 일에는 폭주하는 듯했다. 갑자기 그런 소릴 하다니.

"그럼…… 우리 나라의 기사단에 들어오신다는 말인가요?"

"아니요! 제가 섬기는 분은 토쿠가와 이에야스 님뿐입니다. 이 나라에 살며 한동안 수행을 하고 싶습니다……!"

주타로 씨는 고개를 번쩍 들고 나를 똑바로 바라보았다. 우와, 이건 진심이야.

어떻게 하지? 모로하 누나는 '난 괜찮아' 하고 순순히 허락할 것 같긴 하지만…….

지금은 중요한 자리에 앉아 있지 않지만, 일단은 이에야스 씨의 가신이기도 한데. 힐끔. 내가 그렇게 보자 주베에 씨는 작게 고개를 끄덕였다.

"알겠습니다. 그럼 이에야스 씨와 먼저 이야기해 보고 결정하겠습니다. 이곳으로 오시게 되면 성 아랫마을에 집을 마련할 테니 아야네 씨와 같이 살아 주세요."

"가, 감사합니다!"

"가, 감사합니다!!"

무릎을 꿇은 채로 더욱 고개를 숙이는 주타로 씨 옆에서 아야네 씨까지 고개를 숙였다. 형님이 될 분이기도 하니 이 정도는 뭐. 약혼자인데 떨어뜨려 놓을 수도 없잖아.

"토야 님, 감사합니다."

야에가 미소 지었다. 역시 신경이 쓰였나? 야에는 오빠를 깊이 생각하니, 자신이 상처를 입혔다며 자책하는 마음이 들었을지도 모른다.

그런데 주타로 씨가 여기에 살면 주베에 씨와 나나에 씨가 쓸쓸하실 수도 있겠네. 일주일에 몇 번인가 【게이트】를 열거나, 두 사람만 지날 수 있는 【게이트】가 부여된 전신 거울을 주타로 씨네 집에 설치할까?

밤.

평소처럼 식사를 한 뒤, 평소처럼 응접실에서 대화를 하거나 게임을 하고 각자의 방으로 돌아갔다.

독신 생활 마지막 밤이라, 나는 혼자서 침대에 대자로 누웠다.

"내일 결혼하는구나……. 그런데 실감이 안 나. 내일이면 유부남인가. 그것도 아홉 명이나 아내가 있는 유부남."

너무 많잖아. 자신의 결혼이지만 어이가 없었다. 하지만 모두 나에겐 소중한 존재라는 사실엔 변함이 없었다. 진심으로 행복하게 해 주고 싶다.

이 세계에 와서 많은 사람을 만났다. 그중에서도 지금의 약혼자들을 만난 것은 내 인생에서 가장 근사한 일이었다.

그것만으로도 이세계에 오길 잘했다는 생각이 들었다.

"참 많은 일이 있었지……."

지금까지의 일들이 주마등처럼…… 응? 아니, 안 되지. 그건 죽기 전에 보는 거고. 불길하게.

그럼 내일을 위해 일찍 잘까. 나는 이불 안으로 파고들어 불을 껐다.

한동안 눈을 감고 있었지만 의식이 이상하게 또렷해서 전혀 잠을 잘 수 없었다.

스마트폰으로 시간을 확인하니 밤 11시가 지나 있었다. 내일은 5시에는 일어나 온갖 준비를 해야 한다. 슬슬 자야 하는데…… 잠이 안 와. 내일 일로 긴장해서 그런가?

"안 되겠어, 잠이 안 와."

나는 이불을 박차고 일어났다. 방의 구석을 슬쩍 보니 각자의 전용 잠자리에서 코하쿠를 비롯한 신수들이 잠을 자고 있었다. 좋겠다.

이렇게 된 이상 자신에게 【슬리프 클라우드】 마법을 걸까?

그런데 그건 일어날 타이밍을 설정할 수 없으니. 결혼식 당일에 늦잠을 자도 부끄러운 일이고, 그 이전에 자신에게 건 정신 마법이 자신에게 통하나? 자기 암시라는 말도 있으니 괜찮을 것 같긴 한데.

으악. 점점 더 잠이 안 오잖아. 스마트폰으로 인터넷을 좀 볼까. 그러다 보면 잠이 들지도 모른다.

신혼여행으로 지구에 갈 생각이니 그곳의 최신 정보도 모아두어야 하니까.

"맞다. 일본 말고 다른 나라에도 갈 수 있으려나?"

【게이트】는 한 번 간 곳이 아니면 열 수 없다. 정확하게 말하면 전이해서 도착할 곳을 정확하게 이미지로 떠올리지 못하면 열 수 없다.

지구라면 내가 가 본 적 없는 곳이라도 인터넷에는 사진이고 뭐고 넘쳐난다. 그걸 이용하면 이집트의 피라미드에도, 하와이의 와이키키 해변에도, 오스트레일리아의 에어즈록에도 갈 수 있다. 말은 번역 마법을 사용하면 되고.

………… 어? 지구에는 마력이 없으니 마법을 못 썼던 가……?

아니지. 신기를 쓰면 일단은 사용할 수 있다고 들은 거 같다. 안 그러면 【이공간 전이】를 못 쓰니까.

그렇다면 린제나 린도 지구에서 조금은 마법을 사용할 수 있을까? 아냐아냐. 오히려 쓰지 말라고 주의를 줘야겠구나.

거기서 마법을 썼다간 큰 소동이 벌어진다.

……근데 계속 잠이 안 오네. 초조해하면 할수록 의식이 더 뚜렷해졌다.

"……차라도 마실까."

자리에서 일어나 밤바람도 쐴 겸 발코니로 나갔다. 내 이름인 모치즈키(望月)와 같은 뜻인 보름달이 반하늘에 떠올라 대지를 밝게 비추었다.

도시처럼 휘황찬란한 불빛은 없고 성 아랫마을의 얼마 안 되는 불빛만이 빛나고 있었다. 응?

"잠이 안 오는 겐가?"

"……네, 안 오네요. 아무래도 긴장했나 봐요."

돌아보니 세계신님이 발코니 테이블 앞에 앉아 찻잔에 차를 넣고 사기 주전자로 물을 따르고 있었다.

세계신님의 권속인 나는 이 사람(?)이 강림하면 기척이 느껴진다. 어렴풋이 '온다' 라는 감각이다. 카렌 누나나 다른 신들은 기척이 안 느껴져서 갑자기 출현하면 매번 놀라지만.

"신계의 찻잎을 사용한 차네. 마시면 잠을 푹 잘 수 있을 게야."

"잘 마시겠습니다."

나는 맞은편에 앉아 찻잔에 든 차를 마셨다. 앗, 찻줄기가 섰다. 그러고 보니 처음으로 세계신님과 만났을 때도 찻줄기가 섰었지?

"드디어 내일이구먼. 나도 조금 긴장했어. 이런 식으로 결혼식에 참석하기는 처음이라 말일세."

"하하. 잘 부탁드립니다."

하느님 패밀리를 제압할 수 있는 분은 이 사람뿐이니까. 카렌 누나랑 스이카가 특히 호들갑스럽게 떠들 것 같다.

"자넬 이 세상에 보내길 잘했다는 생각이 드는구먼. 정체되었던 많은 것들이 전진하기 시작했으니까. 다른 세계의 자극이 좋은 방향으로 작용하고 있어."

그런가? 이 세계에 도움이 됐다면 기쁜 일이지만.

"토야. 자네는 이 세계가 좋은가?"

"네. 약혼자들과도 만났으니까요."

"그런가. 잘됐군. 세계신 정도 되면 여러 세계를 관리해야 하지. 그중에는 다루기 힘든 세계도 있지만 그게 또 재미있기도 하고 그러네. 지금까지 이 세계는 이렇다 할 특징이 없는 세계였지. 별로 재미가 없는 세계라며 다른 신들도 흥미를 잃었을 정도야. 이러는 나도 오랫동안 방치했지만 말일세."

너무 솔직하네. 평범한 세계였다는 말이겠지만, 나에겐 도저히 평범하다고는 할 수 없는 곳이었는데. 원래 있던 세계에는 마법이 없었으니까.

"그랬던 곳이 다시 신들의 주목을 받고 있네. 조금 소란스러워질지도 모르겠구먼."

신들이 사람과 함께 살며 교류하면 새로운 흐름이 만들어질지도 모른다. 그 자체는 기쁜 일인지도 모르지만, 이 세계의 관리를 맡은 입장에서는 너무 떠들썩한 일이 벌어지지 않았으면 하는 바람이다.

"내일 내려오는 신들은 결혼식이 시작되기 전에 내가 데리고 가 인사를 시키겠네. 방해하지 말라고 잘 타이를 테니 안심하게나."

"잘 부탁드립니다."

정말 진심으로 잘 부탁하고 싶었다.

"자, 이제 자게. 늦게 자면 내일 지장이 생기잖나."

"그러네요……."

어느새 조금 졸립기 시작했다. 신계의 차는 분명히 효과가 좋은 듯했다. 눈꺼풀이 흐리멍덩해졌다. 하품까지 나왔어.

"그럼, 내일 보세."

그 말을 남기고 세계신님이 사라졌다. 금세 강한 졸음에 휩싸인 나는 재빨리 발코니에서 방으로 들어갔다. 그리고 털썩 침대에 쓰러져 이불 속으로 파고들었다.

순식간에 내 의식은 꿈속으로 빠져들었고, 그렇게 나의 독신 생활 마지막 밤의 막이 내려졌다.

펑~. 펑~. 커다란 대포 소리가 울려 퍼졌다. 구름 한 점 없는 맑은 하늘이 펼쳐진 브륀힐드는 아침부터 사람들로 가득했다.

오늘 열리는 공왕의 결혼식을 보기 위해서였다. 이웃 나라는 물론, 멀리서도 사람들이 모였고, 그 사람들을 노리고 장사꾼들도 모였다. 아직 결혼식이 시작되기엔 이른 시간임에도 이미 부지런한 상인들은 가게를 열어 찾아오는 손님들을 맞이하기 시작했다.

오늘 오후에는 대규모 퍼레이드도 예정되어 있다. 하지만 그보다도 브륀힐드를 찾은 사람들의 흥미를 끈 존재는 마을 입구에 늘어선 강철 거인이 아닐까 한다.

처음으로 이 나라를 찾은 사람은 대지에 꽂은 검의 칼자루를 양손으로 누른 채 서로 마주 보고 늘어선 프레임 기어를 보고

깜짝 놀랐을 게 틀림없다. 물론 경비 기사들이 있으니 가까이 다가가거나 만질 수는 없다.

상업적 기질이 어디 안 가는지 프레임 기어가 늘어선 곳 근처 노점에는 스트랜드 상회의 캡슐토이가 즐비했다. 지구와는 달리 도난의 우려가 있어 사람이 지키고 있긴 했지만.

어린이뿐만 아니라 어른까지 캡슐토이 장치의 핸들을 돌려 프레임 기어의 미니 피규어를 구매했다. 이런 점은 지구도 이세계도 다를 게 없는 듯했다. 가지고 싶은 건 어쩔 수 없다. 물론 선물로 주려고 사가는 사람들도 많았다.

멀리서 방문한 사람들은 이 나라에서만 볼 수 있는 그러한 진귀한 물건들을 구경하면서 결혼식의 시작을 이제나저제나 하고 고대했다. 물론 그건 이 나라에 사는 사람들도 마찬가지였다.

드디어 마을에서 가장 높은 시계탑에서 엄숙하게 종이 울렸다.

그에 맞춰 늘어서 있던 프레임 기어들이 일제히 검과 창을 들어 올리더니 서로 교차시키며 결혼식의 시작을 알렸다.

결혼식이 시작된다.

토야가 죽었다.

낙뢰로 인한 감전사라고 한다. 그 자식은 뭐 하는 거야.

모치즈키 토야는 중학교 시절부터 아는 사이였다. 처음 만났을 때부터 이상한 녀석이었다. 내가 반에서 어떤 취급을 받는지 알면서도 걔는 먼저 나에게 다가왔다.

다른 아이들이 슬슬 피해 다니는 나를 유일하게 평범히 대해 준 아이였다. 입학하자마자 정학을 먹을 만큼 불량했던 나에게 '100엔 좀 빌려줄래?' 라니.

그때는 물론 철저히 무시했었지만.

제대로 이야기를 해 보게 된 계기는…… 다른 학교 애들에게 둘러싸여 싸움을 했던 때였던가.

다섯 명에게 둘러싸여 역시 이건 위험하다고 생각했는데, 갑자기 스쿠터를 타고 온 토야가 나를 태우고 도망쳤다.

물론 무면허였다. 빌린 스쿠터로, 타는 법은 할아버지에게 배웠다고 했었다. 운 좋게 들키지는 않았지만 참 터무니없는 짓을 하는 자식이었다.

그 뒤로 자주 어울리게 되었고 어느새 토야 이외에도 친구가
생겼다. 중학교 시절을 즐겁게 보낼 수 있었던 건 모두 토야
덕분이라 생각한다.

친구에게는 다정하고 세심하게 신경을 써 주는 토야였지만
일단 적이라고 생각하면 가차가 없기도 했다. 가끔 나도 흠칫
할 만큼 지나치다 싶을 때도 있었지? 나는 토야를 절대 적으
로 돌리고 싶지 않았다. 무서워.

한 번은 너무 지나치지 않아? 하고 물었더니 '안 하고 후회
하기보다 하고 후회하는 게 낫다' 라나 뭐라나 그렇게 말했다.
그 말은 그렇게 쓰라고 있는 게 아닐걸?

그런 토야가 죽었다.

서로 다른 고등학교에 진학했지만 또 만나 놀자고 이야기했
었는데.

나는 토야의 장례식에도 참가해 일을 돕겠다고 나섰다. 토
야의 부모님을 돕고 싶었다. 아저씨, 아주머니와도 면식이 있
었고, 무언가 하지 않으면 내 마음이 진정되지 않았기 때문이
다.

장례식이 끝난 지 얼마 되지 않아 묘한 꿈을 꾸게 되었다.

하느님이라는 할아버지가 등장해 나에게 이상한 꿈을 보여

주었다.

그 꿈에는 토야가 등장했다. 이상한 옷을 입고 칼을 휘둘렀다. 게임에 나오는 몬스터 비슷한 것들과 싸웠다.

이게 뭐야. 그런 생각이 들었다. 그래도 꿈속이나마 토야의 건강한 모습을 보게 되어 기뻤다.

다음 꿈에는 사무라이 비슷한 여자아이를 구하려고 싸우는 토야가 나왔다. 토야답게 앞뒤 생각도 하지 않고 행동한다며 무심코 웃고 말았다.

그다음 꿈에서는 토야가 공주님에게 청혼을 받았다. 게다가 12살짜리 여자아이였다. 그 자식 로리콘이었던 건가. 어차피 내 꿈속의 이야기지만.

그 뒤로도 몇 번인가 토야의 꿈을 꿨다. 그러는 사이에 토야는 사실 죽은 게 아니라 다른 세계로 가서 살고 있는 게 아닌가 하는 생각이 들기 시작했다.

그리고 올해의 정월을 맞아 지인들의 연하장을 보다가 토야의 엉성한 연하장은 이제 오지 않는다는 생각이 들어 조금 기분이 허전했다.

토야는 피아노는 칠 줄 알면서 그림을 못 그렸다. 아버지가 그런 일을 하는데 말이야. 그림 실력은 유전되지 않는다는 건가.

그러고 보니 토야는 자주 내 그림을 칭찬해 주었다. 자랑은 아니지만 미술 성적은 나쁘지 않다.

가끔 취미로 그리는 정도지만, 문득 내 책장에 꽂힌 아저씨의 책을 보고 생각했다.

지금 와서 보면 바보 같은 생각이었다는 느낌도 들지만, 토야가 인정해 준 분야에서 나는 뭔가를 해 보고 싶었던 건지도 모른다.

정신을 차려 보니 어느새 나는 토야네 집의 벨을 누르고 있었다.

"아저씨, 저를 제자로 받아 주세요."

"아니, 제자라니……. 제자를 받을 정도로 대단한 신분은 아닌데……."

내가 갑자기 찾아와 토야네 아버지는 당황한 기색이었다. 밤을 새워 일했는지 눈 아래에 다크서클이 내려와 있었다.

"갑자기 무슨 일이니?"

"전 그리고 싶은 게 있어요. 토야를 주인공으로 해서요……."

나는 내가 꾼 꿈을 전부 아저씨에게 이야기했다. 아저씨는 아무 말 없이 듣더니, 이윽고 작게 웃었다.

"……재미있는 꿈이구나. 그래, 나도 그 이야기를 정식으로 읽어 보고 싶어. 제자는 아니라도 어시스턴트가 한 명 필요했거든. 돈을 많이 줄 수는 없지만 한번 해 볼래?"

"네!"

아저씨 같은 프로 만화가가 될 수 있을지는 알 수 없다. 하지만 언젠가 토야의 이야기를 그려 보고 싶었다.

만약 토야가 정말로 어딘가 다른 세계에 살아 있고, 열심히 노력하고 있다면 나도 노력해야지.

절대 안 지겠어, 토야.

또 꿈을 꿨다. 이번엔 중학생 시절의 꿈이다.

토야와 자주 어울렸던 시절이다.

"야, 토야. 아무리 그래도 너무하지 않아?"

"그런가? 좀 화가 났거든. 지금 지나쳤나?"

"조금이라니, 참……."

나는 옷이 다 벗겨져 알몸이 된 채로 정신을 잃은 긴 금발 남자를 보고 뭐라 말할 수 없는 동정심을 느꼈다.

이 남자는 근처에서 꽤 유명한 폭주족 대장이었다. 이 남자가 어느 소녀를 반 협박하며 반복적으로 스토킹했던 것이 모든 일의 발단이었다.

소녀에게는 남자 친구가 있었는데, 스토킹 행위를 알게 된 남자 친구는 이 자식을 직접 만나 따라다니지 말라고 말했다.

용기 있는 남자다.

하지만 이런 패거리가 충고를 들을 리 없었다. 대장과 그 부하들에게 집단 폭행을 당한 소녀의 남자 친구는 병원에 입원해야 했다.

그 남자 친구가 우리 반 친구 중 한 명이었다.

문병을 간 우리는 병원 침대에서 잠든 남자 친구를 간병하는 소녀를 보았다. 소녀는 울면서 '내 탓이야'라는 말을 반복했다.

그 소녀에게 간신히 사정을 듣게 된 토야는 곧장 병원 밖으로 나가 스마트폰으로 여러 곳에 전화를 걸기 시작했다.

"아, ○△ 씨인가요? 오랜만입니다. 토야예요. 네, 모치즈키 씨의 손자요. 잠깐 부탁드릴 일이 있는데요……."

"네? 부하들에게 명령해 납치한다고요? 아니요, 아저씨의 손을 번거롭게 할 정도는 아니거든요. 네, 장소만요. 하하하, 할아버지라면 그렇게 말할 것 같네요."

"○○△○라는 폭주족의 대장이라는 듯한데, 문제없어요? 다행이다. 아니, 멍석말이해서 물에 던진다니 어느 시절의 이야기인가요? 더 스마트하게 하죠."

야, 토야. 너 어디에 전화하는 거야?! 엄청 무섭거든?! 전화 내용도!

잠시 후, 여러 곳에서 연락이 왔고 그 이후로는 모든 일이 일사천리였다.

토야는 폭주족 대장의 장소를 밝혀내더니 친위대들을 교묘히 따돌리고 일대일 상황을 만들었다. 정확히는 나도 있었으니 1대2지만.

토야는 옆에서 보고 있는 나도 어안이 벙벙할 만큼 상대를 말로 자극하더니, 분노한 폭주족 대장을 함정에 빠뜨려 자폭시켰다. 우리는 전혀 폭력을 쓰지 않았다. 폭주족 대장이 제멋대로 자폭해서 정신을 잃었다.

철파이프와 잭나이프를 들고 덤볐으니 정당방위가…… 되는 걸까? 이거.

그리고 폭주족 대장의 옷을 전부 벗겨 알몸으로 만들고 스마트폰으로 찰칵찰칵 사진을 찍는 토야.

"자, 송신~."

"어디다 보냈어?"

"얘가 소속된 팀의 2인자한테 듣자 하니 사이가 아주 나빠다니까, 이런 아이템을 입수하면 희희낙락하며 궁지로 몰아넣을걸?"

"우와아……."

큭큭큭, 나쁜 얼굴로 웃는 토야를 보고 나는 얘를 절대 화나게 하지 않겠다고 맹세했다. 겉보기에는 날라리도 뭐도 아닌 평범한 중학생인데 속은 엄청 위험하다, 정말. 평소에는 얌전하고 굳이 나서지 않는 성실한 아이인데.

그 후에 그 대장은 팀에서 쫓겨났고, 이 마을에는 있을 수 없게 되어 어딘가로 떠나 버렸다. 물론 그 자식의 스토킹 행위도 사라졌지만 토야는 그게 자신이 한 일이라고는 아무에게도 말하지 않았다.

"굳이 말할 필요 없어. 내가 혼자서 한 일이니까. 그냥 자기 만족이야. 하고 싶어서 했을 뿐이거든."

"보통은 망설이는 법인데 말이야."

"망설였다가 때를 놓쳐 버리긴 싫거든. '할 수 있을 때 한다'. 할아버지가 자주 했던 말이야."

왜일까? '죽일 수 있을 때 죽인다'라고 들린 기분인데. 나는 결코 토야를 화나게 하지 않겠다고 다시 한번 마음속으로 맹세했다.

"이런 일이 예전에 있어서요."

"맞아~. ……그 아이라면 그랬을지도 몰라. 할아버지의 영향을 많이 받았으니까……."

원고에 펜선을 넣다가 잠시 손을 떼고 한숨을 쉬는 토야네 아버지. 아니, 선생님.

"그 당시는 마침 할아버지가 돌아가신 지 얼마 안 돼서 조금 험악해졌을 때니까……."

조금……? 어이없다는 듯이 의문을 던지고 싶지만 아무 말하지 말자. 나는 다시 눈앞의 먹칠을 하던 원고를 바라보았다.

"우리는 이런 일을 하잖아? 그래서 토야는 거의 할아버지가 돌봐주셨어. 다양한 장소에 데리고 다니기도 하고, 이상한 기술을 가르쳐 주기도 하셨나 봐."

토야네 아버지인 선생님은 만화가고 사모님은 그림책 작가시다. 항상 집에 있지만 일이 바쁘면 아이를 돌보지 못할 때도 많았겠지. 그래서 할아버지가 돌봐주신 건가?

"토야의 할아버지는 어떤 분이셨나요?"

"장인어른? 음~. 뭐라고 하면 좋을까, 굉장히 발이 넓었어. 전 세계에 지인과 친구가 있을 정도야. 연예계에서 뒷골목 세계, 정치 세계에까지. 아기였던 토야가 예전에 총리였던 사람에게 안긴 사진도 있어."

"진짜요……?"

"곰을 맨손으로 잡았다든가, 외계인을 만났다든가, 마피아 조직을 일망타진했다든가 하는 말도 들었어."

"진짜요?!!"

"진짜인지 아닌지는 모르지만."

하하하. 토야네 아버지는 웃었지만 나는 웃을 수 없었다. 토야를 키운 할아버지다. 상식이 별로 통하지 않는 사람일 것 같다…….

"조금만 더 힘내자. 펜선을 다 넣으면 여기에도 먹칠을 부탁할게."

"옙. 간신히 늦진 않겠네요."

나는 선생님에게서 새로운 페이지를 건네받았다. 거의 다
끝나간다. 좋아, 라스트스퍼트다. 기합을 넣자.

"어, 어떤가요……?"

"음~. 뭐라고 하면 좋을까……."

선생님에게 콘티…… 원고의 스토리를 그린 러프화를 보여
드리면서 나는 내심 가슴을 졸였다.

"기네. 투고할 생각이라면 스토리와 직접 관련이 없는 부분
은 확 잘라 버려야 해. 이 컷도 필요 없어 보이고, 이 컷과 이
컷은 하나로 합칠 수 있어. 그리고 주인공을 더 적극적으로 움
직여야 이야기도 달아오를 텐데……."

말을 하다 말고 선생님은 다시 으~음, 하고 목소리를 내고
는 천장을 올려다보았다.

"토야가 그렇게까지 적극적으로 움직이는 모습은 상상을 못
하겠어."

"그렇죠?"

내가 선생님에게 보여 드린 콘티는 토야가 주인공인 이야기였다. 단순히 만화 작품으로 완성하고자 한다면 선생님의 말씀대로 해야 옳다. 하지만 나는 이 콘티를 고칠 생각이 없었다.

나는 이 작품은 취미로 그릴 생각이다. 물론 프로가 되기 위한 작품은 따로 그릴 거다. 그건 선생님의 지도를 받아들일 예정이다.

요즘엔 잡지에 의존하지 않아도 작품을 낼 기회는 얼마든지 있다. 동인지로 내도 되고, SNS에 올려도 된다.

나는 아무튼 이 이야기를 그리고 싶었다. 완전한 자기만족을 위해 그리고 있다.

"그러네. 본인을 알고 있어서 그런지 이건…… 아주 리얼한 느낌이 잘 전해져. 우리에게만 그럴지도 모르지만. 토야라면 당연히 이렇게 하겠지 하고, 절로 이해가 된다고 할까?"

"저도 그래요."

선생님의 말을 듣고 나는 쓴웃음을 지었다. 원래 이 이야기는 내가 생각한 게 아니다. 꿈에서 본 내용을 그림으로 표현했을 뿐이다.

아니지. 내 꿈이니 역시 내가 생각한 내용인지도 모르지만.

"아직 그 꿈을 꾸니?"

"절찬 진행 중이죠. 매일 꾸지는 않지만요."

토야가 주인공인 꿈은 대체로 몇 주에 한 번의 비율로 꾼다.

신기하게도 눈을 떠도 내용이 뚜렷이 기억나고, 다음에 꿈을 꾸면 꿈이 끝났던 곳부터 다시 이어진다. 마치 연재만화나 연속 드라마를 보는 것처럼.

"얼마 전에는 검은 용을 쓰러뜨렸어요. 다른 나라에 가는 도중에."

"호오, 용 퇴치라. 영웅담에는 흔한 소재이지만, 그건 정석적이기도 하지. 그런 스토리도 가능하려나?"

그런 이야기를 하면서 이번에는 투고용 콘티를 보여 드렸다.

이게 오늘 나의 승부작이다. 평가가 좋으면 월간지의 만화상에 응모해 볼 생각이었다.

"판타지일 줄 알았는데 아니구나."

"그건 아무래도 토야에게 영향을 받으니까……."

내가 투고용으로 그린 작품은 판타지물이 아니라 학원물이었다.

토야의 이야기는 꿈에서 본 내용을 그대로 원고로 옮기면 그만이지만, 이건 몇 번이고 다시 그리고 고민에 고민을 거듭하며 만들었다. 그만큼 첫 번째 독자인 선생님의 반응은 기대가 되기도 하고 무섭기도 했다.

"어, 어떤가요……?"

"응. 전체적으로 괜찮아 보여. 단지 조금 신경 쓰이는데, 이 장면은……."

선생님의 조언을 놓치지 않으려고 나는 원고를 바라보며 선생님의 말씀에 귀를 기울였다. 꿈속의 토야도 열심히 노력하고 있어. 나도 힘내자.

"어때? 이상하지 않아?"

〈아주 멋지십니다, 주인님.〉

〈네. 아주 잘 어울리세요.〉

〈더 남자다워졌어요.〉

코하쿠와 산고, 그리고 코쿠요의 말을 들으니 조금 쑥스러 웠다. 눈앞에 있는 전신 거울 안에는 오늘을 위해 맞춘 순백의 턱시도를 입은 내가 있었다.

뭐라 말하기 힘든 묘한 기분이었다. 상의 옷깃에 있는 단춧 구멍에는 흰장미가 장식되어 있었다. 전혀 안 어울리는 것 같 지만 평생의 한 번 정도는 허용되는 일이 아닐까 한다.

"하아······. 역시 긴장돼."

〈주인님도 긴장되는 일이 있긴 하군요.〉

"당연하지. 일생일대 이벤트니까."

은근히 실례되는 말이야, 루리.

하아~. 본심을 말하자면 결혼식은 그냥 생략하고 '결혼했 습니다'라는 엽서만 보내도 되지 않나? 하는 생각도 든다.

하지만 엄연히 한 나라의 왕인데 그럴 수는 없고, 약혼자들의 평생 한 번 입게 될 드레스 차림도 보고 싶었다. 약혼자들의 인생에 결혼식이란 추억을 안겨줘야 하지 않겠어?

도망칠 수는 없다. 이것만큼은 다른 사람에게 대신해 달라고 할 수 없는 일이니까.

이 세계의 결혼식은 대부분 양가의 가족이 모여 파티를 하는 것으로 해결한다. 신에게 맹세하는 일은 거의 하지 않는다. 가끔 정령에 맹세하는 일은 있다고 하지만.

나는 신(세계신님)에게 맹세를 해도 상관없지만, 내가 신봉하는 신은 필연적으로 라밋슈 교국의 신과 같아진다. 받아들이기에 따라서는 브륀힐드가 라밋슈 교국의 산하에 들어간다고 생각할 가능성도 있어 맹세는 포기했다.

그 대신에 대정령을 입회인 자격으로 부르기로 했다. 단, 나는 정령을 통솔하는 정령왕이라 말하자면 자신의 부하에게 결혼을 맹세하는 도무지 뭐가 뭔지 알 수 없는 상황이 되어 버리는데…… 너무 깊게 생각하진 말자.

똑똑. 방의 문을 노크하더니 집사 라임 씨가 문을 열고 들어왔다.

"폐하. 신노스케 님이 오셨습니다."

"네, 들어오시라고 하세요."

라임 씨의 안내를 받아 세계신님과 그 뒤를 따라온 몇 명이 우르르 안으로 들어왔다. 어제 말씀하신 강림한 신들인가?

그보다 세계신님. 일본식 정장인가요. 원래 기모노를 입고 있었으니 잘 어울리지만. 게다가 정장에 들어간 가문의 이름이 모치즈키다. 중앙의 큰 별 둘레를 8개의 작은 별이 둘러싼 문장(紋章), 쿠요몬(九曜紋). 내 할아버지 역할이니까 당연한 건가.

인사를 하고 라임 씨가 방 밖으로 나가자, 내 모습을 보고 세계신님이 흐뭇하게 웃었다.

"허허허, 아주 잘 어울리는구먼. 몰라보겠어."

"이렇게 입으니 마음이 진정되지 않네요."

몰라보겠다니. 평소에 내가 어떻게 보이는지 신경 쓰여. 그렇지만 칭찬을 받으니 기분이 나쁘지는 않았다.

"일단 소개하지. 이자들이 강림한 신들……. 오른쪽부터 무도(舞蹈)신, 강력(剛力)신, 공예신, 안경신, 연극신, 인형신, 방랑신, 꽃신, 보석신일세. 오늘 결혼식에는 친구 자격으로 참가하니 잘 부탁하네."

"안녕하세요, 모치즈키 토야입니다. 오늘은 잘 부탁드립니다."

세계신님의 소개와 함께 한 사람씩 인사를 나눴다. 일단 강림한 신의 리스트는 미리 받았지만 새삼 들어 보니 엄청 딴지를 걸고 싶은 부분이 많았다. 안경신은 또 뭐야. 그야 안경의 신을 말하는 거겠지만. 안경을 쓰고 있기도 하고.

겉보기에는 모두 파티에 출석하기에 어울리는 정장 차림이었다. 강력신님만큼은 옷이 팽팽해서 당장에라도 찢어져 버릴 듯했지만. 언제 봐도 근육 빵빵이다.

시공신인 토키에 할머니를 제외한 신들 중 무도신과 꽃신, 보석신은 여신님이었다. 나머지는 당연히 남자신이었지만 연극신만큼은 그…… 중간이라고 해야 하나? 코쿠요와 동류인 듯했다.

상당한 꽃미남으로 여성에게 인기가 많을 듯한데 묘하게 몸을 비비 꼬고 있고 말투도 여성 같았다. 너무 깊게 파고들진 말자. 나도 지금은 그럴 상황이 아니기도 하니까.

"결혼식이 끝나면 이 신들은 마음껏 세계를 돌아보게 될 걸세. 토야를 곤란하게 하는 일은 자제하라고 말해 뒀으니 안심하게."

'자제해라'가 아니라 '절대 하지 마'라고 말씀해 주길 바랐는데. 이 세계의 상식을 어느 정도 공부하지 않으면 지상에 내려가는 걸 허락을 받지 못한다고 하니 상상을 초월한 기행을 하지는 않을 거라고 믿고 싶었다.

"너무 오래 있어도 괜히 불편하겠지. 그럼 우리는 이만 나가 보겠네. 힘내게."

"앗, 네. 감사합니다."

배려해 준 것인지 강림해 온 신들은 인사만 하고 물러났다. 솔직히 몇 명이나 소개를 받았더니 좀처럼 누가 누군지 잘 기억하기 힘들었다. 강력신과 연극신은 임팩트가 강해 기억했지만.

그런데 결혼식장에 20명 가까이 신이 있다니 좀 신기한 기분인걸……?

내가 몇 번째인가 한숨을 내쉰 타이밍에 열려 있던 창문으로 푸드덕거리며 코쿠요가 돌아왔다.

"어서 와. 어땠어?"

〈네. 이미 하객이 계속해서 모이고 있습니다. 문제는 없을 듯합니다.〉

코쿠요에게는 결혼식장이 어떤지 봐 달라고 했다. 결혼식장은 성안이 아니라 안뜰 일부를 개조한 장소였다. 가든 웨딩이니까.

성안의 알현실을 사용해도 사람이 다 들어갈 수 없기도 하고, 이 세계에서는 야외 결혼식이 통례라고 해서 가든 웨딩을 선택했다.

안뜰은 바빌론의 '정원'을 관리하는 셰스카와 정원사 훌리오 씨가 공을 들여 결혼식장으로 만들어 주었다. 평범했던 안뜰이 다양한 꽃이 흐드러지게 피어 있는 화려하고 아름다운 정원으로 다시 태어났다.

이렇게 말하면 미안하지만, 그 에로 메이드에게 그런 재능이 있을 줄은 몰랐다. 엄연한 '정원'의 관리인이니 당연한 건지도 모르지만, 납득이 잘 안 돼. 완성되고 으쓱한 표정을 지은 모습이 특히 마음이 안 들었다. ……일단 감사는 해 두겠지만.

오늘만큼은 바빌론 시스터즈도 모두 지상으로 내려와 결혼식에 참가했다. 물론 바빌론 박사도 에르카 기사도 펜릴도.

드래크리프섬에서 은룡인 시로가네와 메이드 고렘인 루비, 사파, 에메랄도 이곳으로 와서 집사인 라임 씨를 도왔다.

워낙 일손이 부족하니까. 기사단의 여성 멤버들은 주로 결혼식장에서 임시 웨이트리스로 일했다. 물론 나중에 보너스를 지급할 생각이다. 츠바키 씨의 부하인 여자 닌자 세 명도 오늘만큼은 웨이트리스로 일하는 중이다.

문을 똑똑 두드리는 소리가 났다.

대답하자 또 라임 씨가 문을 열고 들어왔다.

"폐하, 시간이 되었습니다."

"……네, 알겠습니다."

좋아, 가 보자! 기합을 넣으려 양손으로 뺨을 때리려다가 그 직전에 그만뒀다. 양 뺨에 손바닥 자국이 난 신랑이어선 이상한 소문이 돌지도 모르니까. 휴, 위험했네.

크게 숨을 들이쉬고 천천히 내뱉었다. 좀 진정이 되어 코하쿠와 신수들을 데리고 라임 씨의 뒤를 따라갔다. ……좀 걷기가 힘드네.

〈주인님. 오른팔과 오른 다리가 동시에 나가고 있습니다.〉

"앗!"

코하쿠의 지적을 받고 그 자리에 멈춰 섰다. 으악. 전혀 진정되지 않았잖아.

"생각보다 긴장했나 봐."

"누구나 마찬가지입니다. 벨파스트의 국왕 폐하도 결혼식 당일에는 무척 긴장하셔서 결혼식장에 들어가기 전에 몇 번이나 물을 들이켜셨습니다."

"그래요?"

"그래서 볼일이 급해진 나머지 결혼식 내내 참아야 하는 형편이었다고 하시더군요. 그 탓에 어떤 축하의 말을 들었는지도 제대로 기억나지 않으신다고 합니다."

그렇구나. 라임 씨는 원래 벨파스트 국왕 폐하 밑에서 일하던 사람이었으니까. 결혼식에서 있었던 일도 기억하고 있구나.

그런데 임금님도 역시 결혼식은 긴장되나 보네. 좀 친근감이 들어.

"벨파스트 국왕 폐하는 이 이야기를 신하들 앞에서 하시며, 너무 긴장하면 좋을 일이 하나도 없다고 항상 말씀하셨습니다. 어느 때이든 어깨에 힘을 빼고 자연스럽게 행동하라고 하시더군요. 그래야 어떤 상황이 펼쳐지든 대처할 수 있다고 하시면서요."

자연스럽게라. ……특별한 결혼식이니 평소와 다른 모습을 보여야 한다며 너무 부담스럽게 생각했던 건가? 평소의 내 모습대로 행동하면 되는 거지? 그래, 좋아.

"긴장은 좀 풀리셨습니까?"

"네. 신경 써 주셔서 고마워요."

"아닙니다. 노인의 추억담 정도로 받아들여 주십시오."

라임 씨가 다시 걷기 시작했다. 분명히 조금 전보다는 마음이 편해졌다. 이제 괜찮아. ……괜찮을 거라 생각한다.

어느새 안뜰에 만든 가든 웨딩홀의 문 앞에 도착했다. 문을 열기 위해 문 양쪽에 기사단 부단장인 니콜라 씨와 노르에 씨가 대기하고 있었다. 두 사람 모두 오늘은 날이 날이다 보니 갑옷 차림이 아니라 파티용 정장을 입은 모습이었다.

문밖에서는 바빌론 박사가 설치한 스피커에서 음악이 흘러나오기 시작했다. 우리 나라엔 악단처럼 세련된 조직이 없으니까.

곡은 물론 정석 중의 정석, 멘델스존의 '결혼행진곡'이다. '결혼행진곡'은 바그너의 작품도 있지만 나는 멘델스존이 더 좋다. 트럼펫의 팡파르가 화려하고, 신나는 리듬이 기분을 고양시켜 준다.

게다가 바그너의 곡은 원래 '로엔그린'이라는 가극 오페라의 일부인데, 그 이야기는 비극적인 결말을 맞이한다. 멘델스존도 '한여름 밤의 꿈'이라는 셰익스피어 작품이 원전이지만, 그 이야기는 원만한 해피엔딩이다. 물론 옥신각신 대소동은 있지만.

길하니 마니 따질 생각은 없지만, 나도 가능하면 해피엔딩이 좋다.

팡파르가 최고조에 이르자 부단장 두 사람이 문을 열었다.

정면에 보이는 제단까지 이어진 길의 양옆에 쭉 늘어선 하객 모두가 박수를 보내 주었다. 국왕의 결혼식은 보통 엄숙하다는 모양이지만 나는 약혼자들과 이야기를 나눈 후에 일부러 소탈한 느낌의 결혼식을 올리기로 했다. 그래야 하객 모두도 더 즐거울 테니까.

참고로 지구에서 결혼식하는 장면을 동영상으로 보여 주었더니, 약혼자들은 결혼식장의 하얀 중앙 통로를 걷는 의식을 받아들이고 싶다고 말했다. 이쪽에도 비슷한 형식이 있다는 모양이니까.

이곳에서는 신랑과 어머니, 신부와 아버지가 각각 좌우에서 걸어와 서로 마주 본 다음, 신랑과 신부가 단둘이 제단으로 걸어가는 스타일이라고 하지만. 우리는 지구식이기도 하면서 이세계식이기도 한 스타일을 받아들인 셈이다.

어디에선가 날아온 꽃보라 속을 나는 코하쿠와 신수들을 데리고 걸었다.

지구에서는 버진로드로도 불리기도 길을 걸어 나는 천천히 제단으로 나아갔다. 말이 제단이지 실제로는 조금 높게 설치한 넓은 무대일 뿐이지만, 제단 위는 셰스카가 형형색색의 꽃을 돔 모양으로 장식해 둔 덕분에 매우 화려했다. 꽃의 제단이다.

나는 제단으로 올라가는 작은 계단 앞에 멈춰선 뒤 옆으로 살짝 비켜섰다. 여기서 신부를 기다려야 한다.

잠시 후, 다시 문이 열리더니 남녀 세 명이 나타났다. 중심에는 어제 트라우마에서 해방…… 아니지, 트라우마가 봉인된 조제프 씨. 그리고 그 양옆에 팔짱을 끼고 에스코트를 받는 사람은 조제프 씨의 조카인 에르제와 린제였다.

"오오! 이건……!"

"어머나! 아주 근사해요……!"

하객들이 저마다 감탄했다.

웨딩드레스 자체는 이미 봤지만 입고 있는 모습은 처음 본다. 에르제도 린제도 프린세스라인이라고 불리는 허리 부근부터 옷자락 부근으로 가면 갈수록 스커트가 크게 부푼 드레스였다.

성격은 다르지만 두 사람 모두 매력적인 여자아이다. 리플렛의 뒷골목에서 두 사람을 만난 일이 마치 어제 일처럼 떠올랐다. 그때는 설마 두 사람과 결혼할 줄은 생각도 못 했다.

에르제는 지기 싫어하는 성격이지만 사실은 섬세하기도 한 여자아이다. 고민을 속으로만 품고 있을 때가 많다. 약한 모습을 보이기 싫어서 그렇다. 그런 에르제의 힘이 되어 주고 싶다.

린제는 반대로 얌전해 보이지만 대차다. 진지하고 열심히 노력하는 성격이며, 다른 사람을 가장 먼저 생각하는 다정한 아이다. 린제의 헌신적인 모습을 보면 절로 고개가 숙여진다. 진지한 그 마음을 소중하게 지켜주고 싶다.

웨딩드레스를 입은 두 사람을 데리고 조제프 씨가 천천히 걸었다. 여전히 긴장한 모습이지만 이전에 비하면 훨씬 나았다.

양옆에서 걷고 있는 에르제와 린제도 긴장한 듯이 보였지만 웨딩베일이 그 모습을 감추어 주었다.

이윽고 제단에 도착한 조제프 씨가 나에게 살짝 인사했다.

"두 사람을 잘 부탁하미다."

"반드시 행복하게 해 주겠습니다."

나는 긴장한 나머지 완벽히 혀가 꼬인 조제프 씨에게 인사를 한 다음, 먼저 에르제의 손을 잡고 제단으로 올라가게 했다.

이어서 린제의 손을 잡고 마찬가지로 제단으로 보냈다.

조제프 씨가 제단 아래의 왼편으로 사라지자 다시 문이 열렸다. 이번에는 야에와 야에의 아버지인 주베에 씨가 에르제, 린제와 같은 방법으로 등장했다.

야에가 웨딩드레스 차림인데 주베에 씨가 일본식 전통복 차림이라 조금 어색한 느낌도 들었지만, 그거야 사사로운 일이다.

참고로 입장 순서는 약혼자들과 만난 순서였다. 야에는 에르제, 린제와 처음으로 여행하던 길에 만났었지? 그때는 남자들을 팍팍 쓰러뜨리는 모습을 보고 굉장한 아이라고 생각했는데.

야에는 의외로 순진하기도 하고 어이없는 실수를 하기도 하지만 가족을 생각하는 다정한 아이다. 그 사실을 금세 깨달을 수 있었다. 난 야에의 대범한 성격 덕에 항상 큰 위로를 얻었다. 명랑한 야에의 미소는 모두를 행복하게 해 준다.

나는 평소의 기모노 차림과는 다르게 드레스 차림을 한 야에를 보고 설레는 가슴을 다잡으며 그 손을 잡았다.

"딸을 잘 부탁드립니다."

"네, 맡겨 주십시오."

주베에 씨가 인사를 하고 떠났다. 나는 에르제와 린제에게 했던 것처럼 야에를 제단으로 올라가게 했다.

이어서 스우가 오르트린데 공작 전하와 함께 나타났다.

우리는 야에와 만난 뒤 곧장 스우와 만났다. 스우와 만나지 않았다면 유미나와도 만날 수 없었을 테고, 유미나와 만나지 않았다면 이렇게 한 나라의 왕도 되지 못했을지 모른다.

처음에는 어린이처럼 보이기만 했던 스우였지만 이제는 키도 많이 자라 전보다는 많이 성숙해졌다. 스우는 최연소인 열두 살…… 곧 열세 살이 되지만 아직도 이 나이에 정말 결혼을 해도 되나 하는 생각이 든다. 하지만 언젠가는 꼭 신부로 맞아들일 생각이었으니, 스우만 결혼식을 미뤄 혼자 넘기긴 싫었다. 역시 이렇게 같이 결혼식을 올릴 수 있어 다행이다.

호기심이 왕성하고 행동력이 강한 스우는 항상 나를 놀라게 한다. 제멋대로 행동하기도 하지만 그 모습이 귀엽기도 하다.

그런 스우의 작은 손을 잡고 나는 스우를 제단 위로 올라가게 했다.

"걱정이 많이 되는 아이지만…… 잘 부탁하네."

"괜찮아요. 스우는 생각보다 착실하니까요."

오르트린데 공작이 쓴웃음을 짓더니 인사를 하고 떠나갔다.

스우가 '아버지는 너무 걱정이 많아 탈일세' 라고 말하듯이 조금 부루퉁한 표정을 지으며 제단 위로 올라갔다.

　문이 열리고 다섯 명째인 유미나가 벨파스트 국왕 폐하와 함께 나타났다.

　대담한 행동력으로 내 곁으로 다가와, 어느새 옆에 있는 것이 당연해진 유미나. 정말로 어느샌가 눈을 뗄 수 없는 존재가 되었다. 지금은 유미나의 마음을 받아들여서 정말 잘됐다고 생각한다.

　나와 만났을 당시에 이미 이렇게 되리라 예상하고 더 나은 관계를 위해 지금껏 노력했던 게 아닐까. 가끔 유미나의 손바닥 위에서 교묘히 조종당하는 듯한 느낌도 들지만, 그게 또 유미나의 매력이기도 하다.

　두 사람은 조용히 중앙 통로를 걸어와 내 눈앞에서 멈췄다.

　"토야…… 잘 부탁하네."

　"네."

　벨파스트 국왕 폐하에게 짧게 대답하고 나는 유미나의 손을 잡았다. 유미나는 천천히 제단 위로 올라갔다.

　다음 순서인 린. 린의 부모님은 이미 요정족이 최후의 시간을 보낸다는 요정계로 떠났기 때문에, 미스미드 수왕 폐하가 부모님의 역할을 대신했다. 그리고 오늘은 폴라가 하객 좌석에 앉았다.

　화려한 웨딩드레스를 입은 린은 어딘가 수줍은 듯한 모습이었다. 린은 유일하게 나보다 연상이었지만 어린아이 같은 면도 있고 장난을 좋아하기도 한다. 그런 면을 포함해 모두 린이라는 여성이다. 나이는 관계없다.

린이 등을 떠밀어 주지 않았다면 나는 바빌론을 찾으려고 하지 않았을 테고 프레임 기어도 입수하지 못했을 테니, 결과적으로 세계는 프레이즈에게 유린당했을지도 모른다. 그렇게 생각해 보면 결국엔 린의 호기심이 세계를 구했다고도 할 수 있지 않을까?

나는 바로 그 세계의 구세주인 린의 손을 잡았다.

"우리의 맹우를 행복하게 해 다오, 토야."

"알겠습니다. 반드시 행복하게 하겠습니다."

씨익 웃으며 수왕 폐하가 인사를 하고 발걸음을 돌렸다.

제단으로 올라간 린에 이어 이번엔 루가 레굴루스 황제 폐하의 에스코트를 받으며 나에게로 다가왔다.

한때는 죽음의 위기에 몰렸던 레굴루스 황제 폐하였지만 이제는 매우 건강해지셨다. 조만간 루의 오빠인 황태자에게 제위를 물려주고 퇴위할 예정이라고 한다.

루는 레굴루스에서 한창 쿠데타가 벌어지던 와중에 만났다. 그때…… 만약 조금이라도 늦게 달려갔다면 루는 가슴을 꿰뚫려 죽었을지도 모른다.

루는 우리 나라에 와서 요리의 재능을 꽃피웠다. 하지만 사실은 보이지 않는 곳에서 피나는 노력을 거듭했다는 사실을 나는 안다. 루는 지기 싫어하는 성격이라 자신의 노력을 과시하려 하지 않았다. 목표를 정하면 그 목표를 향해 똑바로 달려가는 그 올곧은 성격을 나는 본받고 싶다.

곁으로 다가온 루를 맞이하며 나는 황제 폐하에게 살짝 고개를 숙였다.

"딸을 잘 부탁하네."

"물론입니다."

루 역시 제단으로 올라가게 하자 또 문이 열렸다. 나는 뒤이어 나타난 두 사람을 보고 무심코 쓴웃음을 지었다.

펑펑 우는 제노아스 마왕 폐하를 '데리고' 사쿠라가 나타났다. 베일로 보이진 않지만 사쿠라는 진절머리가 난다는 분위기를 풍겼다.

사쿠라는 꼭 어머니인 피아나 씨가 에스코트 역할을 맡아 주길 원했지만, 마왕 폐하가 무릎을 꿇고 빌자 가여워졌는지 마지못해 마왕 폐하의 에스코트를 받아들였다.

사쿠라가 성큼성큼 빠르게 걸었다. 얼른 끝내고 싶다는 심정이 그대로 느껴졌다. 저 두 사람은 아직도 마음을 터놓지 못한 건가…….

처음 만난 사쿠라는 기억을 잃었었다. 유론의 암살자에게 공격당해 빈사 상태였다. 바빌론의 기술이 없었으면 과연 어떻게 되었을지.

사쿠라는 평소에 말이 없고 감정을 잘 드러내지 않지만, 음악을 듣거나 노래를 하면 완전히 다른 모습이 된다. 사쿠라의 노랫소리는 앞으로도 사람들을 즐겁게 하고 행복하게 해 주겠지. 나도 그 옆에서 사쿠라를 돕고자 한다.

다른 신부들보다 더 빨리 내 곁에 도착한 사쿠라는 얼른 제단으로 올라가 버렸다.

내가 사쿠라답다고 감탄하며 쓴웃음을 짓는데, 마왕 폐하가 내 어깨를 꽉 쥐었다.

"따, 딸을 행복하게 해 주지 않으면 절대 용서하지 않겠다!"

"노, 노력하겠습니다."

이 사람 뭐야, 무서워. 그만! 얼굴 가까이 대지 마요! 눈물과 콧물이! 기껏 갖춰 입은 흰 턱시도가 더러워지겠어요!

울면서 뛰어가는 마왕 폐하를 보고 장인어른으로서 잘 대하며 지낼 수 있을지 불안한 감정이 들었다. 국왕으로 일할 때는 위엄이 있는데 말이야.

조금 맥이 빠진 그 타이밍에 마지막으로 힐다가 레스티아 전 국왕과 함께 나타났다.

힐다는 약혼자가 된 순서로는 일곱 번째지만 만나기는 제일 마지막에 만났다.

평소에는 기사도 정신을 관철하는 늠름한 모습이지만, 오늘 만큼은 늠름함보다도 사랑스러운 모습이 더 눈에 띄었다. 검 대신 작은 부케를 들고, 갑옷 대신 순백의 웨딩드레스를 입은 힐다가 천천히 내 앞으로 다가왔다.

나는 책임감이 강하고 항상 진지한 자세를 유지하는 힐다를 존경한다. 문제는 책임을 완수하기 위해 무리하기도 한다는 것이었다. 그게 힐다답다면 힐다다운 모습이지만. 난 그런 점을 포함해 힐다의 버팀목이 되어 주고 싶다.

"딸을 잘 부탁드립니다. 두 사람이 행복하기를."

"감사합니다."

레스티아 선왕 폐하에게 힐다의 손을 이어받고 나는 힐다를 제단 위로 올라가게 했다. 이것으로 제단에는 아홉 명의 신부가 다 모였다.

선왕 폐하가 떠난 뒤, 신부들에게 인사를 하고 나도 제단으로 올라갔다. 끊기지 않고 흐르던 '결혼행진곡'이 겨우 끝나 주변이 조용해졌다.

"【정령왕의 이름으로 명한다. 오너라, 정령들이여】."

나는 작은 목소리로 정령 언어를 사용해 대정령들을 불러냈다. 지금은 정령 언어를 알아듣는 사람도 몇 명인가 결혼식장 안에 있으니 들려선 안 되니까.

곧장 제단 상공에 거대한 불기둥이 솟구쳤다. 이어서 물기둥이 솟구치고, 공중에는 용오름이 발생했다. 그 바람을 타고 모래와 돌이 떠오르더니, 마지막에는 빛의 구슬과 어둠 덩어리가 출현했다.

"오오……!"

"굉장해……! 저걸 봐라!"

하객이 놀라든 말든, 갑자기 나타났을 때와 마찬가지로 불과 물을 비롯한 모든 것이 먼지처럼 순식간에 사라졌다. 그리고 모든 것이 사라진 뒤에는 인간이 아닌 여섯 소녀가 공중에 떠오른 채 나타났다.

이 여섯 명은 불의 정령, 물의 정령, 바람의 정령, 대지의 정령, 빛의 정령, 어둠의 정령으로, 여섯 대정령이었다.

"오오……!"

"설마, 정말로 정령이 모습을 드러낸 건가……!"

공중에 떠오른 여섯 명의 대정령을 보자 하객들이 모두 술렁이기 시작했다.

이 세계에서는 사람들에게 모습을 드러내지 않는 신들보다도 사람들 눈앞에 나타나는 정령을 더 깊이 숭배했다. 대수해의 사람들은 대수의 정령을 숭상하고 있기도 하고.

이 세계를 신들의 명령을 받은 정령이 만들었다는 설도 있을 정도다. 물론 그건 사실이긴 하지만. 본인(세계신님)이 직접 그렇게 말했으니까.

〈우리 대정령의 이름으로 정령과 유대를 맺은 브륀힐드 공왕 및 그 반려가 되는 아홉 명의 혼인을 축복하노라.〉

빛의 대정령이 온화한 목소리로 그렇게 말했다. 대정령이 직접 목소리를 내자, 조금 전까지 술렁였던 결혼식장이 쥐 죽은 듯 조용해졌다.

그럴 수밖에 없다. 원래 정령은 좀처럼 모습을 드러내지 않는다. 그에 더해 목소리를 들은 사람은 그야말로 한 줌에 지나지 않겠지. 대부분은 놀라서 차마 말이 안 나오지 않을까. 사실 그 정령보다 더 높은 존재가 하객 안에는 잔뜩 있지만.

잘 보니 대정령들도 긴장한 듯했다. 당연하다. 정령왕인 나보다도 훨씬 높은 세계의 창조신들이 바로 근처에 있으니까……. 조금 동정이 간다.

그래도 열심히 역할을 완수해 줘.

〈아, 앞으로 영원히 기쁨도 슬픔도 함께 나누며 평생 변함없는 사랑으로 서로를 도우며 살길 바란다.〉

불의 정령의 조금 긴장한 목소리가 울려 퍼졌다. 힘내.

〈우리 대정령이 그대들에게 혼인 선물을 주겠노라.〉

대지의 대정령이 그렇게 말하자 내 앞에 아홉 개의 반지가 빛과 함께 나타났다. 백금색의 장엄한 빛을 띠는 반지였다.

내가 신력(神力)을 주입한 '신응석(神應石)'으로 세계신님이 친히 만들어 준 결혼반지였다.

놀라지 마시라. 이 반지도 '신기(神器)'였다.

이 반지는 일종의 수신기로, 내 '신의 사랑'을 쉽게 받아들이게 하여 권속의 지위를 올려 준다고 한다. 더 명확하게 말하자면, 신족의 최하급, 종속신 수준이 되는 매직 아이템이다. 엄청난 반지인 셈이다. 당연하지만 다른 사람은 끼워도 아무런 효과도 얻을 수 없다.

내가 그 반지를 들고 신부 한 명, 한 명의 왼손 약지에 끼우자, 이번엔 아홉 명의 반지에서 빛이 나오더니 공중을 떠돌다 내 왼손의 약지에 모여들었다.

빛이 걷히고 보니 그곳에는 신부 아홉 명이 끼운 것과 똑같은 반지가 내 왼손 약지에 나타나 있었다. 보기만 해도 안다. 이건 신들과 정령, 그리고 모든 사람의…… 많은 축복이 담긴 이 세상에 하나밖에 없는 반지다.

내가 반지를 주시하자, 가장 어린 모습인 어둠의 대정령이 말했다.

〈혼인의 성립을 틀림없이 지켜보았다. 우리 정령왕의 이름으로 이 결혼을 축복하노라.〉

자신의 대리가 자신을 축복하다니 이상한 이야기다.

어디선가 나타난 소정령이 즐거운 듯 하늘을 날며 하객의 눈길을 빼앗았다. 빨강, 파랑, 녹색, 갈색, 노랑, 보라. 컬러풀한 빛이 하늘에 아름다운 궤적을 그렸다.

대정령들은 다시 불과 물이 되더니, 소정령과 함께 소용돌이를 그리며 하늘로 올라갔다. 그리고 하늘 높은 곳에서 불꽃놀이의 불꽃처럼 활짝 빛의 알갱이를 반짝거리며 퍼뜨리더니 하늘에 커다란 무지개를 만들었다.

이 멋진 광경을 보고 하객들은 큰 환성과 박수를 보냈다. 이렇게 화려한 광경을 만들어 주다니. 나중에 인사해 두자.

이렇듯 대정령들이 보증인이 되어 우리의 결혼은 정식으로 성립되었다.

생애의 반려로서 나는 신부들과 인생을 함께 걸어가게 된다.

우리는 이제 부부가 되었다.

마을의 시계탑에서 종이 울렸다. 이건 시간을 알리는 소리가 아니라, 우리를 축복하는 종소리였다. 종소리는 독기를 떨쳐 버리고 불행을 멀어지게 한다고 한다.

종소리에 호응하듯이 또 꽃잎이 우리의 머리 위로 쏟아졌다. 이건 꽃의 신이 날린 건가? 아니면 꽃의 정령이?

나는 바람에 휘날리는 꽃잎 속에서 에르제의 웨딩베일을 살짝 들어 올렸다.

"앞으로도 잘 부탁해, 에르제."

"맡겨둬. 네가 얼빠진 짓을 하면 한 대 세게 쳐 줄 테니까."

그건 좀 무섭네. 우리는 웃으면서 맹세의 키스를 했다. 남들 앞에서 하긴 부끄러우니 가볍게 서로의 뺨에다 한 정도이지만.

에르제는 언제나 앞장서 준다. 우리의 인생도 그처럼 활짝 열어젖혀 주겠지. 물론 나도 그 옆에 항상 함께 있을 생각이다.

에르제와 함께라면 어떠한 고난이 막아서도 무섭지 않다. 에르제는 나에게 용기를 주니까.

다음으로 나는 에르제의 동생인 린제 앞에 서서 조용히 웨딩베일을 들어 올렸다.

"린제도 잘 부탁해."

"네, 네에. 힘껏 토야 씨를 돕겠, 습니다."

린제가 눈물을 글썽이며 미소 지었다. 나는 그 눈물을 닦듯이 린제의 뺨에 입을 맞췄다. 마찬가지로 린제도 내 뺨에 입을 맞췄다.

다방면으로 나를 지원해 주는 린제. 그 한결같은 마음에 보답할 수 있는 남편이 되고 싶다. 감수성이 풍부하고 남을 위해 노력을 아끼지 않는 린제는 좋은 어머니가 되리라 생각한다. ……너무 성급하긴 하지만.

그다음에는 야에의 웨딩베일을 들어 올렸다. 생글생글 웃으며 야에가 말했다.

"이 생명이 다하는 날까지 당신 곁을 지키겠습니다, 서방님."

"고마워, 야에."

추측이지만.

야에와 내 신부들은 세계신님의 반지와 내 '신의 사랑' 덕분에 종속신과 같은 존재가 되었으니 내가 죽지 않는 한 같은 시간을 함께 살아가리라 생각한다.

야에의 말은 조금 호들갑스럽긴 하지만 야에의 마음을 내비친 게 아닐까 한다. 나도 같은 마음이다. 신부들과 함께 인생을 함께 걷기로 했으니까.

나는 야에와도 뺨에 키스를 나누고 옆에 있는 스우 앞으로 이동했다.

"토야는 항상 염려되는 일을 많이 하니 말일세. 내가 계속 옆에 있어 주겠네."

"하하하, 든직해."

키 차이가 있어 나는 조금 몸을 굽혀 스우의 뺨에 키스했다. 스우는 목을 끌어안으면서 나에게 키스했다. 언제나 그렇듯 공격적이다. 나는 무심코 웃고 말았다.

스우의 천진난만한 성격에는 언제나 위로를 받는다. 아무리 비관적인 상황이라도 희망을 품고 앞으로 나아갈 수 있을 것 같다. 너무 호기심이 왕성해서 탈이지만 그것도 포함해 스우다.

다음으로 유미나의 웨딩베일을 들어 올렸다. 의외라고 하면 실례일지 모르지만, 유미나의 두 눈에는 눈물이 떠올라 있었다. 유미나는 나에게 미소 지어 주었다.

"기뻐요……. 이렇게 좋아하는 사람의 아내가 되는 게 제 꿈이었거든요. 지금…… 정말로 행복해요."

"응. 나도 같은 마음이야."

결혼을 가장 동경했던 사람은 유미나일지도 모른다. 모국의 입장에 따라서는 왕가에 속한 사람으로서 원하지 않는 결혼을 할 가능성도 있었으니까. 그 벨파스트 국왕이 그런 결혼을 허락할 리는 없었겠지만 그랬으면 귀족들의 입방아에 올랐을 가능성이 크다.

하지만 유미나는 스스로 길을 개척했다. 그 굳센 마음을 나는 존경한다.

유미나와 뺨에 키스를 나누고 이번엔 린 앞으로 나아갔다.

"내 인생에 이런 일이 벌어지다니 놀랐어. 오래 살고 볼 일이네."

"우리 부부의 일생은 이제부터 시작인걸."

키득키득 웃는 린과 서로의 뺨에 키스를 나누었다. 린에게는 오래도록 동료는 있었지만 가족이라 부를 만한 사람은 없었다. 폴라를 만든 것도 오랜 시간 자신의 곁에 있어 줄 존재가 필요했기 때문인지도 모른다.

이제부터는 우리가 있다. 절대 린을 외롭게 하지 않겠다.

다음으로 나는 루의 정면으로 이동해 웨딩베일을 올렸다. 그리고 다른 신부에게 했던 것처럼 뺨에 키스했다. 루도 마찬가지로 내 뺨에 키스해 줬다.

"앞으로 매일의 식사는 저에게 맡겨 주세요."

"살이 안 찔 정도로만 부탁할게……."

루가 나에게 쑥스러운 듯 미소 지었다. 루의 요리는 정말 맛있다. 너무 많이 먹어서 살이 찌지 않을까 걱정이다. 신이 된 이 몸이라면 살이 찌지 않으려나? 그런데 살이 찐 신도 있었으니 알 수 없다.

결혼하면 행복해 살이 찐다고들 하는데, 행복하기만 해서 살이 찔 리는 없다. 결국 아내의 요리가 맛있다고 너무 많이 먹어서 그렇게 되는 거다. 먹은 다음엔 꼭 운동하자…….

마음속으로 그런 결의를 하면서 나는 사쿠라 앞에 섰다.

"임금님, 배고파."

"……조금만 참아 줘."

이런 상황에도 여전히 사쿠라는 느긋했다. 그게 사쿠라의 좋은 점이지만.

사쿠라는 말이 많은 편은 아니지만, 아무 말을 안 해도 같이 있으면 마음이 차분해진다. 사쿠라의 노래와 마찬가지로 이느긋한 성격이 평온함을 안겨 주는지도 모른다.

그런 사쿠라의 베일을 올리고 이번에도 서로 뺨에 키스를 나눴다. 그다지 감정을 표현하지 않는 사쿠라도 역시 이런 상황이라 그런지 조금 쑥스러운 듯했다.

마지막 신부인 힐다 앞으로 갔다. 항상 늠름한 분위기를 띠는 힐다였지만 오늘만큼은 본래의 사랑스러움이 더 돋보였다.

"토야 님, 앞으로도 오래도록 잘 부탁드립니다."

"나야말로."

말은 여전히 딱딱했지만 그만큼 진실한 마음이 전해져 왔다. 힐다의 기대를 배신하지 말자.

베일을 올리고 힐다의 뺨에 키스하자 힐다도 조금 긴장한 모습으로 내 뺨에 입술을 댔다.

다시 종이 울렸다.

나는 【스피커】를 꺼내 눈앞에 줄지어 있는 하객에게 인사했다.

〈오늘은 바쁘신 가운데에도 저희를 위해 모여 주셔서 감사합니다. 아직 풋내기이지만, 앞으로도 여러분과 힘을 합쳐 풍요로운 나라와 행복한 가정을 만들어 가려고 합니다. 앞으로 실수도 많이 하겠지만, 지금까지와 마찬가지로 지도와 편달

을 잘 부탁드립니다.〉

꽃잎과 함께 우레와 같은 박수가 우리에게 쏟아졌다. 우리
는 깊숙이 고개를 숙이고 하객 모두에게 감사를 표현했다.

코교쿠의 연출일까. 어디선가 일제히 흰 비둘기들이 하늘
위로 날아올랐다. 우리는 날아가는 비둘기들을 울려 퍼지는
종소리를 들으며 계속 바라보았다.

〈토야나 우리 고향에는 '부케 던지기'라는 풍습이 있어. 행
복한 신부가 뒤로 돌아 던지는 부케를 받아 마음속에 정해둔
상대에게 선물하면 사랑이 이루어져 행복해진대. 하지만 독
신 남성만이 참가할 수 있어. 마음에 정해 둔 상대가 있다면
당장 참가해! 자신의 손으로 행복을 쟁취해 봐!〉

【스피커】를 통해 카렌 누나의 목소리가 전해지자 〈우오오
오오오오오오오오!〉 하고 굵은 목소리가 울려 퍼지더니, 앞
다퉈 남자들이 제단 앞으로 모여들었다.

잠깐만요. 그건 내가 아는 부케 던지기랑 많이 다른데요?

단상에 올라와 있는 내 신부들이 당황해 했다. 그래서 내가
단상으로 돌아가려고 하자 모로하 누나가 내 어깨를 붙잡으
며 말렸다.

"네 세계의 방식대로 하면 여성들은 주눅 들어 참가하기 어

렵잖아? 카렌 언니가 더 불타오른다며 이렇게 하자고 했어."

음. 맞다. 요즘은 부케 던지기에 '참가하고 싶지 않다'는 의견도 많다는 얘길 인터넷에서 읽었다. '사람들 앞에서 부케를 필사적으로 잡으려고 하면 결혼을 서두르는 것처럼 보여 부끄럽다'라든가 '자신이 독신이라는 사실을 알리기 싫다'처럼 참가하고 싶지 않은 이유도 다양한 모양이었다.

남성들이라면 그렇게까지 부끄러워하지는 않으려나……? 그러고 보니 남성판 부케 던지기는 부케가 아니라 브로콜리를 던진다고 그랬던 것 같은데. 송이가 많아서 자손 번성, 행복 가득이 실현된다고 그랬던 듯하다.

브로콜리보다 부케가 더 예쁘니 부케를 던지면 충분하다고 생각하지만.

제단 앞으로 독신 남성들이 모여들었다. 젊은 사람부터 연배가 있는 분들까지……. 이봐요, 도란 씨까지 참가하기예요?!

리플렛 마을의 숙소 '은월'의 주인이자 미카 누나의 아버지. 분명히 남성이고 독신이긴 하지만…….

그 옆에서 어색하게 서 있는 사람은 도란 씨의 딸인 미카 누나에게 반해 있는 란츠잖아. 어? 기사단 사람들도 참가한 건가?

"경비라면 괜찮아. 냥타로랑 냥타로의 동료들이 눈을 반짝이며 감시하고 있으니까."

모로하 누나가 웃으면서 그렇게 대답했지만 걔네는 고양이인데요? 평범한 고양이가 아니긴 하지만…….

자세히 관찰하니 참가자 중에는 아는 사람도 많았다.

벨파스트 기사단의 수습 기사인 윌. 사막에서 우리 기사단의 일원이 된 레베카 씨 및 로건 씨와 행동을 함께했던 소년이다. 부케를 받으면 여자 친구인 웬디에게 건네주려는 건가?

그 외에 미스미드의 전사장인 가른 씨, 이셴 출신의 모험자이자 봉술사인 렌게츠 씨. 신인 모험자인 롭과 클라우스……. 우와, 파르프의 소년왕도? 호박 팬츠 왕자랑 로베르도 있어. 잠깐만, 엔데. 너도냐?!

그 이외에도 각국의 기사, 귀족의 독신들이 너도나도 참가했다. 부케는 아홉 개니 기회는 많은 편이라 생각하지만, 참가자가 너무 많지 않아?!

〈미리 말하지만 이건 신분 고하 막론하고, 손에 넣은 사람이 승자야. 따라서 일단 부케를 차지한 사람한테서 빼앗아서는 안 돼. 반칙이야. 다른 사람의 행복을 빼앗는 자는 자신이 불행해진다는 걸 잊지 마.〉

카렌 누나가 못을 박아 두었다. 남자들은 주변을 견제하듯이 슬금슬금 제단 앞에서 퍼지며 자리를 잡았다. 그리고 주변 남자들을 경계하면서도 눈은 제단 위의 내 신부들을 바라보았다. 다른 하객들도 재미있다는 듯이 구경했다. 행복을 나누는 부케 던지기인데 이세계에서는 살벌한 행사가 되고 말았다.

〈그럼 다들 뒤로 돌아. 내가 신호를 보내면 힘껏 부케를 뒤로 던지는 거다?〉

카렌 누나의 지시에 따라 내 신부들은 모두 뒤로 돌아섰다. 다음 순간, 두구두구두구두구두구! 하는 엄청난 소리가 울려 퍼졌다. 잠깐, 이건 드럼롤? 돌아보니 소스케 형이 진지하게 드럼을 두드리고 있었다. 뭐 하는 거예요, 음악신?!

〈그럼 간다~?! 하나, 둘~!〉

둥실. 아홉 개의 부케가 떠올랐다. 높이 날아간 부케도 있고, 낮게 날아간 부케도 있고, 완전히 엉뚱한 방향으로 날아간 부케도 있었다. 저건 스우가 던진 거구나.

"잡았다!"

수인의 스프링 같은 점프력을 살려 가른 씨가 도약했다. 낮게 날아온 부케를 다른 사람보다 높이 손을 뻗어 붙잡으려고
── 했는데 그 전에 옆에서 높이 도약한 엔데가 그걸 휙 낚아챘다. 우와.

"내가 받아갈게!"

부케를 차지한 엔데가 가볍게 착지했다. 넌 메르랑 서로 사랑하는 사이니 그냥 양보해도 되잖아…….

"야호!"

"큭, 젠장!"

"좋았어!"

"아~아…….."

내가 엔데를 보고 어이없어하는 사이에도 여기저기서 환호와 아쉬운 목소리가 날아들었다.

내가 아는 사람 중 몇 명도 부케를 차지한 모양이었다. 어? 파르프의 소년왕도 차지했어? 키가 아직 작은데도 용케 잡았네……

⟨남자들이 잡았다 놓쳐 땅에 떨어진 부케를 잡았습니다.⟩

⟨아, 그렇구나.⟩

옆에 있던 코하쿠가 텔레파시로 알려주었다. 앗, 공작의 딸인 약혼자 레이첼이 뛰면서 기뻐하고 있어.

오, 란츠도 하나 잡았구나. ……보니 미카 누나랑 눈으로 대화를 나누고 있네. 둘 다 얼굴이 빨개졌는데, 뒤에서 도란 씨가 노려보고 있는데도 눈치채지 못한 모양이야. 두 사람만의 세계에 빠져 있다고 해야 하나? 덧붙이자면 도란 씨도 부케를 하나 차지했다.

그리고 윌도 부케를 손에 넣었다. 당연하지만 여자 친구인 웨디가 뒤의 하객석에서 기쁜 표정을 지었다. 휴바 팬츠 안가님도 하나 차지했네.

……보니까 원래부터 짝이 있던 사람들이 하나씩 차지한 것 같은데?

"당연하지. 신부의 부케를 받았는데 사랑이 이루어지지 않는 불행이 벌어지면 안 되잖아."

"냐하하하. 카렌 언니 제법인걸? 앞으로 이 부케 던지기가 유행하지 않을까냥?"

카리나 누나와 스이카가 내 마음을 읽었다는 듯이 말을 걸어왔다. 어? 설마…….

내가 시선을 돌려서 바라보자 카렌 누나가 살짝 나에게 윙크했다. 역시나. 무슨 힘을 사용했군요?

별로 칭찬받을 만한 일은 아니지만 이번엔 그냥 못 본 척하자……. 응, 그게 좋겠어.

◇ ◇ ◇

부케 던지기가 끝난 다음 나는 '공방'에서 만든 커다란 수송형 고렘을 타고 신부들 모두와 함께 마을에서 퍼레이드를 했다. 작은 마을이니 솔직히 고렘이 이렇게 클 필요는 없어 보였지만.

마을을 행진하는 고렘은 이층 버스 같은 본체에 많은 다리가 달린 다족형 고렘이었다. 에르카 기사와 바빌론 박사의 콜라보 작품이다. 또 이렇게 화려한 물건을 만들다니. 참고로 운전사는 로제타였다.

고렘 버스는 마을을 한 바퀴 돌고 성으로 돌아가는 코스를 따라 천천히 이동했다.

원래 이건 '격납고'에 있던 대형 마동승용차를 개량한 물건으로, 천장이 없는 2층에 서 있으면 사람들 틈새에 있어도 우리가 보이게 설계되어 있었다. 마치 어딘가의 우승 퍼레이드 같아. 아니, 퍼레이드 맞긴 하지만.

길에서 손을 흔드는 사람들에게 우리도 손을 흔들어 주었다. 반 정도는 아는 사람이다. 처음 보는 사람들은 관광객이나 여행객이 아닐까 한다.

사람들 틈새에서 모험자들의 모습도 드문드문 보였다.

"응?"

그런 사람들 중에서 묘한 행동을 하는 사람을 발견했다. 우리에게 축하의 말을 건네는 남성의 뒤에서 어깨에 걸친 가방에 살짝 손을 넣는 사람이었다. 소매치기인가.

내가 스마트폰을 통해 【패럴라이즈】를 먹여 주려 했는데, 소매치기를 하려던 남자가 갑자기 그 자리에서 퍽석 주저앉았다. 어?

자세히 보니 남자 뒤에는 레이피어를 든 냥타로가 있었다. 덧붙이자면 저 레이피어는 냥타로의 부탁을 받은 내가 【패럴라이즈】를 부여한 거니 소매치기 남자는 다치지 않았을 거다.

냥타로는 나를 보더니 척, 하고 엄지를 들었다. 손을 정교하게 잘 쓰네……

사람이 모이면 그만큼 범죄도 늘어난다. 하지만 우리에게는 냥타로가 이끄는 고양이 부대(카트시 네 마리와 다수의 고양이)가 항상 수상한 인물을 감시하니 범죄자를 놓치지 않는다. 어떻게 보면 최고의 경비병이라고도 할 수 있다.

나는 냥타로에게 손을 흔들어 고맙다고 인사했다. 나중에

개다래나무 술이라도 보내줄까?

마을을 한 바퀴 돈 고렘 버스는 천천히 성으로 향해 갔다. 참고로 이 고렘 버스는 다리 측면에 타이어가 달려 있어 차륜 모드로 전환하면 흔들림 없이 앞으로 나아갈 수도 있다. 조금 전까지 퍼레이드를 하는 중에는 차륜 모드였다. 그럼 처음부터 다리로 하지 말고 바퀴로 하지! 그렇게 생각했는데, 마을로 나가자마자 울퉁불퉁한 길이나 산길도 많았다. 그럴 때는 여러 개의 다리가 더 편리한 거겠지.

성으로 돌아가자마자 우리는 곧장 옷을 갈아입는 방으로 달려갔다. 다음은 피로연이다. 결혼식을 열었던 안뜰과 성안에서 가장 넓은 큰 홀, 그리고 유희실을 【게이트】를 부여한 문으로 연결해 하객들이 재미있게 지낼 수 있게 만들었다. 피로연이긴 하지만 굳이 따지자면 2차 같은 분위기로, 결혼식처럼 딱딱하게 행동하지 않아도 된다.

신부들과 헤어져 옷을 갈아입는 방으로 들어가니, 대기하고 있던 라임 씨가 곧장 피로연용 옷을 가지고 왔다. 나는 흰 턱시도를 벗고 그 옷을 입었다.

흰색 셔츠, 그 위에는 회색 조끼. 넥타이는 남색. 그리고 위아래는 다크그레이 수트. 결혼식 중에 입었던 옷과는 달리 차분한 옷이었다.

피로연이지만 지구처럼 초를 장식하거나 웨딩케이크를 자르지는 않는다. 어디까지나 하객이 마시고 먹고 놀 수 있게 대접하는 게 주된 목적이다. 조금 전의 결혼식에 비하면 홀가분한 자리다.

라임 씨가 넥타이를 정돈해 주고 빠르게 방 밖으로 나갔다. 조금 전에 퍼레이드를 하는 동안 하객들은 이미 식사를 마쳤으니 지금쯤은 유희실에서 놀기 시작했을 즈음이다.

서두를 필요는 없지만 너무 느긋하게 있어서도 안 된다. 신부들은 옷을 갈아입는 데 시간이 걸리니 하다못해 나만이라도 먼저 나가야 한다.

나는 코하쿠와 신수들을 데리고 큰 홀로 연결된 문 앞까지 【텔레포트】로 이동했다.

우리가 갑자기 나타나자 경비를 보던 기사들이 놀랐지만, 나라는 사실을 알자 곧장 문을 열어 주었다. 놀라게 해서 미안하다고 사과하며 문을 지나자 큰 홀에 있던 하객들이 모두 나를 주목했다.

"오오! 오늘의 주인공 등장이다!"

미스미드 수왕 폐하의 목소리가 울려 퍼지자, 하객들이 우레와 같은 박수로 나를 맞이했다.

큰 홀에는 많은 테이블이 늘어서 있었고, 흰 식탁보로 덮인 테이블 위에는 다양한 요리와 과자가 가득 늘어서 있었다. 하객은 거기에서 좋아하는 음식을 접시에 덜어 먹는다. 이른바 뷔페 형식이다.

처음에는 사람마다 자리를 지정하려고 일부러 리스트까지

만들었지만, 각 나라의 중신들, 귀족, 정치적인 입장과 서로의 관계를 고려하면 결정하기가 너무 어렵다는 판단이 들어 이런 형식이 되었다. 그렇다고 거대한 원탁을 놓을 수도 없으니 말이다.

이 형식이라면 자리 순서를 신경 쓸 필요도 없고, 모르는 사람끼리도 대화를 나눌 수 있다. 반대로 사이가 나쁜 사람이 있다면 굳이 다가가지 않아도 된다.

"정말 축하하네, 토야. 먼저 먹고 있었네."

"감사합니다. 이에야스 씨. 즐겁게 지내 주십시오."

리프리스산 와인을 마시고 조금 얼굴이 빨개진 이에야스 씨가 인사를 건넸다.

이셴에서는 야에의 가족과 친족은 물론, 이에야스 씨를 비롯한 토쿠가 가문의 중신들, 이셴의 왕인 시라히메 씨 등을 초대했다.

이에야스 씨 다음으로 말을 건 사람은 미국 원주민 같은 민족의상을 걸친 이그리트 국왕이었다. 잘 단련된 갈색 피부와 문신은 평소와 같았지만 머리의 깃털 장식은 평소보다 색채가 화려했다. 예복인가?

"여어, 브륀힐드 공왕. 드디어 자네도 유부남이군. ……아내들의 기분을 상하게 하는 일은 절대로 하지 말게."

"……명심하겠습니다. 이그리트 국왕 폐하."

남쪽 바다의 왕국인 이그리트를 다스리는 국왕 폐하에게 고마운 말씀을 들었다.

　이 임금님도 아내가 일곱 명이다. 선배의 충고는 순순히 듣기로 하자. 이그리트는 이전의 텐터클러 소동 이후로 오징어 어업을 시작했다는 모양이었다. 평판이 상당히 좋아 이그리트의 명물이 될 듯하다는 말을 들었다.

　나중에 이그리트산 말린 오징어가 시장에 나올지도 모르겠다.

　"공왕 폐하, 결혼을 축하드립니다."

　"축하드립니다."

　"감사합니다. 다음은 두 분 차례군요."

　다음으로 인사를 해 준 사람은 토리하란 신제국의 루페우스 황태자와 스트레인 왕국의 베를리에타 왕녀였다.

　전의 마동승용차^{에티르 비클} 레이스를 거쳐 약혼자가 된 두 사람도 곧 결혼식을 올린다.

　"저희 결혼식에도 와 주세요. 최신 마동승용차^{에티르 비클}로 퍼레이드를 할 예정이거든요!"

　"요즘엔 베르와 정비 관련으로 말다툼할 때가 많아 조금 곤란합니다……."

　"어머, 내가 장착한 부품에 당신이 트집을 잡아서 그런 거잖아?"

　"그러니까 그건 트집을 잡는 게 아니라, 안전이……!"

　"워워, 진정하세요."

여기서 싸움을 시작하면 곤란하니 난 두 사람을 말렸다. 이건 싸우면서도 사이가 좋다는 그런 건가? 싸움은 돌아가서 해 주면 안 될까?

내가 난처해 하는데, 큰 홀에 있던 하객들이 '오오!' 하며 웅성거렸다.

큰 홀에 있던 큰 문이 열리더니 웨딩드레스에서 다른 옷으로 갈아입은 내 신부들이 홀 안으로 들어왔기 때문이었다.

모두 웨딩드레스와 같은 레이스 원단인 드레스를 입었지만, 디자인은 전체적으로 간소했다. 풍성하게 퍼진 스커트는 기장이 무릎 정도였고, 가슴 위와 어깨에서 팔꿈치에 걸친 레이스는 라인이 매우 선명했다.

아름답다기보다는 귀여운 모습이 더 강한 드레스였다.

"자, 신부들을 맞이하러 가야지."

웃으면서 내 등을 두드린 사람은 전 타케다 사천왕인 바바 할아버지였다. 그 양옆에서는 야마가타 아저씨와 나이토 아저씨가 웃고 있었다. 덧붙여 코사카 씨는 다른 나라의 중신들과 인사를 나누는 중이었다.

내가 조금 불안한 발걸음으로 신부들에게 다가가자 가장 먼저 스우가 나에게 달려들었다.

"스우도 참. 이제 아내가 됐으니 이렇게 달려들면 경박해 보여."

"무슨 소린가. 아내가 됐으니 아무런 거리낌도 없이 이렇듯 안겨들 수 있는 게 아닌가. 토야, 이젠 사양하지 않을 걸세. 우리는 이제 부부이니까."

음, 그렇게 나온다라. 나도 사양한다기보다는 그냥 부끄러워서 그런 거지만.

스우를 보고 자극을 받았는지 유미나까지 나와 팔짱을 끼었다. 오른팔은 스우, 왼팔은 유미나. 양손에 꽃을 든 상태지만, 다른 일곱 명의 꽃이 웃으며 나에게 은근한 압력을 가했다.

문득 고개를 들어 보니, 조금 전에 이야기했던 이그리트의 국왕이 나를 동정 어린 시선으로 바라보았다. 그러지 마요.

신부들도 다 모여, 나는 다시 하객에게 이리저리 인사를 하고 다녔다. 안뜰에서 시원한 저녁 바람을 쐬면서 환담을 하는 각국의 왕들에게 말을 걸고, 큰 홀에서 여러 나라의 요리를 맛보는 왕비들에게 결혼생활 조언을 감사히 듣고, 유희실에서 노는 귀족들에게 얼굴도장을 찍었다.

이윽고 밤이 깊었다. 답례품 카탈로그와 요리를 담은 도시락을 선물로 들고 돌아가는 하객들은 토키에 할머니가 전이마법으로 바래다주기로 되어 있었다. 그리고 숙박을 하는 손님은 성의 객실에서 머물게 된다.

그 외의 일은 코사카 씨와 메이드장인 라피스 씨에게 맡겼다. 우리는 마지막 인사를 하고 결혼식장을 떠났다.

"후우~~~~. 피곤해~~~."

나는 넥타이를 풀고 거실 소파에 푹 몸을 기댔다. 나의 신부들도 각자 방으로 돌아갔다. 나는 긴장에 이은 긴장에서 해방되어서인지 온몸에 나른하고 피곤했다.

"수고하셨습니다."

"아, 네……."

집사인 라임 씨가 차가운 물을 가져와 나는 그걸 단숨에 들이켰다. 오늘은 물을 거의 마시지 못했으니까. 화장실을 자주 가면 안 되거든. 그냥 물인데 굉장히 맛있었다.

라임 씨가 다시 유리잔에 주전자의 물을 따라 주었다.

"근사한 결혼식이었습니다. 하객도 모두 만족하셨을 겁니다."

"그랬으면 좋겠는데요."

라임 씨의 조금 과장된 말을 듣고 쓴웃음을 지으면서 나는 또 꿀꺽꿀꺽 물을 마셨다.

"이젠 대를 이을 아이를 낳으면 되겠군요."

"푸헉?!"

콜록, 콜록! 기관지에 물이 들어가 크게 기침을 했다. 대를 이을 아이라니! 너무 이르지 않아요?!

내가 당황하든 말든 라임 씨가 아무렇지 않다는 듯이 말을 계속했다.

"왕가에 속한 사람이라면 혈통을 남기는 일도 책무 중 하나입니다. 벨파스트 국왕 폐하는 왕비님이 한 분이셔서 유미나 님이 태어나기 전에는 매우 초조하셨습니다만, 공왕 폐하는 아홉 분이나 계시니 단순히 생각해 왕비님이 아홉 배나 많으십니다. 낳게 될 확률도 아홉 배나 높지 않을지……."

"낳게 될 확률이라니, 너무 노골적인 말은 하지 마세요."

무, 물론. 결혼했으니 그런 일도 포함해 부부의 생활이라고는 생각하지만.

지구의 결혼 연령을 생각해 내 의지로 18살까지 기다려 달라고 하긴 했지만, 그래도 가장 어린 스우는 12살이다. 아무리 이세계라지만 성인으로 인정받으려면 대체로 15살 전후라는 모양이니, 그런 행위는 몇 년 더 기다리는 게 좋다고 생각한다.

센고쿠 시대의 무장인 마에다 토시이에는 21살에 정실인 마츠를 맞아들였지만, 그때 마츠의 나이는 12살. 공교롭게도 스우와 같은 나이이다. 게다가 마츠는 다음 해에 아이를 낳았다.

아무리 그래도 내가 그걸 본받을 필요는 없다.

이상하게도 신부들은 사전에 논의를 해서(나는 참가하지 않았지만) '그런 일'의 순서를 이미 결정했다고 한다.

그건 단순히 내가 '약혼한 순서'였다. 즉, 유미나, 린제, 에르제, 야에, 루, 스우, 힐다, 린, 사쿠라의 순이었다.

그러니 이제 유미나한테 가야 하는데…….

결혼식과는 다른 이상한 긴장감이 몸을 휘돌았다. 에에잇. 이미 각오는 했잖아.

그런데 라임 씨가 방 밖으로 나간 후에도 나는 잠시 혼자서 물만 마셨다. 시계 소리가 유난히 크게 들렸다.

계속 꾸물거리고 있을 순 없다. 좋아, 가자!

빠르게 쿵쿵 뛰는 심장을 누르며 일어서려는데 문을 노크하는 소리가 들렸다.

"흐엑, 네엣?!"

"실례합니다."

철컥. 문을 열고 셰스카가 방으로 들어왔다.

한 손에 든 은쟁반 위에는 유리로 만들어진 작은 병이 몇 개인가 올라가 있었다. 뭐지? 힘을 내게 해 준다며 술을 가져온 건 아니겠지?

"바빌론 박사님의 결혼 축하 선물입니다."

"이게 뭔데?"

테이블에 놓인 작은 병은 루비나 사파이어처럼 빛났다. 나는 형형색색의 액체가 들어간 그 작은 병을 집어 들고 샹들리에에 비춰 보았다. 마치 가늘게 간 얼음에 시럽을 뿌려 섞은 듯한 색이었다. 예쁘기는 하지만 몸에는 나쁠 것 같다.

"이 빨간색이 정력증강제, 파란색이 성욕회복약, 녹색이 자양강장약입니다."

"다시 가지고 가!"

결혼 축하라고는 해도 너무 노골적이잖아!

"'연금동'의 플로라가 특별히 만든 겁니다. 부작용은 없습니다."

"됐어. 내가 알아서 할게."

【리프레시】가 있으니 체력이 고갈될 일은 없으리라 생각한다. 아니, 그렇다고 체력이 고갈될 정도로 한다는 얘기는 아니고.

셰스카가 내 손을 슥 잡더니, 손목에 엄지를 댔다.

"흠. 평상시보다 맥박 수, 혈압 모두 상승. 호흡이 조금 흐트러졌군요. 긴장하셨네요, 마스터."

"미안하네요."

긴장 안 하면 그게 더 이상하잖아? 사신하고 싸웠을 때보다 훨씬 더 긴장했어.

"첫 경험이면 생각처럼 안 돼서 트라우마에 걸리는 일도 많다고 하는데요. 혹시 모르니 사모님들과 일전을 치르기 전에 저를 상대로 연습하시는 게 제일 좋지 않을까 합니다. 그럼 바로. 자자자."

"야!"

셰스카가 나를 소파로 밀어붙이더니 내 셔츠의 단추를 풀기 시작했다. 앤 여전히 힘이 엄청 세네?!

"아프게 안 할게요. 천장의 얼룩을 세고 있으면 금방 끝나요."

"악. 【텔레포트】!"

"폭신."

나는 소파에서 순간이동으로 탈출했다. 큭, 이런 곳엔 있을 수 없어! 얼른 유미나한테 가자!

나는 문을 열고 풀린 단추를 잠그며 복도를 빠르게 걷기 시작했다.

〈어땠어?〉

"박사님 예상대로 어물거리고 있었습니다. 마스터가 겁쟁이이니 참 고생이 많네요."

셰스카는 소파에 앉은 채 스마트폰으로 바빌론 박사와 대화를 나누었다. 깔깔 웃는 목소리가 스마트폰에서 들려왔다.

〈너무 그러지 마. 어설프게 자신감만 넘치는 사람이나 여성을 성욕의 대상으로만 보는 쓰레기에 비하면 훨씬 낫잖아. 게다가 이런 일에 익숙해지지 않으면 우리한테도 손을 대지 않을 테니까 말이야.〉

"저는 아직 가능성이라도 있지만, 박사님은 거의 불가능하지 않을까요?"

인조인간인 바빌론 시스터즈는 더는 성장하지 않는다. 박사의 몸도 계속 변함없겠지.

〈음~. 그건 술의 힘을 빌리지 뭐. 분명 술의 신도 힘을 빌려 줄 거야.〉

"그러다 벌 받아요."

그런 술의 신은 박사보다 더 어린 모습이지만. 그 이전에 신이 된 토야가 평범한 술에 취할 리 없었다. 옛날에 주인과 종이었던 두 사람은 그런 것도 모르고, 겁이 많은 신혼 소년의 미래를 그 나름대로 축하해 주었다.

"【프리즌】."

"저어……. 왜 그러세요?"

유미나가 어리둥절해하는 모습을 뒤로 한 채, 나는 유미나의 방에 【프리즌】을 펼쳤다. 이제 밖에서 안을 들여다볼 수도 없고, 침입할 수도 없다.

아니지. 아직 안심할 수 없다. 그 박사니까 도청기나 감시 카메라를 설치해 뒀을지도 모른다.

나는 【서치】를 사용해 조사해 봤지만 아무것도 발견되지 않았다. 음…… 너무 지나친 생각이었나? 역시 그 박사도 그렇게 저질 같은 일은 안 하는구나. 의심해서 미안해. 평소의 행동이 행동이다 보니…….

후우. 안도의 한숨을 내쉬는데, 귀여운 흰 잠옷을 입은 유미나가 뾰로통하게 침대 위에서 투덜댔다.

"토야 오빠? 아까부터 새색시를 너무 그냥 내버려 두는 것 아닌가요?"

"앗, 미안. 그럴 생각은 아니었어."

으악. 조금 삐쳤다. 당황한 내가 필사적으로 변명한 덕에 유미나는 겨우 기분을 풀었다. 후우.

 겨우 마음을 놓았는데, 유미나가 침대에서 무릎을 꿇고 앉아 나에게 정중히 고개를 숙였다. 어? 그거 어디서 배웠어?! 야에한테?!

 "부족한 몸이지만, 앞으로 오래도록 잘 부탁드립니다."

 "아니, 저야말로 잘 부탁드립니다."

 유미나의 뜻하지 않은 행동을 보고, 나도 침대에 올라 똑같이 무릎을 꿇으며 깊숙이 고개를 숙였다.

 그리고 고개를 들자마자 서로 웃음을 터뜨렸다. 조금 전까지는 긴장했는데, 그 긴장감이 어느새 어딘가로 사라져 버렸다.

 나는 앞으로도 신부들을 반려로 삼아 살아가게 된다. 그 마음에는 아무런 망설임이 없었다.

 나는 유미나의 손을 잡고 결혼식 때는 하지 못했던 입술 키스를 나누었다.

 부드럽고 둥근 달빛을 받으며 우리의 그림자는 천천히 하나로 겹쳐졌다.

 그날을 포함한 9일 동안, 아주 힘든 나날이 이어졌다고만 덧붙여 두겠다.

"이제야 겨우 명실공히 토야랑 그 아이들은 부부가 된 거야."

"스우하고는 정말로 잠만 같이 잤다는 모양이지만. 아직 몸도 다 자라지 않았으니까. 무리할 필요는 없는 건가. 앞으로는 계속 함께 있을 테니."

"그래서? 신혼여행인가를 다 같이 토야의 세계로 간다며? 준비는 다 됐어?"

"토야 오빠! 술! 난 술 선물이 좋아! 아니, 술이 아니면 받지도 않을래!"

카렌 누나, 모로하 누나, 카리나 누나, 그에 더해 스이카까지 이렇게 함부로 말씀하시다니. 남의 소문 이야기는 본인이 없는 곳에서 하시죠?!

가족이 신혼을 놀리다니 성격이 나쁘시네……. 카렌 누나와 모로하 누나는 내 색시들에겐 시누이가 되니 그런 소릴 하면 다들 싫어하지 않을지……. 아니. 싫어하지 않을 것 같아. 누나들의 권속이 되어가고 있기도 하니까…….

"제 힘만으로 모두를 단숨에 【이공간 전이】를 이용해 지구로 보낼 순 없어요. 세계신님이 도와주신다고는 하지만요."

저번에 결혼식을 열었던 정원의 테이블에서 나를 안주로 다과회를 열고 있던 여신님들에게 나는 퉁명스럽게 대답했다.

나는 지구에서 죽은 것으로 처리되었다. 지구에서는 죽은 사람이 살아 돌아오지 않는다. 그런 존재는 세계의 이치(어디까지나 지구에서지만)에서 벗어나 있으므로 그 세계에서 내쫓긴다.

그래서 나는 어디까지나 인간 '모치즈키 토야'가 아니라 신족 '모치즈키 토야'로서 지구를 방문하게 된다. 하느님 수습생, 세계신님의 권속으로서.

단지 걱정스러운 점은 지구에는 마력의 바탕이 되는 마소가 매우 옅다. 즉, 여기서처럼 자유롭게 마법을 사용할 수 없다.

신력이라면 사용할 수 있으니 나는 어떻게든 되지만, 다른 아내들은 쉽게 마법을 사용할 수 없다. 마력을 사용하지 않는 유미나의 【미래시】 같은 권속 특성이라면 사용할 수 있겠지만.

유미나의 '간파의 마안'도 무속성 마법이 눈이라는 기관에 나타나는 것이니 쓸 수 없으리라 생각한다.

"너무 걱정하지 않아도 될 거야. 토야의 신기(스마트폰)를 통하면 마법도 어느 정도 신기를 사용해 발동할 수 있으니까. 아, 그렇지만 너무 자주 사용하면 안 돼. 그곳에서는 거의 없는 힘이니까, 수상한 비밀 결사에 발견되기라도 하면 신혼여행을 할 여유가 없어질 수도 있어.”

불길한 소리를 하시네. 그런데 스마트폰을 사용하면 조금이나마 마법도 사용할 수 있는 건가? 누군가와 떨어지게 되거나 미아가 되면 【서치】를 써서 찾을 수 있겠구나. 【스토리지】도 사용하면 선물을 사서 돌아올 수 있을까?

“그런데 세계신님이 늦네. 전화로는 점심쯤이면 오신다고 했는데.”

“어쩔 수 없어. 지금 신계에서는 이곳 휴양지 이야기가 한창이니까. 분명 그 일로 많이 바쁘실 거야.”

내 결혼식에 맞춰 ‘선행 체험’이라는 명목으로 지상에 인간화해 내려온 열 명의 신들.

무도신, 강력신, 공예신, 안경신, 연극신, 인형신, 방랑신, 꽃신, 보석신, 그리고 시공신인 토키에 할머니.

그 이후로 열흘이 지나, 지상에 인간화해 내려온 신들의 다양한 체험담이 신계에 퍼진 모양이었다. 그 소문을 듣고 흥미가 동해 자신도 어서 지상으로 내려가 바캉스를 즐기고 싶다는 신들이 늘어났다고 한다.

“지금까지 거들떠보지도 않았으면서 정말 제멋대로라니까. 물론 당당히 지상에 내려와 마음껏 살 수 있으니 그 마음을 모르지는 않지만.”

“인간으로 살아가는 일이 ‘재미있다’는 그 감각을 잘 이해하지 못하겠어요…….”

"냐하하. 토야 오빠가 살던 지구로 말하자면 '롤플레잉'인 거야. '그 역할이 되어 놀면' 재미있잖아?"

롤플레잉? 롤플레잉 게임의 역할 놀이 같은 걸 말하나? 일상의 자신을 잊고 다른 역할을 연기하면 즐거울지도 모르지만, 신들도 참 욕망에 충실하네.

"이미 공예신과 인형신은 자신의 작품을 만들기 시작했다고 하고, 연극신과 무도신은 어딘가의 극단에 들어갔다나 봐. 조만간 이 나라에도 이름이 들려오지 않을까?"

카리나 누나가 깔깔 웃으며 그렇게 말했지만 인간이 되었다고는 해도 신은 신. 그 전문직 내에서 유명해지지 않는 게 오히려 이상한 일이다. 틀림없이 세계적인 사람이 되겠지.

"이해가 안 되는 일이 있다면, 안경신이 안경은 안 만들고 안경을 배포하고 다닌다는 점이야."

"포교 활동 아닐까? 이 세계에는 아직 안경 보급률이 낮으니까. 게다가 '안경이 어울리지 않는 사람은 없다. 있다고 한다면 아직 그 사람은 자신에게 어울리는 안경을 만나지 못했을 뿐이다'라고 항상 말하잖아."

응. 안경신=이상한 신. 기억했다. 부디 문제는 일으키지 말기를. 얌전히 안경점이라도 열어 장사에 열중해 주길 바라는 바다.

"이제부터 자리를 비우니 제발 문제를 일으키지 말았으면 좋겠는데……."

응? 이 감각은…….

"괜찮네. 여행 중엔 내가 눈에 불을 켜고 지켜볼 테니 걱정하지 말게."

기척이 느껴진 곳으로 시선을 돌리니, 세계신님이 갑자기 확 나타났다. 권속이기 때문인지 나는 세계신님만큼은 출현을 감지할 수 있다.

"기다리게 해서 미안하네. 휴양지 계획으로 조금 옥신각신해서 말이야."

"역시 그런가요?"

어떻게 옥신각신했는지는 안 들으려 한다. 위장이 아파질 것 같으니까.

"그럼 토야. 색시들을 불러오게. 이세계 여행의 주의점을 얘기해 둬야 해서 말이야."

"앗, 알겠습니다."

주의점? 역시 이세계에 가는 일은 위험한 건가? 엔데는 여러 세계를 건너다녔다고 하는데, 말하자면 다른 행성에 가는 일이나 마찬가지이니……. 앗, 목적지는 지구니까 그럴 리 없나?

나는 품에서 스마트폰을 꺼내 아내들을 부르기 위해 메시지를 적기 시작했다.

$$\diamond \ \diamond \ \diamond$$

"내일부터 자네들은 토야가 있던 '지구'라는 다른 세계로 가게 되네만."

세계신님이 모인 아내들을 둘러보며 이야기를 시작했다. 정원에 커다란 돗자리를 깔고 앉은 아내들은 모두 세계신님의 이야기에 귀를 기울였다.

옆 테이블에서는 카렌 누나를 비롯한 신들이 조용하게 우리를 지켜보았다.

"먼저 저편의 언어인데, 자네들이 가지고 있는 반지가 있으면 의사소통은 문제없네. 모든 나라의 언어를 듣고 말할 수 있을 테지. 문자도 읽을 수 있으니 걱정하지 말고. 그곳에서 사용할 돈도 내가 준비할 테니 안심하게."

오오. 그럼 외국인과도 이야기할 수 있다는 건가. 편리한 걸? 역시 신기(神器). 나는 왼손의 약지에서 빛나는 결혼반지를 바라보았다. 행선지가 일본인 이상 나하고는 별로 관계없는 이야기지만.

게다가 돈까지 준비해 준다니 감사할 따름이다. 최악의 경우엔 금이나 은을 가지고 가서 환금할까도 생각했으니까.

"그리고 자네들이 가지고 있는 '스마트폰' 말인데, 그것도 저편에서 사용할 수 있게 해 두겠네. 그곳은 마소가 옅어 통화가 어려울 테니 말이야."

박사가 만든 양산형 스마트폰은 전파가 아니라 대기에 떠도
는 마소를 매개로 한 통화 마법을 이용한다. 원리를 자세히 알
지는 못하지만 조금이라도 공기가 상대와 '연결되어 있으면'
대화가 가능하다는 모양이었다.

설사 실내라도 어딘가와는 공기가 연결되어 있을 테니까.
그렇다면 공기도 오가지 않는 완전한 밀폐 공간이면 연결되
지 않는 건가? 물에도 마소는 있다고 하니 바닷속에서도 연결
되나? 잘 모르겠다.

그런데 지구에서도 사용할 수 있다면 이미 그건 평범한 스마
트폰이 아닐까?

"마소가 옅으니, 마법은 거의 사용할 수 없네. 꼭 주의하게.
작은 불이나 얼음이라면 만들 수 있을지도 모르지만 말일세."

대기에 마소가 포함되어 있지 않으면 마법은 발동되지 않는
다. 산소가 없는 곳에서 불을 붙이려는 시도와 비슷한가? 어?
그렇지만······.

"대기에 마소가 없어도 체내의 마력을 사용하면 자신에게는
마법을 적용할 수, 있을까요? 언니의【부스트】같은 마법이
라든가요."

린제가 나 대신에 세계신님에게 묻고 싶었던 질문을 해 주었
다. 에르제도 자신에 관한 일이라 조금 관심이 있는 듯했다.

"가능은 하겠지만 웬만해선 안 하는 게 좋겠지. 금방 마력이

떨어져 쓰러질지도 모르니까. 기껏 신혼여행을 가서 드러누워 지내기는 싫겠지?"

"아하……. 마력으로 변환되는 마소가 적으니, 사용한 마력도 쉽게 보충할 수 없다는 거구나."

린이 이해가 됐다는 듯이 작게 고개를 끄덕였다. 마력이 다 떨어지면 의식이 혼탁해져 정신을 잃기도 하니…….

마력 양도 마법인 【트랜스퍼】가 있지만 나도 지구에선 마력이 회복되지 않으니 위험한가.

"그럼 마력을 여기서 어딘가에 저장해 가져가면 되지 않을까요? 바빌론에 있는 마력 탱크 같은 곳에."

"안 된다네. 저편에 도착한 순간 저장한 마력은 안개처럼 사라지고 말아. 마력으로 움직이는…… 거기 그 곰도 그곳에 가자마자 바로 움직이지 못하게 되걸세."

린의 뒤에 있던 폴라가 몸을 덜덜 떨었다. 괜찮아, 넌 여기에 남겨 둘 거니까. 그렇다면 코하쿠랑 신수들도 불러봐야 존재를 유지할 수 없다는 말인가. 순식간에 내 마력이 다 떨어져 사라지고 만다. 마력이 거의 회복되지 않으니까.

아티팩트 종류도 다 못 쓴다라. 프레임 기어마저도 지구에서는 움직이지 않는 큰 인형에 불과하게 되는구나.

"어? 그럼 마력으로 충전하는 제 스마트폰은 충전되지 않는 건가요?"

"……평범하게 전기로 충전하면 되지 않나."

"······말씀하신 대로입니다."

그래. 지구에는 당연히 전기가 있다. 왜 엉뚱한 질문을 하는 건지. 부끄럽게. 덧붙이자면, 박사가 아내들의 스마트폰도 전기로 충전할 수 있게 만들어 두었다는 모양이었다.

"소인들은 별로 관계없는 이야기군요."

"그러네요."

"그러게요."

야에, 힐다, 루. 마법을 사용하지 않는 그룹이 입을 모아 그렇게 대답했다. 조금 삐친 모습처럼 보여 나는 살짝 웃고 말았다.

"저편에선 마법을 사용하지 않는 게 당연한 일이니 너무 신경 쓸 필요는 없을 거야."

"그런데 위험에 처하면 어떻게 하면 좋겠는가? 마법을 사용하지 못하면 위험하지 않은가?"

수우가 그런 질문을 했다. 음~. 여긴 마법이 당연히 존재하는 세계니까. 역시 불안할지도 모른다.

"분쟁 지역에 가는 게 아니니까 별로 안 위험해. 우리가 갈 나라는 비교적 평화로우니까."

일본이라면 마법을 못 써도 특별히 곤란하지는 않으리라 생각한다. 무엇보다 마법을 못 쓰는 게 평범한 거다. 오히려 마법을 사용하면 더 위험하다.

"그리고 이게 가장 큰 문제인데, 토야에 관한 일이네."

"네? 저요?"

갑자기 지목을 받아 나는 어리둥절한 표정을 지었다.

"전에도 말했네만, 토야는 저편에선 죽은 사람으로 처리되어 있지. 당연히 지금 그 모습 그대로 가선 여러 문제가 생길 수도 있네. 그건 잘 알고 있을 테지."

"네, 그거야 뭐……."

죽었던 사람이 돌아다니고 있으면 깜짝 놀랄 수밖에 없다. 하지만 【미라주】로 모습을 바꾸면 별문제가……. 아!

"혹시 위장 마법도 저편에선 못 쓰나요?"

"못 쓰지는 않아. 다만 조금 전에도 말했듯이 마력은 사용할 수 없으니 신력을 사용할 수밖에 없지. 자신의 신력을 사용해 계속 모습을 속이려면 몸에 상당한 무리가 갈 걸세. 어떤 일로 인해 우연히 긴장이 풀리면 모습이 원래대로 돌아갈 가능성도 있을 테고 말이지."

윽, 그럴 수도……. 마력과는 달리 신력은 컨트롤이 힘들다. 힘 조절이. 그래서 실패하면 머리카락이 자라거나, 엄청난 위력의 마법을 날려 버린다. 만약 컨트롤이 가능했다면 토키에 할머니에게 의지하지 않더라도 내가 세계의 결계를 고칠 수도 있었다.

신력의 상시 발동은 역시 힘들 듯했다. 기껏 고향에 돌아가는데 마음 편히 지낼 수도 없고, 아내들과의 여행을 즐길 여유도 없어선 역시 좀 그렇다.

"그래서 말이네. 내가 여행 중일 때만 토야의 모습을 바꿔 줄까 하네. 그러면 본인에게 부담이 가지도 않고, 어떤 계기로 인해 원래대로 돌아갈 일도 없을 테니까. 돌아올 때까지는 변한 모습 그대로라 조금 불편할지도 모르겠네만, 어떻게든 되겠지."

오, 그러면 좋죠. 항상 긴장하고 있어선 아무래도 피곤하다.

"우우. 임금님의 모습이 계속 변해 있으면 같이 여행하는 즐거움이 줄어들 것 같아. 그건 싫어."

"그래. 사쿠라의 말대로일세. 아무리 본체는 토야라도 다른 사람과 여행하는 기분이 들겠구먼. 그건 어떻게 안 될까?"

사쿠라와 스우가 세계신님에게 이의를 제기했다. 음~. 나도 신혼여행을 가는 거니, 아내들과 추억이 남는 여행이 됐으면 좋겠는데.

게다가 가장 큰 목적인 부모님의 꿈속에서 결혼 보고를 하는 일도 딴 사람 모습이어서야……, 아니지. 그때만 신기를 이용해 원래 모습의 환영을 두르면 될까? 몇 분 정도라면 버틸 수 있을 테니까.

"괜찮네. 그런 점은 나도 잘 생각해 뒀으니까. 자네들이 확실히 토야라고 인식할 수 있는 모습으로 만들 테니 걱정 말게. 자, 보게."

세계신님이 짝 하고 손뼉을 치자 내 주변에 화악 연기가 피어올랐다.

"푸악?! 뭐, 뭐야?!"

나는 연기를 없애려고 손을 흔들었다. ……어? 좀 이상한데. 왜 이렇게 코트의 소매가 남아서 덜렁거리는 거지?

게다가 방금 낸 목소리도 옥타브가 높았던 것 같아. 좀 이상하지 않나? 연기가 걷히고 내 시야에 비친 모습은, 눈을 휘둥그렇게 뜨고 놀란 표정을 짓는 모두의 모습이었다. ………무슨 일인데?

"이거라면 토야와 여행했다는 기분이 들지 않겠는가."

세계신님이 으쓱한 얼굴로 웃는데, 어라? 이상하네. 세계신님의 키가 이렇게 컸었나?

게다가…… 다른 사람의 키도 갑자기 큰, 듯, 한……. 설마.

"스, 【스토리지】!"

나는 당황하며 【스토리지】를 열고 전신 거울을 꺼내 안뜰의 낮은 나무에 걸었다. 거울에 비친 모습은 스우보다도 훨씬 작은 다섯 살 정도의 나였다. 어?! 모습을 바꾼다고 했는데, 이런 거였어?! 어려지는 거였나요?!

"얘 뭐니! 정말 토야야?!"

"우, 우와……! 미니 토야 씨, 예요!"

"귀, 귀여워요! 너무 귀여워요!"

"네! 작아지니 더 매력적이에요!"

에르제와 린제, 쌍둥이 자매가 좌우에서 스테레오처럼 외쳤고, 유미나와 루가 나에게로 가까이 달려왔다. 헉, 다들 왜 이렇게 좋아해?!

"오오! 정말 서방님의 흔적이 보입니다!"

야에까지 나에게로 달려왔다. 그거야 당연하지. 아들도 아니고 본인이니까!

야에는 내 양어깨 사이로 손을 넣고는 비행기 놀이를 하듯이 나를 가볍게 들어 올렸다. 우와! 잠깐! 바지가 벗겨지겠어!

몸은 작아졌지만 옷까지 작아지지는 않았다. 나는 팬티까지 흘러내리려고 하는 아랫도리를 어떻게든 붙잡으려고 했지만, 야에가 날 들어 올리고 있어서 그럴 수 없었다.

쓸데없이 바람이 불어 셔츠가 위로 들쳐 올라갔다. ……춥네.

"토, 토야 님. 그렇게 풀 죽을 필요는 없는데요……."

"넌 대중 앞에 하반신을 노출한 기분을 알 수 없을 거야……."

루의 위로조차도 내 마음에는 닿지 않았다. 당연히 풀이 죽을 수밖에. 머리도 초등학생이었다면 부끄럽지 않았을까……?

"정말 죄송합니다……. 그만 성 아랫마을의 아이들을 대하듯이 대해 버려서……."

야에는 어린이를 좋아하니까. 마음은 잘 알지만, 아무리 그래도…….

"계속 그렇게 삐쳐 있으면 안 되지. 일부러 그런 게 아니니 웃으며 떨쳐 버리게. 우리의 서방님이니까 말이야."

스우가 머리를 쓰다듬어 주었다. 이거, 평소와는 반대 네……. 뭐라 말하기 힘들 만큼 낯간지러운 기분이다. 쑥스럽 다고 할지 뭐라고 할지.

옆 테이블에서 그 모습을 지켜보던 카리나 누나와 스이카가 깔깔 웃었다.

"작아졌다고 풀이 죽다니. 모두 가족이잖아. 우리가 봤다고 해서 쑥스러워할 필요 없어."

"냐하하하하. 토야 오빠. 작네? 작아!"

자꾸 작다, 작다 그러지 마! 그건 사람으로서의 그릇을 말하 는 거야?! 설마 다른 걸 말하는 건 아니지?!

내가 스이카에게 따지고 들려고 했던 그때, 【텔레포트】로 성 아랫마을에 있는 '패션킹 자낙'에 갔던 사쿠라가 돌아왔다.

"일단 속옷하고 몇 가지 사 왔어."

사쿠라가 테이블 위에 종이봉투를 툭 올려놓았다. 사 온 건 좋은데…… 왜 이렇게 많이 사 왔어?!

엄청 많은 종이봉투에서 다양한 아동복이 튀어나왔다. 잠 깐! 왜 스커트까지 있어?! 여아용도 섞여 있잖아?!

"이 옷이 잘 어울릴 것 같아요!"

"이것도 귀여워요."

"이럴 줄 알았으면 어린이용 기사 갑옷도 준비해 둘 걸 그랬 어요……."

즐겁게 아동복을 집어 드는 루하고 유미나와는 달리, 아쉽다는 듯이 그렇게 중얼거리는 힐다. 힐다는 아이가 태어나면 정말 아동용 갑옷도 만들지도 몰라…….

그러지 말고, 아무거나 괜찮으니 얼른 옷을 줘.

아내들은 이게 좋네, 저게 좋네 하며 날 한참 옷 갈아입히기 인형처럼 가지고 놀았지만, 최종적으로는 무난한 바지와 파카를 입혀 주었다. ……응, 이 정도면 저편에서도 평범한 아이처럼 보이겠어.

"……이제 됐는가?"

"앗! 죄, 죄송합니다!"

이런. 세계신님을 완전히 잊고 있었어!

"그 모습이라면 토야라고 들키지도 않을 테고, 완전히 딴 사람의 모습일 때보다야 자네들도 토야라고 수월히 인식할 수 있을 테지. 저편에서 토야의 어린 시절의 모습을 아는 사람을 만나도 '많이 닮은 아이' 정도로 생각할 게야."

그렇다. '죽은 사람이 어려져서 나타났다'고는 아무도 생각하지 않을 테니까.

"그러면 더 나이가 많은 중년 모습이어도 되지 않나요……?"

"………함께 행동하기엔 어린 편이 좋을 것 같네만?"

이상한 공백이 있었지만, 이 모습이 같이 행동하기엔 더 좋긴 한가……. 중년 모습으로 아내들과 같이 다녔다간 경찰한테 불심검문을 받을 수도 있다.

더 늦게 해 노인의 모습이면 어떨까도 생각했지만, 그래선 아내들이 많이 어색하려나? 어린 남자아이 한 명과 여자아이 아홉 명의 조합이 노인 한 명에 여자아이 아홉 명 조합보다 눈에 덜 띄기도 할 테고. 게다가 나의 늙은 얼굴이라니, 벌써 보고 싶지는 않았다. 어? 신이 되면 늙지 않는다고 했던가?

"지금 모습은 자네를 젊게 만든 것이 아니라, 그 모습으로 고정했을 뿐일세. 이른바 '변신'인 게지. 상급신이 되면 자유롭게 쓸 수 있게 될 게야. 참고로 나도 이 모습 이외에 몇 가지 모습을 더 가지고 있네."

"그런가요? ……그런데 왜 어르신 모습으로 다니세요?"

"그게 더 위엄 있어 보이지 않나."

매우 속물적인 이유였다. 그 마음을 모르진 않지만.

"일단은 이 정도일까. 색시들도 내일 출발 전에는 옷을 바꾸어야 하네. 저편으로 가면 이 상태로는 눈에 띌 테니 말일세."

당연히 눈에 띄겠지. 단 복장보다도, 이 아이들의 외모 때문일 테지만.

야에는 몰라도, 다른 아내들은 머리카락, 눈동자 색으로 외국인이라고 생각하겠지. 그것만으로도 눈에 띈다. 사쿠라는 머리카락도 화려한 색이니까.

저편으로 가서 가발이라도 살까? 머리를 물들이기도 좀 그러니.

"옷이라면 '패션킹 자낙'에 신작이 많이 나왔었어. 그건 임금님 세계의 옷을 바탕으로 만들었으니 저편에 가도 괜찮을 거야."

"그럼 바로 다 같이 사러 갈까? 며칠 동안 갈아입어야 할 옷이 필요하잖아."

사쿠라의 제안에 린이 찬성했고, 다른 모두도 찬성이라는 듯이 떠들썩하게 대화를 나누기 시작했다. 저기요, 저편에 가서 사면 되지 않을까요? 세계신님이 돈도 준비해 주시는데.

"자, 토야. 가자."

"어? 나도?!"

쭈욱. 에르제가 내 손을 잡고 당겼다. 그걸 보고 놀라고 있는데, 반대편 손도 야에가 붙잡고 잡아당겼다.

"저편에서는 서방님 외엔 【스토리지】를 사용할 수 없지 않습니까. 그러니 우리의 짐도 보관해 주셔야 합니다."

짐꾼이냐. 그건 상관없는데. 그보다 이 붙잡힌 우주인 같은 취급은 그만해 주시면 안 될까요?

"그럼 내일 아침에 또 여기서 보세."

"앗, 네! 뭔가 좀, 죄송합니다."

떠나가는 우리를 보고 웃으면서 손을 흔드는 세계신님. 그 모습을 돌아보면서 나는 사과를 해 두었다.

출발 전부터 이렇게 소란스럽다니. 이번 신혼여행, 정말 괜찮을까……?

◇ ◇ ◇

　당연한 일이지만 성안의 사람들은 왜 그런 모습이 됐지? 라고 하며 이상하게 생각했다. 【미라주】로 자주 모습을 바꾸기도 했으니, 왜 모습을 바꿨는지 자체는 궁금해하지 않았지만 왜 어린이로 변했는지는 질문을 받았다.

　결국 이유는 애매하게 얼버무릴 수밖에 없었다. 하느님의 힘으로 어린이가 됐다고는 할 수 없으니까.

　몸집이 작아져서 아내들과 옷을 사러 간 김에 자낙 씨네 가게에서 산 어린이용 잠옷으로 갈아입었다. 침실 거울에 비친 자신의 모습을 보고 뭐라 말할 수 없는 기분이 들었다.

　"출발 직전에 변해선 갈아입을 옷도 준비할 수 없었을 겁니다. 그런 점을 ㄱ려한 것일까요?"

　"우왓?!"

　야에가 또 나를 안아 올렸다. 큭. 하다못해 초등학교 고학년 정도의 몸이었으면 꽤 무거워서…… 그래도 야에라면 안아 올렸을 테니 그건 상관없나…….

　그런데 가볍게 들어 올릴 수 있다니. 남자로서 뭐라 말하기 힘들 만큼 한심한 기분이 드네. 지금은 어린이 상태니 어쩔 수 없는 일이긴 하지만.

　"정말 귀엽습니다~. 아들이 태어나면 이런 느낌일까요?"

"……너희, 자낙 씨 가게에서는 날 여장까지 시켰겠다?"

"아들도 보고 싶었지만, 딸의 모습도 보고 싶었어. 다른 뜻은 없어."

아무리 그래도……. 나는 전혀 거리낄 게 없다는 듯 태연한 모습으로 대답하는 사쿠라를 노려보았다. 난 소중한 뭔가를 잃어버린 느낌이 든단 말이야…….

"맞다. 린은 날개 어떡할 거야? 【인비저블】을 못 쓰면 숨길 수 없잖아? 저편에는 요정족 같은 종족은 없다며?"

거대한 침대 위에서 머리카락을 풀던 에르제가 트윈테일 머리카락을 풀던 린에게 물었다. 그러고 보니 그러네.

"문제없어. 이 날개는 마소의 농도에 반응해 특정한 색소를 반사하니…… 간단히 말해, 공기에 마소가 많지 않으면 뚜렷하게 보이지 않아. 마법도 사용하지 못할 만큼 마소가 옅은 저편의 세계라면 괜찮아. 그리고 만약의 경우엔 이렇게 몸에 딱 붙여 어떻게든 옷 속에 숨길 수도 있으니까."

등의 날개를 몸에 딱 붙도록 접으면서 린이 대답했다. 하느님한테 안 보이게 해 달라고 부탁할까 했는데 이 정도면 그러지 않아도 될 듯했다.

"사쿠라의 뿔은, 괜찮을까?"

린제가 사쿠라를 보면서 마찬가지로 질문을 던졌다.

"나는 짧게 만들면 머리카락으로 숨길 수 있고, 늘이고 줄일 때만 마력을 사용하니 문제없어. 단언해."

그렇구나. 그럼 계속 짧게 해 두면 되겠네. 사쿠라의 뿔은 '왕각(王角)'. 마력으로 자유롭게 늘어나게 할 수 있는데, 사람으로 치면 손톱과 마찬가지로 피부의 일부라는 모양이었다. 동물의 뿔처럼 각질이 굳은 걸까? 뱀파이어족은 손톱을 어느 정도 자유롭게 늘였다 줄였다 할 수 있다는데, 그것과 비슷한 건가?

또 사쿠라는 마족이라 귀가 조금 뾰족한 편인데, 저 정도라면 괜찮을까? 누가 묻는다 해도 '패션이에요'라고 대답하면 문제없을 듯하다.

"토야가 살던 세계는 대단하구먼. 한밤에도 반짝거려 마치 별님 같으이."

스우가 내 스마트폰으로 침실의 공중에 투영한 지구의 영상을 보면서 중얼거렸다. 스우의 눈앞에는 도쿄의 야경이 펼쳐져 있었다.

우리가 가려는 곳은 그렇게까지 큰 도시는 아니지만 말이지.

"다양한 마동승용차가 달리고 있어요."

"'신호'의 파란색이 '앞으로', 빨간색이 '멈춰라'였죠?"

루와 유미나는 사전에 알려줬던 지구의 규칙을 재확인했다. 저편에서 아내들이 모르는 일을 일일이 설명하기보다는, 기왕에 가지고 있는 도구이니 사전에 보여 주고 어느 정도 숙지시켜 두는 편이 당연히 더 좋다.

기억 양도 마법인 【리콜】을 사용하면 어느 정도의 지식은 공유할 수 있기도 하고 있고 말이지. 그래야 야에가 저편에서 타임슬립한 사무라이처럼 TV를 보고 '이 기괴한 상자 자식'이라고 하며 공격하는 콩트를 찍는 일을 막을 수 있다. 사전에 알게 되면 원래 그런 거라며 쉽게 받아들이겠지. 게다가 이곳에도 비슷한 아티팩트가 있기도 하니까.

물론 영화도 보여 주고 했으니, TV 정도에 놀라지는 않으리라 생각하지만.

"하지만 저편에서는 검을 휴대해서는 안 된다고 하니 조금 불안해요. 무기도 없이 싸워야 한다니……."

"그, 그렇습니다. 설마 단검 한 자루도 안 될 줄이야. 체술만으로 싸워야 한다니요."

힐다가 살짝 눈썹을 찌푸리며 중얼거리자 야에도 공감된다는 듯이 고개를 끄덕였다.

그러니까~. 일단 싸울 상황이 거의 없고, 싸운다고 해도 저편에는 거의 무기를 가지고 있지 않거든? 설사 나이프 정도를 가지고 있다 해도 너희라면 완벽히 제압할 수 있어.

본인들은 아는지 어떤지 모르겠지만, 나의 아내 아홉 명은 강하다고 단언할 수 있다. 마법을 쓰지 않더라고 웬만한 남자들은 상대도 안 될 정도다. 강건한 모험자가 몇 명씩 덤빈다한들, 제일 약한 스우조차도 이기지 못하리라 생각한다.

야에, 힐다, 에르제, 루 같은 전방 그룹은 일상적으로, 유미나, 린제, 린, 사쿠라 등의 마법을 주로 쓰는 후방 그룹도 정기

적으로 모로하 누나나 타케루 삼촌의 훈련을 받고 있다. 스우와 사쿠라는 라피스 씨나 츠바키 씨에게 은밀술까지 배우고 있고.

그게 다가 아니고, 누나들의 가호에 권속화도 있잖아. 저편의 남자들은 상대도 안 될 게 뻔하다. 오히려 너무 심하게 혼내 주지 않을까 걱정하는 처지가 될 것 같다.

나로서는 그런 문제가 생기지 않기만을 바랄 뿐이다.

"여러분. 내일은 일찍 일어나야 하니, 이제 잘까요?"

유미나가 베개를 톡톡 두드렸다. 지금까지는 같이 자도 난 소파에서 자거나, 침대 가장자리에서 자며 일단은 자제했는데, 이제 우리는 부부라 무엇 하나 거리낄 것 없이 같은 이불에서 자도 된다.

그래도…… 솔직히 말해 어린이가 돼 버렸으니 오늘은 정말로 잠만 잘 수밖에 없지만……. 조금 세계신님을 원망했다.

"토야는 내 옆에서 잘 걸세! 평소와는 반대로 껴안아 주고 싶으이!"

"으악?!"

스우가 나를 뒤에서 꼭 껴안고 그대로 침대로 다이빙했다.

"우우. 치사해, 스우. 나도."

이번에는 사쿠라가 반대편에서 껴안아 나는 샌드위치 신세가 됐다. 뭐라고 하면 될까. 아주 기쁜 상황이지만 어린이라 그런지 꽉 눌린 이 상태는 기쁨보다 고통이 더 컸다.

"으으으……."

"두 분 모두 거기까지만 하세요. 토야 님이 고통스러워하시잖아요."

냉정하게 루가 두 사람을 떼어내 주었다. 살았다……. 스우와 사쿠라는 입을 삐죽였지만.

이렇듯 사쿠라는 종종 스우와 경쟁을 펼치곤 했다. 나이만 따지면 사쿠라가 루나 유미나보다도 더 위인데.

"토야 님, 괜찮으신가요?"

"응, 괜찮아. 고마워, 루."

"뭘요. 자, 오늘은 어서 자죠."

"어?"

이번엔 루가 날 껴안고 그대로 침대에 쓰러졌다. 어라라?! 스우가 했던 방식이랑 똑같은데요?!

"앗, 루 씨! 치사해요!"

이번엔 유미나가 반대편에서 껴안았다. 그 모습을 보고 다시 스우와 사쿠라도 나에게 달려들었다. 이러면 숨 막힌다고……!

"흐으음. 이건 참전을 해야 할까요?"

"가만히 보고만 있으려니 마음이 편치 않아요."

"어, 어떻게 할까. 언니?"

"그, 글쎄. 우리도 이제 부부 사이이니 사양할 거 없지 않을까……?!"

"자자, 여기까지. 평소와 다른 달링을 보고 흥분한 그 마음을 모르지는 않겠지만, 너희는 여행에서 돌아오는 날까지 매일 이럴 거니? 그러지 말고 공평하게 결정하는 게 어떨까?"

그렇게 말한 린은 침대 옆의 사이드테이블에서 정육면체 나무 블록이 들어간 상자를 가져왔다. 린은 정육면체 나무를 척척 조합해 타워 하나를 완성했다.

타워는 전부 54개의 정육면체가 가로와 세로에 각 세 개씩 교차되어 쌓여 있었다.

순서대로 제일 높은 곳을 제외한 하단의 나무 블록 하나를 빼서 위에 올리다가 마지막에 타워를 무너뜨린 사람이 지는 게임으로, 일본에서도 인기가 많은 파티게임이다.

이건 내가 스트랜드 상회의 오르바 씨에게 시제품을 만들어 건넨 뒤에도 남아 있던 여분의 블록이었다.

"그래, 이거로 결정하자는 거지? 재미있겠는데?"

"무너뜨린 사람은 탈락인, 건가요?"

에르제와 린제가 작게 고개를 끄덕였다. 일단 이 게임은 모두 해 본 적이 있다. 그다지 실력의 차이는 없다고 생각한다.

"좋아! 그럼 시작하세!"

스우가 팔을 걷으며 적극적으로 나섰다. 다른 모두도 '재미있겠는데……?!' 라는 듯이 게임에 참가하기 시작했다. 이봐요들. 밤새지 말고 얼른 자야 하지 않을지요…….

그 뒤로 몇 번인가 와르르! 하고 나무 블록이 무너진 소리가 들린 듯했지만, 침대에 혼자 남겨진 나는 그대로 잠이 들어서 승부의 결과가 어땠는지는 잘 모른다.

그날 밤, 나는 텐터클러 무리에게 붙잡히는 꿈을 꾸어서 가위에 눌렸다.

너무 괴로워 한밤중에 일어나 보니, 나는 모두에게 팔다리를 붙들려서 꼼짝도 못 하는 상태였다. 역시 그대로 있기는 너무 괴롭다 보니 【텔레포트】로 탈출했지만.

이러니 그런 꿈을 꿀 수밖에…….

모두가 자는 침대에서 벗어난 나는 소파에서 기분 좋게 잠든 새끼 호랑이 상태의 코하쿠를 베고 다시 한번 잠에 빠져들었다.

그 덕분에 텐터클러 악몽을 또 꾸지는 않았지만, 이번엔 코하쿠가 눌려 찌부러지는 꿈을 꾸어 가위에 눌렸다고 한다. 미안.

"다들, 준비는 됐는가?"

세계신님이 우리에게 말을 걸었다.

장소는 바빌론의 '정원'. 카렌 누나를 비롯한 하느님 패밀리에 더해, 바빌론 박사, 셰스카와 바빌론 넘버즈, 엔데와 메르까지 우리를 배웅하러 와 줬다.

내 모습을 본 엔데는 계속 폭소를 터뜨렸지만. 너한텐 선물 없을 줄 알아. 이 자식.

나의 아내들은 이미 지구의 복장으로 갈아입었다. 어딜 어떻게 봐도 평범한 여자아이다. 물론 특출나게 예쁘다는 주석이 붙긴 하지만.

외모만 보면 야에를 제외하고 모두 외국인인데, 그게 더 이상한 사람이 말을 걸 일이 없어 나은가. 어느 쪽이든 눈에 띈다는 사실에는 변함없긴 하다만.

일본인 남매(야에와 나)가 홈스테이를 하러 온 외국인 아이들을 안내하는…… 것처럼 보인다면 좋겠다. 그러긴 좀 어려울까?

참고로 우리는 스마트폰 이외의 짐은 들고 있지 않았다. 내스마트폰을 통하면 좀 지치기는 하지만 신기를 사용해【스토리지】도 활용할 수 있으니, 그 안에 필요한 물건은 모두 넣어두었다. 아내들이 갈아입을 옷이라든가 세계신님이 준 돈이라든가.

마법의 힘으로 움직이는 것들…… 이를테면 프레임 기어나
마동승용차는 지구에서 꺼내도 움직이지 않지만.

브륀힐드도 블레이드 모드로 변형할 수 없겠지? 그 이전에 그런 물건을 꺼냈다간 체포당한다.

"그럼 이제부터 모두를 저편의 세계로 보내지. 토야의 스마트폰이라면 나한테도 연락이 가능하니 돌아올 때는 전화하게. 데리러 갈 터이니."

"알겠습니다."

"그럼. 즐거운 여행이 되길 바라네."

세계신님이 우리에게 손을 들었다 싶었는데 뭔가가 폭발한 것처럼 섬광이 시야를 뒤덮었다. 눈부셔?!

감았던 눈을 조심스럽게 떠 보니 새하얗던 시야가 점점 원래대로 돌아왔다.

그곳은 이미 바빌론의 '정원'이 아니라 숲속의 외길이었다.

"버, 벌써 도착한 건가요?"

린제가 두리번거리며 주변을 살폈다. 나무가 우거진 울창한 숲속에 길 하나가 쭉 뻗어 있었다. 위에서는 에메랄드그린인 햇볕이 나무의 틈새 사이로 쏟아지고 있었다.

"토야, 여기는 정말 '지구' 맞아? 나한테는 그냥 평범한 숲으로 보이는데……."

"……아니. 여긴 틀림없이 우리가 살던 세계가 아니야. 이걸 봐 봐."

고개를 갸웃하는 에르제에게 린이 등을 돌려 보여 주었다. 평소라면 보였어야 할 인광을 내뿜던 린의 작은 날개가 보이지 않았다. 아니, 아주 자세히 보면 윤곽이 흐릿하게 보이는 듯도……. 하지만 일상적인 거리에서 보면 안 보인다.

"그렇다면 역시 여긴 '지구'란 말입니까. ……그런데 어디인지요?"

야에의 난처한 목소리가 들렸는데, 그 질문에 대답할 수 있는 사람은 나뿐이었다.

여기는…….

"앗, 토야 님?!"

등 뒤로 루의 목소리를 들으며 나는 달려갔다. 숲속에 뻗어 있는 길은 점점 좁아지더니 경사가 생기며 오르막길이 되었다.

그리고 언덕 위에서 보이는 빨간 지붕과 그리운 닭 모양 풍향계.

그 건물을 올려다보며 나는 발걸음을 멈췄다. 눈앞에 솟아 있는 벽돌로 만든 오래된 양옥집. 이 집은 다이쇼 시대(1912~1926)에 세워졌다고 들은 기억이 있다.

나를 쫓아온 아내들도 모두 나처럼 양옥집을 올려다보았다.

"이 집은……. 혹시 토야 씨의 집……인가요?"

린제가 물었지만 나는 작게 고개를 저었다. 이곳은 우리 집이 아니다. 우리 집은 이 양옥집이 있는 마을에서 몇 정거장 더 가야 나온다. 하지만 이 집도 마치 본가처럼 그립게 느껴졌다. 왜냐하면 이곳은…….

"우리 집은 아니야. 이곳은…… 우리 할아버지가 사시던 집이야."

중학교 시절에 할아버지가 돌아가신 이후에는 거의 오지 않았지만, 전혀 변하지 않았다. 엄마가 관리했었을 텐데, 마당도 이렇게 손질이 잘 되어 있다니…….

……이상해.

엄마는 할아버지의 딸이다. 그림책 작가인데 여러 면에서 호쾌한 사람이다. 집을 고치고 손질할 사람은 아닐 텐데…….

뭔가 석연치 않은데 바지 주머니 안의 스마트폰이 진동하기 시작했다. 세계신님에게서 온 전화다.

"여보세요?"

〈오. 무사히 도착한 듯하구먼.〉

"네. 저어, 왜 여기로 보내셨나요?"

〈그곳에서 움직이려면 거점이 필요하다고 생각해서 말일세. 수도와 전기도 사용할 수 있게 해 뒀다네. 그곳이라면 잘 아는 장소지?〉

물론 당연하다면 당연하다. 어린이만 호텔에서 머물러선 수상하니까. 신고라도 당하면 일이 귀찮아진다.

"그런데 마음대로 사용해도 될까요?"

〈고작 며칠이니 상관없을 테지. 아들이기도 하고, 문제는 없으리라 보네만.〉

문제없나? 이미 여기선 죽은 몸이고, 아이의 모습인데.

산 위의 단독주택이라 사람은 거의 안 오기야 하겠지. 그러니 엄마도 '불편해서 어떻게 살아!' 라고 하며 내버려 둔 거고.

……이건 그래, 꿈속에서 만나면 그때 사과하자.

"응? 문이 열려 있으이. 위험하게."

세계신님과의 통화를 끊는 사이에 스우가 현관의 문을 철컥 열었다. 망설이지도 않고 여네…….

내가 어이없어하는데 발치에 투욱 낡은 열쇠가 빛과 함께 떨

어졌다. 이것도 세계신님의 배려인가?

문이 열려 있었던 건 세계신님이 열어 놔서 그런가? 아니면 엄마가 깜빡하고? 어느 쪽이지? 후자라면 수상한 사람이 살고 있지는 않겠지……? 어? 우리가 수상한 사람인가?

달관에 가까운 경지에 이르러 나는 열쇠를 주워들었다. 며칠간이지만 신세 좀 질게, 할아버지.

"오오! 불이 들어왔구먼!"

문을 열고 들어가서 바로 앞에 있는 스위치를 누르자 현관과 앞으로 이어진 복도에 불이 켜졌다. 정말 전기가 들어오네. 할아버지가 돌아가신 이후에도 그대로 두었다면 TV와 냉장고도 그대로 있을 거야. 응?

머리 위의 불빛이 켜졌다 꺼지기를 반복했다. 전구의 수명이 다한 건가? 그렇게 생각했는데 사실은 린이 스위치를 딱딱 몇 번이고 전환하고 있었을 뿐이었다. 뭐 해?

"정말로 마력을 흘리지 않아도 작동하는구나. 이건 전기…… 번개의 힘을 사용하는 거지?"

"맞아. 그 스위치로 전기를 통하게도 멈추게도 할 수 있어."

"그렇구나. 흥미로워."

린이 현관에 걸려 있는 복고풍 갓을 쓴 전구를 보고 미소 지었다.

"실례하겠구먼!"

스우를 시작으로 모두 다 우르르 신발을 신고 집에 들어갔다. 앗, 잠깐~!

"아, 안 됩니다! 집에 들어갈 때는 여기서 신발을 벗어야 합니다!"

"정답! 야에 1포인트!"

일본과 풍습이 비슷한 이셴 출신인 야에만큼은 잘 이해를 하고 있는 듯했다. 이 집은 겉보기엔 양옥집이지만 그건 어디까지나 서양 '풍' 집일 뿐이었다. 외국인을 초대하려고 만들어진 집이 아니다.

"아!"

무슨 말인지 눈치챈 아내들 모두가 후다닥 복도에서 현관으로 돌아왔다. 나중에 청소해야겠네. 걸레가 있으려나?

모두 이셴이나 일본의 풍습을 일단은 알고 있어서 바로 자신들의 잘못을 눈치챈 듯했다. 집의 외관이 양옥집이라 착각을 한 모양이었다. 모두 신발을 벗고 다시 복도 위로 올라갔다.

방문객이 많았던 할아버지의 집이지만 역시 슬리퍼는 열 명분이 채 되지 않았다. 세계신님인지 엄마인지는 모르겠지만 (전자가 아닐까 하고 나는 판단했다), 다행히 잘 청소되어 있어 먼지 하나 없으니 발은 그다지 더러워지지 않으려나?

먼저 세면장에 가서 물이 나오는지를 확인하려고 했는데 나는 키가 작아서 수도꼭지를 틀 수가 없었다……. 이렇게 한심할 수가.

"와, 나온다. 이것 봐."

에르제가 대신 물을 틀어 주었다. 그렇다면 화장실도 괜찮은 거네. 세계신님 고마워요. 아무래도 화장실에 물이 안 나와선 큰일이다.

"임금님, 임금님, 임금님! 이거 '티브이'?!"

"오오! 이거 '티브이'인 겐가?!"

사쿠라와 스우가 거실에 있는 얇은 TV를 흥분하며 보고 있었다. 이세계에서도 영화 같은 동영상도 보여 줘서 둘 다 TV의 존재는 알았지만, 실제로 보기는 처음이라 흥분한 거겠지.

"이건 어떻게 해서 그림이 비치는 건가요? 마력을 흘리는 건 아니, 지요?"

"아까 그 불빛이랑 마찬가지로 스위치가 있지 않을까?"

린제와 에르제도 TV에 흥미가 가는지 사쿠라와 스우에게 다가갔다. 어~. 리모컨은 어디 있지……? 아, 여기 있다.

나는 낮은 탁자 위에 있던 리모컨을 들고 전원을 넣었다. 아래의 작은 램프가 녹색으로 점멸하며 TV가 켜지더니 화면에 얼룩말이 나타났다. 아무래도 동물 프로그램이 재방송되는 모양이었다.

"오오! 말이 아닌가! 말은 이곳에서도 똑같이 생긴 겐가?!"

"왜 이건 얼룩얼룩해?"

"코하쿠랑 같은 색이네. ……설마 호랑이는 아니지?"

"그런데 아무리 봐도 말이야, 언니."

그러고 보니 이세계에선 얼룩말은 본 적이 없네. 타이거베어라고 해서 호랑이인지 곰인지 알기 힘든 얼룩무늬 마수는 있었지만. 우왓?!

갑자기 루가 나를 거실에서 안아 올리더니 부엌으로 데리고 갔다. 부엌에는 그다지 크지 않은 싱크대와 2구짜리 가스레인지, 냉장고, 전자레인지, 토스터기, 커피메이커 등 여러 주방 물품이 갖춰져 있었다. 할아버지는 혼자 사셔서 전부 스스로 했었으니까.

"토야 님! 이곳의 설비는 사용할 수 있을까요?!"

"응……? 글쎄, 쓸 수 있으려나……?"

요리를 좋아하는 루답게 눈이 반짝반짝 빛났다. 나는 루에게 안긴 채 수도꼭지를 틀어 이곳에도 물이 나오는 걸 확인했고, 이어서 가스레인지도 점화해서 불이 붙는 걸 확인했다. 가스도 들어오는 건가. 그러면 욕실도 쓸 수 있겠네. 이 집의 욕실은 작으니 순서대로 들어가야 하겠지만…….

"이 커다란 상자와 작은 상자는 뭔가요?"

"큰 건 냉장고. 음식 재료를 식혀 보관하는 장치야. 작은 건 전자레인지. 이건 반대로 식은 요리를 따뜻하게 데우는 기계야."

루가 나를 내려놓고 활짝 냉장고의 문을 열었다.

"정말이네요……. 서늘한 공기가 안을 휘돌고 있어요……."

"아……. 역시 안엔 아무것도 없구나……."

냉장고 안은 텅 비어 있었다. 아무리 세계신님이라지만 안까지 채워 주진 않는구나. 반짝반짝할 만큼 깨끗하긴 하지만.

루가 부엌칼이나 거품기 같은 조리 도구를 발견해서는 나에게 이것저것 질문을 쏟아냈다. 그런데 나도 모르는 도구가 몇 개인가 있어서 솔직히 난처했다.

그러는 사이에 선반 안에서 요리책이 몇 권 나오자 루의 흥미가 그곳으로 옮겨갔고, 루가 책에 열중한 덕분에 나는 슬금슬금 부엌에서 탈출할 수 있었다. 후우.

거실에서는 여전히 에르제, 린제, 스우, 사쿠라가 TV를 열심히 보는 중이었다.

어? 유미나랑 다른 애들은? 복도를 걷다 보니 2층에서 대화하는 목소리가 들렸다. 서재인가?

계단을 올라가면 바로 나오는 할아버지의 서재. 책이 많지만 나는 별로 들어가 본 적이 없었다. 린하고 유미나가 흥미를 보이는 건 이해가 되는데, 야에랑 힐다가 책에 흥미를?

서재에서 떠들썩한 목소리가 들려왔다. 역시 여기인가.

"이건 몇 살 정도라 생각하십니까?"

"서너 살 정도가 아닐까요?"

"울고 있네요."

"이런 달링도 귀여운걸?"

응? 이 불길한 대화는……. 서재를 들여다보니 네 사람이 두꺼운 책을 보고 있었다. 어? 잠깐……! 그건!

"앗, 토야 오빠."

"그건 어디서 찾은 거야?!"

"이 방 책상 위에 있었어. 뭔가 해서 열어 보니 어디서 많이 본 얼굴이 있지 뭐야."

린이 후후, 하고 작게 웃었다. 그거야 그렇지. 그건 내 앨범이니까!

할아버지는 카메라를 좋아해 내가 어릴 때 여기에 놀러 오면 자주 사진을 찍어 주었다. 찍어 주셨다기보다는 억지로 찍었다. 이상한 사진만 찍어서 내가 싫어했더니 몰래 숨어서 찍기까지 했다.

"몰수!"

나는 유미나가 들고 있던 앨범을 낚아챘다. 이렇게 무방비하게 놓아둘 줄이야! 설마 세계신님의 짓은 아니겠지?!

"이불에 오줌을 싼 사진이라면 이미 봤습니다만?"

"잊어 줘!"

그런 사진도 앨범에 넣어놨단 말이야?! 신력으로 【스토리지】를 열어 앨범을 아무도 건들지 못하는 곳에 넣어 두겠어. ……윽. 오오?!

갑자기 놀라는 나를 보고 린이 고개를 갸웃했다.

"……무슨 일이야?"

"아니……. 【스토리지】를 사용했더니 평소보다 훨씬 신력
이 많이 줄어서. 이렇게 부담이 큰 건가……."

그리고 보니 카렌 누나가 신기인 스마트폰을 통해 마법을 쓰
라고 했었지?

나는 직접 신력을 쓰지 않고 신기를 스마트폰에 충전한 다음
【스토리지】가 부여된 어플리케이션을 열었다. 아, 정말 이 방
법이 더 낫네. 서포트해 준다고 해야 하나? 신기를 지원해 준
다는 감각이 든다. ……전동 어시스트가 달린 자전거 같은 건
가?

"이 세계에는 정말로 마력의 근본이 되는 마소가 적어. 이렇
게까지 희박할 줄이야. 우리가 저편에서 평소에도 사용하는
마법을 쓰려면 다양한 보조 아이템과 마법진을 모아 세심한
사전 준비를 하고 철저하게 마력을 긁어모아야 해. 그러지 않
으면 도저히 쓸 수 없어."

린의 말이 사실이라면, 지구에서도 그렇게 철저히 준비하면
마법을 사용할 수 있다는 말인가? 전 세계에 있는 마법사 운
운하는 전설도 전부 거짓말은 아닐지도 모르겠다.

"토야~. 배가 고프이~."

계단 아래에서 스우의 목소리가 들렸다. 서재에 걸려 있는
시계로 시간을 확인해 보니, 벌써 정오가 지난 시간이었다.
어? 벌써 이런 시간이었어?

냉장고는 텅 비었으니, 어떻게 할까. 일단【스토리지】안에는 음식이 있지만…… 기껏 지구로 돌아왔으니 역시 지구 요리를 먹어 보고 싶어.

"맛있구먼! 정말 맛있어!"

한입 사이즈 요리를 먹은 스우가 호들갑스럽게 외쳤다. 어? 데자뷔? 처음으로 롤케이크를 먹었을 때와 똑같은 반응이네.

점심은 아내들 모두도【스토리지】안의 요리가 아니라 지구의 요리를 실제로 먹어 보고 싶다고 해서 우리는 마을까지 내려갔다.

거리가 꽤 있지만【스토리지】에 인원수만큼의 자전거가 있어 마을까지는 그렇게 오래 걸리지 않았다. ……ㅣ만 밭이 페달에 닿지 않아 에르제의 뒤에 탔지만.

마침 마을의 큰길 근처에 패밀리레스토랑이 있어 일단 그곳에 들어가 보기로 했다.

그것도 있지만 다들 달리는 자동차와 신호, 도로반사경, 가드레일 등에 눈을 빼앗겨 두리번거려서 위험했다. 차도 한가운데로 달리려고 그러질 않나…….

점심시간인데도 패밀리레스토랑은 그다지 붐비지 않았다. 많은 인원이 앉을 수 있는 자리로 안내를 받은 우리는 요리 사진이 실린 메뉴를 보고 다 같이 와글와글 시끄럽게 떠들면서 주문했다.

요리가 나오자 모두의 흥분도가 MAX가 되어 각자 주문한 요리를 먹는 데 열중했다.

어떤 요리를 주문했는가 하면, 유미나는 보들보들한 오므라이스, 에르제는 주사위스테이크, 린제는 새우그라탱, 야에는 비프스튜 세트(+등심 돈가스 정식+돼지고기 덮밥+치킨 스테이크), 힐다는 가지 토마토 스파게티, 루는 생선구이&일본 가정식 세트, 스우는 햄버그&새우튀김, 린은 클럽 샌드위치, 사쿠라는 베이컨피자였다. 나는 어린이 런치세트를 주문했다. 이건 그러니까, 이런 기회가 아니면 주문할 수 없는 메뉴라 생각해서…….

"특이한 맛이지만 맛있어요. 몇 가지 먹어 본 적 없는 맛이 섞여 있지만요……."

소금 알갱이 한 알까지 구별하는 혀를 지닌 루가 일본 가정식 세트를 고개를 끄덕이며 먹었다. 먹어 본 적 없는 맛이라면 재료를 말하는 건가? 아니면 화학조미료……? 분석하면서 먹지는 말아 줘.

모두 자신이 주문한 요리만이 아니라, 서로 음식을 나눠서 요리의 맛을 즐겼다. 나는 몸이 작아져서 많이 먹을 수 없는 건지, 어린이 런치 세트만으로도 배가 가득 찼다.

"그다음은 '디저트'가 아니겠습니까!"

"어? 더 먹게?!"

대식가인 야에뿐만 아니라 다른 아내들도 당연하다는 듯이 디저트 메뉴를 보며 이야기를 나눴다. 이게 달콤한 음식은 들어갈 배가 따로 있다는 그건가…….

잠시 후, 딸기 팬케이크, 초콜릿 파르페, 애플파이, 밀푀유, 퐁당쇼콜라, 말차크림 안미츠, 푸딩 아라모드, 몽블랑, 각종 아이스크림&케이크 등, 온갖 디저트가 연달아 우리 테이블 위에 놓였다. 헉! 메인 요리보다 더 많지 않아?!

달콤한 냄새에 둘러싸여 나는 식후 커피를 마셨다.

"토야 님, 저녁은 어떻게 할까요?"

"벌써 저녁 얘기야?"

루의 말을 듣고 무심코 쓴웃음을 지었지만, 냉장고에는 아무것도 없으니 생각은 해 둬야겠지. 나는 모처럼 여기에 왔으니 가급적 【스토리지】 안의 요리기 아닌 지구의 식사를 즐기고 싶었다.

오후에는 음식 재료도 사야 하니 장을 볼까.

"난 이곳의 서점을 둘러보고 싶은데."

"앗, 저도, 요."

그렇게 말하는 린과 린제. 서점이라.

"어~. 난 옷을 보고 싶어…….."

"나는 어디 재미있게 놀 수 있는 곳에 가고 싶구면."

"전 무기 상점에요."

에르제와 스우의 희망사항은 그렇다 치고, 힐다의 요구는 들어주기가 힘들었다. 여기서는 검이나 창을 안 판다고 가르쳐 줬을 텐데……. 아, 그렇지만 검도 할 때 쓰는 죽도라면 팔려나?

그런데 완벽하게 가고 싶은 곳이 제각각이었다. 가고 싶다는 곳을 다 가 볼 수도 없고, 할아버지가 살던 마을이긴 하지만 나도 그렇게 자세히는 알지 못했다. 자, 어떻게 할까……. 잠깐만?

"저어, 실례합니다."

"응? 그래, 무슨 일이니?"

지나가던 웨이트리스가 말을 건 사람이 나(어린이)인 걸 보고 미소를 지으며 몸을 살짝 굽혔다.

"이 근처에 새로 백화점을 만든다고 5년 전에 들었는데, 어디에 있나요?"

"백화점? 아, 쇼핑센터는 이 앞의 거리를 똑바로 가다 보면 왼쪽에 바로 큰 간판이 보이는데 거기야. ……어? 5년 전에 들었다고?"

"앗?! 저어~. 누, 누나가! 누나가, 들었대요!"

"어? 네?! 뭘 말씀입니까?!"

당황한 나는 옆에 있던 야에의 팔을 당긴 뒤 웃으며 얼버무렸다. 위험했어. 겉모습이 대여섯 살밖에 안 된 애가 무슨 소릴 하는 건지.

웨이트리스 누나는 '이상한 아이'라는 듯이 고개를 갸웃하며 일을 하러 돌아갔다. 크윽. 내가 봐도 이상한 애야…….

유미나가 내 소매를 쭉쭉 잡아당겼다.

"토야 오빠, 쇼핑센터가 뭔가요?"

"어~. 다양한 가게가 한 곳에 모여 있는 건물이야. 옷이나 신발도 팔고, 음식도 팔아."

"혹시 그곳에 서점도, 있나요?"

"응, 있어."

린제가 기뻐하며 미소 지었다. 세계신님의 반지가 있으면 이곳의 책도 읽을 수 있으니까.

"좋아. 그럼 다 먹으면 쇼핑센터에 가 볼까? 저녁에 먹을 음식 재료도 사야 하니까."

"당연히 그렇게 나오셔야죠!"

지구의 음식 재류에 많은 관심을 보이는 루가 손뼉을 치며 기뻐했다. 다른 아내들도 잔뜩 신이 나서는 주문한 디저트를 먹기 시작했다.

테이블에 놓인 달콤한 디저트가 잇달아 나의 아내들 입속으로 사라졌다. 이렇게 단 음식을 어떻게 다 먹을 수 있는 건지……. 먹지도 않은 케이크의 단맛을 느끼면서 나는 다시 씁쓸한 커피를 마셨다.

◇ ◇ ◇

"호오……. 꽤 크네."

"오오! 이게 '쇼핑센터'인 겐가?!"

역에서 떨어진 곳에 생각보다 큰 쇼핑센터가 세워져 있어 나는 제법 놀랐다. 몇 년 전까지만 해도 여기엔 아무것도 없었는데.

자전거 주차장에 자전거를 세우고 다 같이 우르르 입구로 나아갔다. 아내들은 두리번거리며 쇼핑을 온 사람들과 건물을 흥미롭다는 듯이 바라봤고, 주변 사람들도 우리를 힐끔거리며 쳐다봤다. 나랑 야에 이외에는 모두 외국인처럼 보일 테니까. 사쿠라는 물들인 머리라고 생각해 준다면 좋겠는데.

"와……! 반짝거리네! 굉장해……!"

에르제가 감탄했다. 먼저 우리를 맞이한 곳은 반짝이는 조명에 비친 다양한 부티크였다. 점포들은 각각 서로 다른 특색을 내뿜고 있었다. 그 외에도 백, 구두, 액세서리를 파는 가게도 있었다.

자신도 모르게 그곳으로 다가가는 에르제의 손을 잡아끌면서 나는 에스컬레이터 옆에 있는 안내판을 확인했다. 지하 1층, 지상 5층이라. 상당한 규모네.

"토야 님! 계단이 움직여요!"

"아, 이건 달링의 기억 속에 있던 '에스컬레이터'라는 거지? 재미있는걸?"

"저어, 힐다, 린. 조용히 하자. 다른 사람한테 피해가 가니까."

옆을 보니 모두 안내판 바로 옆에 있는 에스컬레이터에 시선이 고정되어 있었다. 에스컬레이터에 탄 사람들은 왜 소녀들이 주목하고 있는지 모르겠는지 의아한 표정을 지으며 올라갔다. 죄송합니다, 죄송해요.

"이건 지도……인가요?"

"응, 맞아. 몇 층에 무슨 가게가 있는지 바로 알 수 있지?"

린제가 내 머리 너머로 안내판을 바라보았다.

어디 보자. 서점은 4층, CD, DVD도 같은 층인가. 5층에 어뮤즈먼트…… 오락실이 있네.

이렇게 사람이 많아선 공공연히 【스토리지】는 사용할 수 없으니, 음식 재료는 마지막에 사야겠구나. 일단은 서점부터…… 어?

"……다들 잠깐만 여기서 기다려 줘."

"어? 토야 오빠?"

나는 아내들에게 그렇게 말하고 잔달음으로 달려갔다. 아까 지나쳤던 어떤 사람을 쫓아서. ……있다.

내 눈앞에는 사이가 좋아 보이는 노부부가 함께 걷고 있었다. 아사노 씨 부부다. 정말 반가워.

아사노 씨는 할아버지의 친구다. 나도 몇 번인가 만난 적이 있다. 만날 때마다 어째서인지 자주 눈깔사탕을 주셨다. 할아버지 장례식 날에도 눈깔사탕을 주셨지……? 건강해 보이셔서 다행이다.

잠시 두 사람을 멀리서 바라봤지만 언제까지고 몰래 엿보고 있을 수는 없었다. 잠시 감상에 젖었던 마음을 뒤로하고 에스컬레이터로 돌아갔는데, 모두 홀연히 사라지고 없었다.

"어?!"

나는 두리번거리며 주변을 둘러보았다. 아내들은 눈에 띄니 금방 발견할 수 있을 텐데, 아무래도 내 키가 작다 보니 시야가 나빴다……!

있다! 바로 근처의 부티크 점포 안에서 에르제의 은발이 보였다. 뭐야~. 함부로 움직이다니!

다급히 가게 안으로 들어가 보니, 에르제가 몇 벌인가 옷을 들고 점원과 이야기하고 있었다. 어? 에르제 혼자야? 다들 어디 갔어?

"앗, 토야. 있지, 어떤 옷이 좋아 보여?"

에르제가 하늘거리는 남색 원피스와 빨간 체크 무늬 원피스를 양손에 들고는 환하게 미소 지었다. 귀엽네.

음~. 역시 에르제는 빨간 옷이……. 어?! 이게 아냐!

"지금 그게 문제가 아니고! 다른 애들은?!"

"그 안내판을 보면 가고 싶은 장소를 알 수 있으니 먼저 가겠다고 하던데. 다 같이 우르르 몰려다니는 것보다 시간을 효율적으로 사용할 수 있잖아?"

그야 그렇지만! 경험상 말하자면, 그 세계에서 살지 않는 사람이 이세계를 돌아다니면 대체로 각종 문제가 먼저 우리를 찾아온단 말이야!

나는 품에서 스마트폰을 꺼내 일단 유미나에게 전화를 걸어 봤지만 전혀 받지 않았다. 뭐 하는 거야? 벌써 문제 발생인가?!

"아, 스마트폰이라면 집에 두고 왔어. 모두."

"엥?! 왜?!"

"마법을 못 쓰잖아. 떨어뜨리거나 도둑맞으면 큰일 아냐? 마법의 힘으로 원래대로 안 돌아오니까."

원래는 【텔레포트】와 【어포트】가 부여되어 있어 아내들의 스마트폰은 잃어버려도 자신에게로 불러올 수 있다. 하지만 그 기능은 지구에 와서 무용지물이 되었다. 모두 집에 두고 싶은 그 심정을 모르는 건 아니지만!

스마트폰은 이럴 때를 위해 가지고 다녔으면 했는데!

"큭, 어쩔 수 없지. 【서치】."

신기를 흘려서 스마트폰으로 몰래 【서치】를 발동시켰다. 이제 다들 어디에 있는지 알 수 있겠지…… 우와.

맞다. 위에서 바라본 검색 화면으로는 몇 층에 있는지 알 수 없어……. 바로 근처에 스우가 있었지만 모습은 보이지 않았다. 아무래도 이 장소의 위인 2층에서 5층 사이에 있는 듯했다.

　내가 얼굴을 찡그리고 있는데도 뒤에서는 에르제가 여전히 어느 옷을 고를까 고민하고 있었다.

　"음~. 색은 둘 다 마음에 드는데, 이게 더 움직이기 쉬워 보여……."

　"저기요. 둘 다 주세요."

　점원에게 그 말을 전해 나는 에르제의 고민을 딱 멈추게 했다. 얼른 다른 애들을 찾아야 해. 뭔가를 부서뜨려서 경찰이 출동하는 것만큼은 절대 안 된다. 신분을 증명할 만한 게 아무것도 없으니까. 분명히 엄청 성가셔진다.

　하아……. 왜 내가 쇼핑센터에서 던전 탐색을 하는 기분을 맛봐야 하는 건지.

　떨어져 있다고는 해도 유미나를 비롯한 아내들은 내 권속이기도 했다. 내가 신의 힘을 충분히 사용할 수 있었다면 모두 어디에 있는지 세세한 장소까지 파악했겠지만, 지금의 나로서는 대략적인 방향과 거리만 파악할 수 있었다.

아내들에게 위험이 닥쳐오면 그러한 감각이 확 튀어 오르겠지만 그런 감각이 없는 걸 봐서는 일단 다들 위기에 빠지진 않은 듯했다. 물론 이런 곳에서 위기에 빠질 만한 일이 벌어지진 않으리라 생각하지만.

"가까운 거리라면 떨어져도 괜찮을 거라 생각했어. 미안."

"아니, 눈을 뗀 나도 잘못했어. 그보다 빨리 다른 애들이랑 합류하자."

여기에 위기는 없지만 성가신 일은 벌어진다. 일단 난 에르제를 데리고 가게 밖으로 나갔다. 이제 떨어지지 않도록 우리는 손을 잡고 걸었다. 에르제는 남은 한쪽 팔로 방금 산 옷이 담긴 종이봉투를 들었다.

"1층에는 없나 보네……."

각 층으로 나눠 검색 마법을 사용하니, 누가 어디에 있는지 알 수 있었다. 크다고는 해도 이렇게 말하긴 뭐하지만, 브륀힐드의 성과 그다지 큰 차이가 없는 크기다. 찾으려고 하면 금방 찾을 수 있을 듯했다.

완벽히 여러 층으로 뿔뿔이 흩어졌네……. 에잇, 귀찮아. 제일 위부터 순서대로 한 명씩 만나자. 어차피 마지막엔 지하의 식료품 판매점에 들를 거니까. 거길 마지막으로 가자.

덧붙이자면 식료품 판매점에 있는 사람은 검색 결과를 보는 한 야에와 루뿐이었다. 예상대로라고 해야 할지 뭐라고 할지.

"어? '에스컬레이터'에 타는 거 아니었어?"

"5층이니까 엘리베이터를 타고 단숨에 갈 거야. 이리 와."

나는 에르제의 손을 잡고 에스컬레이터는 그냥 지나쳤다. 그리고 바로 앞에 있던 엘리베이터 앞에 가서 '△' 버튼을 눌렀다.

빛나기 시작한 '△' 버튼을 에르제가 흥미롭게 바라봤다. 이윽고 엘리베이터가 1층에 도착했고, 문이 열리며 부모와 아이로 보이는 두 명이 내렸다.

나는 안으로 들어가 '열림' 버튼을 눌렀다.

"자, 들어와."

"어? 으, 응."

나는 내린 두 사람을 눈으로 좇던 에르제를 손짓하며 불렀다. 에르제가 조금 머뭇거리면서 엘리베이터에 올라온 것을 확인한 나는 '닫힘' 버튼을 눌렀다.

"다, 닫혔어?!"

"걱정 안 해도 돼. 곧 열릴 테니까. 엿차."

"꺅?!"

점프해서 5층 버튼을 누르니 엘리베이터가 움직였다. 그러자 에르제는 불안한 표정을 지으며 나에게 달라붙었다. 역시 이 감각에는 놀라는구나.

"괜찮아. 우리가 들어와 있는 상자를 장치가 위로 끌어 올리고 있는 것뿐이니까. 금방 5층에 도착할 거야."

"나, 나도 알아. '엘리베이터'도 네가 보여 준 영화에서 봤으니까. 단지 이 감각 탓에 좀 놀랐을 뿐이야.”

쓸데없이 강한 척하는 에르제 옆에서 나는 엘리베이터의 층계 표시를 바라보았다. 이상하게 꼭 보게 되더라. 이거.

5층에 불이 들어오더니 천천히 문이 열렸다. 조금 전과 다른 층이라고 알면서도 놀랐는지 에르제가 두리번거리며 주변을 둘러보았다.

5층에는 스우가 있다. 이 표시를 보는 한 안쪽에 있는 가게인 듯했다.

에르제의 손을 끌고 도착한 곳은 크레인 게임, 비디오게임, 스티커 사진 등이 가득 모여 있는 곳으로, 이른바 어뮤즈먼트 코너였다.

“여긴 뭐 하는 데야? 좀 시끄러운데…….”

에르제가 눈썹을 찌푸렸지만 난 일단 스우부터 찾았다. 에르제와 마찬가지로 ㄱ 금발은 눈에 띄니 금방 찾을 수 있을 텐데…… 오, 있다.

스우는 반구 모양의 작은 크레인 게임기 안에 든 많은 과자를 아크릴판에 얼굴을 댄 채 들여다보고 있었다. 뭐 하는 거지……?

“스우.”

“오, 토야와 에르제! 이 ‘기계’가 어째서인지 움직이질 않네……. 다른 사람들이 하는 것처럼 버튼을 눌러도 꿈쩍도 안 하더구먼. 날 싫어하는 걸까……?”

스우는 눈썹을 찌푸리며 뾰로통하게 잘각잘각 버튼을 눌러 보았다. 아니야. 그건 돈을 넣어야지. 아내들에게 돈을 주지 않았으니…….

가게에서 돈을 내야 물건을 살 수 있다는 점은 같지만, 동전을 넣어야 하는 자판기 같은 물건은 익숙하지 않은가. 있다면 내가 만들고 오르바 씨가 운영하는 캡슐토이 정도일까?

나는 지갑에서 꺼낸 100엔짜리 동전을 스우가 달라붙어 있던 크레임 게임기 안에 넣었다. 그리고 버튼을 누르자 당연하게도 이번엔 크레인이 움직여 가득 쌓여 있는 과자를 푹 찔렀다.

"오오! 움직였네!"

크레인이 집게를 오므리며 라무네 과자를 집어 올렸다. 튀어 오른 충격으로 대부분이 후두둑 떨어졌지만 간신히 세 개를 건질 수 있었다.

"자, 이렇게 하는 거야."

"나도! 토야, 나도 해 보고 싶으이!"

나는 스우에게 자리를 양보했다. 여긴 100엔으로 세 번 할 수 있는 듯하니 앞으로 두 번은 더 할 수 있을 거다.

신나게 크레인을 조종하는 스우를 보는데, 등 뒤에서 누가 어깨를 두드렸다. 돌아보니 에르제가 미소 지으며 오른손을 내밀었다. ……너도 하냐.

돈을 받은 에르제도 크레인 게임에 열중했다. 그리고 두 사람 모두 500엔씩 쓰고 그만두었다. 정확하게는 내가 그만두게 했다. 계속하고 있을 수는 없으니까.

크레인 게임기에 달려 있던 비닐봉지에 게임으로 얻은 초콜릿, 사탕, 라무네 과자를 넣고 스우에게 건네주었다. 과자를 뽑아 스우는 만족스러운 표정이었다. 500엔이면 이것보다 더 좋은 과자를 살 수 있을 테지만, 굳이 말할 필요는 없겠지.

자, 다음은 4층이다.

우리는 셋이서 에스컬레이터를 타고 아래층으로 내려갔다.

내려가자마자 우린 바로 사쿠라를 발견했다. 음반 가게 앞에 놓여 있는 아이돌 그룹의 뮤직비디오를 바라보며 같은 곡을 작게 흥얼거리는 중이었다. 멀찍이 사람들이 모여 있어.

사쿠라는 머리카락의 색도 그렇고 용모가 눈에 띈다. 아이돌의 뮤직비디오를 보면서 같은 노래를 하는 모습은 흐뭇한 광경이기도 했지만, 조금 가까이 다가가기 어려운 면도 있는 듯했다. 아무도 사쿠라에게 말을 걸지는 않았던 모양이다.

"사쿠라."

"임금님. 이 곡 굉장해. 가지고 싶어."

콧김을 내뿜으며 사쿠라가 다가왔다. 알았어, 알았으니까 진정해.

할아버지 집에는 분명 CD플레이어가 있었으니 사서 돌아가면 들을 수 있다. 그럴 필요 없이 다운로드하면 바로 들을 수 있지만, 지금은 돈을 내고 CD를 사 가자. 사쿠라의 추억이 될지도 모르니까.

"아주 마음에 들었나 보네."

"응. 벌써 가사도 외웠어. 부를까?"

"아니. 집에 돌아가면 불러 줘."

이런 곳에서 사쿠라가 진심으로 노래를 불렀다간 큰 소동이 벌어진다. 박사의 마이크도 없고, 무엇보다 마소가 없으니 가창 마법은 발동되지 않겠지만 그게 없더라도 사쿠라의 노래는 사람들을 끄는 힘이 있다. 가능하면 눈에 띄지 않는 게 좋다.

구매한 CD를 든 사쿠라를 데리고 우리는 음반 가게를 떠났다. 4층에는 2명 더 있는데, 린제와 린이었다.

두 사람 모두 같은 장소……. 서점에 있는 듯했다. 지도를 보니 꽤 큰 점포로 다양한 책이 놓여 있는 모양이었다. 서점의 일부는 문방구이기도 하구나.

"토야, 저기에 린이 있네."

"어?"

서점 안을 찾는데 스우가 금방 린을 발견했다. 장소는 '신화 · 전승' 코너로, 서서 책을 읽는 린 앞에는 몇 권인가 책이 쌓여 있었다. 소재는 그리스 신화에서부터 북유럽 신화, 인도, 일본 신화까지 다양했다.

권속 효과로 내가 다가왔다는 사실을 눈치챘는지 린은 우리를 보고도 놀라지 않고 미소를 지으며 읽고 있던 책을 덮었다.

"달링. 마침 잘됐어. 이 책을 사도 될까?"

"사도 괜찮기야 하지만……. 지구의 신화가 재미있어?"

"응. 이야기라는 측면에서 여러모로. 우리가 사는 세계에도 비슷한 영웅담이 있으니 재미있어."

아, 그렇구나. 이세계 사람이 보면 그렇게 보이는 건가……. 그리고 이건 둘 중 하나가 오리지널이라고는 할 수 없겠지.

세계신님이 말씀하시길 조금씩 비슷한 부분이 있으면서도, 완전히 다른 세계가 나와 아내들의 세계라고 하니까. 역사와 명칭, 법칙 등이 비슷한 부분은 많이 있다. 그렇기에 세계신님이 나를 그곳으로 보낸 거겠지만.

자, 일단 린은 발견했는데 린제는 어디 있을까?

"그 아이라면 소설을 찾는 것 같던데."

소설? 그렇다면…… 이쪽인가?

책장에 붙어 있는 책의 장르 표시를 보며 나는 가게 안을 걸었다. 호러, 역사, 미스터리, SF, 판타지. 그런 장르 분류 표시를 보며 책장을 가로질렀지만 린제는 보이지 않았다. 감각적으로 근처에 있다는 건 알겠지만.

"린제라면 연애 소설을 읽으러 갔을 거야. 이곳의 작품도 읽고 싶다고 했으니까."

쌍둥이 언니의 언급을 따라 연애 소설이 있는 곳으로 가니, 열심히 책을 읽는 린제를 바로 발견할 수 있었다.

…………정말 연애 소설 코너네.

어째서인지 린제가 들고 있는 책의 표지에는 얼굴을 붉힌 귀여운 소년을 안경을 쓴 쿨한 청년이 뒤에서 안고 있는 모습이 그려져 있었다.

"후와아아아아………!"

얼마나 열중했는지, 린제는 우리가 옆으로 다가왔다는 사실도 눈치채지 못한 듯했다. 거칠게 숨을 쉬며 엄청난 기세로 책의 페이지를 넘기고 있다. 흠, 아무래도 이런 모습을 사람들에게 계속 보여선 안 될 것 같아……. 역시 눈에 띄기도 하고.

역시 더는 그대로 둘 수 없어 말을 걸었다.

"……그거, 살까?"

"네? 우왓?! 토, 토야 씨?! 앗, 여러분도?!"

놀라서 돌아본 린제가 책을 닫더니 등 뒤로 숨겼다. 이미 늦었어. 배경에 그 장르가 무슨 책인지 알 수 있는 책장이 있으니까.

"사서 집에서 읽자. 서서 읽으면 다른 손님에게 피해가 가잖아."

"그, 그러네요? 그럼 그렇게 하겠습니다!"

"이거 말고 사고 싶은 책 있어?"

"네. 저어, 이거랑 이거랑 이거랑…… 앗, 이것도요. 이 시리즈도 조금 재미있어 보여서. 그리고…….."

많아, 너무 많아! 린제가 책장에서 책을 꺼내 책장 아래의 신간을 쌓아놓는 진열대에 툭툭 올려 두었다. 물론 못 살 정도는 아니지만!

우리는 다 같이 책을 나눠 들고 가서 계산대에 쌓았다. 점원 누나가 깜짝 놀란 표정을 지었지만, 아무 일도 없이 계산을 마치고 종이봉투에 책을 넣어 서점 밖으로 나왔다.

다음은 3층……. 그 전에 일단 화장실에 가기로 했다. 볼일을 보기 위해서가 아니라, 아무도 안 보는 화장실 개인실에서 【스토리지】를 열어 무거운 짐을 넣어두기 위해서였다.

남자 화장실에 들어가니 손을 씻고 있던 남자들이 나를 보고 깜짝 놀랐다. 커다란 종이봉투를 몇 개나 끌어안고 어린이가 개인실로 들어가니 놀랄 수밖에 없나.

안에 들어간 나는 문을 잠그고 남자들이 나갈 때까지 기다린 뒤, 에르제의 옷, 스우의 과자, 사쿠라의 CD, 린과 린제의 책을 신기를 이용해 【스토리지】 안에 넣어 두었다. 좋았어. 후우, 가벼워져서 좋네.

지구에 돌아와 보니 새삼 마법이 편리하다는 사실이 실감됐다. 몰래 쓰기가 힘들지만.

나는 밖에서 기다리던 아이들과 합류했다. 이번엔 다들 어디 안 가고 기다렸다. 움직이지 말라고 다짐을 받아 뒀으니까.

"3층에는 누가 있나요?"

"어…… 힐다야. 내려간 곳 바로 근처에 있겠네."

나는 린제의 질문에 대답하면서 에스컬레이터 옆에 있는 안내판을 보았다. 그곳에는 『←5층 ■ 어뮤즈먼트 ■ 카페 ■ 다이소 ■ 인테리어 ■ 일반 가구』와 『→3층 ■ 아동복 ■ 스포츠

용품 ■ 기모노 ■ 아기 용품 ■ 완구」라고 적혀 있었다.

힐다는 에스컬레이터를 타고 3층으로 내려가자마자 바로 찾았다. 가게 입구에서 그다지 멀지 않은 곳에서 힐다는 상품을 들고 심각한 표정을 짓고 있었다.

"으으음……."

"……뭐 해?"

"앗, 토야 님. 이 전신 갑옷 기사 말인데, 이렇게 다양한 인형이나 모방한 무기를 팔고 있어서요. 여기서는 많이 유명한 분인가요?"

"응, 맞아……. 유명하다면 유명하지……."

힐다가 들고 있는 변신 히어로 인형 피규어를 보면서 나는 뭐라고 설명하면 될지 몰라 조금 난처했다.

장난감 판매점에는 매장 가득 그 변신 히어로 굿즈가 진열되어 있었다. 벨트나 건이나 총 등, 여러 가지가.

"마음에 들면 살까? 그거."

"그러네요. 그렇게 유명한 분이라면 기념으로 하나 사고 싶어요."

아쉽게도 내년이면 새로운 히어로로 바뀌겠지만.

"오오, 폴라 같은 것도 팔고 있구먼."

"어머, 정말이네. 달링. 저것도 하나 사자. 폴라한테 좋은 선물이 될 거야."

아니. 곰 봉제 인형한테 곰 봉제 인형을 선물하는 건 좀…….

폴라의 색시인가? 【프로그램】을 적용하면 폴라처럼 될지도 모르지만……. 그런데 걔는 수컷이야? 암컷이야?

"여기에는 작은 마동승용차가 줄지어 있어."

"와아……. 정말 많다, 언니."

에르제 린제 자매가 미니카를 보고 놀랐지만, 그건 그 시리즈의 극히 일부에 불과해.

"임금님. 이거, 재미있어. 가지고 싶어."

문득 사쿠라를 보니, 소리가 나는 마법소녀 스틱을 들고 있었다. 아니, 넌 그거 없어도 마법 쓸 수 있잖아…….

이런. 이곳에 너무 오래 있다간 온갖 물건을 다 사게 될 거야. 얼른 탈출하자.

나는 변신 히어로 인형과 곰 봉제 인형, 그리고 마법 스틱을 계산대에 가지고 가서 얼른 계산을 마쳤다. 계산대의 누나는 틀림없이 내가 장난감을 사 달라고 했다고 생각하겠지. 아니거든요?

힐다를 금방 발견한 우리는 이어서 아래층으로 내려가기로 했다. 2층에는 유미나가 있을 거다. 그다음에는 지하에 있는 야에와 루만 찾으면 되나.

"어…… 이쪽인가?"

2층은 핸드백, 화장품, 부인 잡화 등, 여성 제품을 주로 파는 곳이었다. 아무래도 이런 곳은 나랑 안 어울린단 말이야. 지금은 어린이 모습이니 신경 쓸 필요 없을지도 모르지만.

유미나는 에스컬레이터에서 그다지 멀지 않은 액세서리 가게에서 바로 발견했다. 유미나는 가게 앞에 놓인 브로치를 들고 보는 중이었다.

"앗, 토야 오빠. 여러분도 계셨군요."

우리를 눈치챈 유미나가 돌아보자, 린이 폴짝 뛰어 유미나의 손을 들여다보았다. 유미나는 시계를 든 토끼 브로치를 쥐고 있었다. '신비한 나라의 엘리스' 가 모티브인가?

"어머, 아주 좋은 브로치인걸?"

"귀엽죠? 만듦새가 그다지 좋지 않아 아쉽긴 하지만요."

유미나 씨? 점원한테 들리니 만듦새가 좋지 않단 말을 당당히 하진 말아 줬으면 하는데요?

이곳은 고급 액세서리 가게가 아니라 적당한 가격에 액세서리를 살 수 있는 가게인 듯했다. 당연히 공주님의 눈에는 성에 사지 않을 수준의 싱품들이겠지⋯⋯.

"앗, 이 펜던트도 귀여워, 요."

"나는 이 머리핀이 마음에 드는구먼."

유미나에 편승해 스우와 린제도 약빠르게 가지고 싶은 물건을 발견한 듯했다. 떠들썩하게 나의 신부들이 가게 안으로 몰려 들어갔다.

아아, 또 쇼핑 타임인가⋯⋯. 이제 야에랑 루를 데리러 가야 하니 얼른 골라 줘. 그런 내 목소리는 과연 들렸을까?

겸사겸사라고 할 수는 없지만, 나도 야에와 루를 위해 액세서

리를 샀다. 야에는 비녀 모양 머리핀, 루는 연녹색 유리구슬이
장식된 팔찌였다. 마음에 들면 좋겠는데 어떨지.

구매한 모든 물건의 계산을 하고 가게 밖으로 나갔다. 이제
야 원래의 목적인 저녁 식사 재료를 살 수 있겠어.

우리는 에스컬레이터를 타고 단숨에 지하로 내려갔다. 흔한
식품 판매점인데 어쩐지 조금 소란스러웠다. 뭐지?! 대체 무
슨 일이 벌어졌길래?!

◇ ◇ ◇

"으음~! 이것도 맛있습니다! 뽀득, 하는 식감과 배어 나오
는 고기의 육즙이 최고입니다!"

"그치?! 이렇게 맛있는 소시지는 좀처럼 보기 힘들 거야! 아
가씨, 뭘 좀 아네!"

"자자, 아가씨. 이것도 먹어 봐! 뺨이 녹아내릴 만큼 맛있
어!"

"그럼 사양하지 않고……. 후오오?! 이 복숭아도 싱그러워
서 맛있습니다! 쌓아 두고 먹고 싶을 정도이외다……!"

이거 뭐야.

에스컬레이터에서 내려 내가 본 것은 지하 식품 판매점의 시

식 코너 아주머니들에게 둘러싸인 야에의 모습이었다.

　정확히 말하자면 그 주변에 손님들까지 빙 둘러 있었다. 그 사람들은 야에가 먹는 음식을 보고 그 제품을 장바구니에 집어넣었다. 어? 뭐지? 왜 야에는 물건 선전을 돕고 있어?

　"맛있어 보이는구먼……. 왜 야에는 저리 대접을 받는 겐가?"

　"대접을 받는 건 아닐 거야……."

　굳이 따지자면 이용당하는 상황일까?

　야에는 액션이 호들갑스러우니까. 저렇게 맛있게 먹는 모습을 보면 나라도 사고 싶어진다. 시식 코너 아주머니들로서는 손님을 끌기에 딱 좋은 피에로가 아니었을까 한다.

　야에는 맛을 별로 안 따진다. 가리는 음식도 거의 없어서 어떤 음식이든 기쁘게 먹는다. 야에의 음식 카테고리는 '맛있는 음식', '엄청나게 맛있는 음식', 이렇게 두 가지밖에 존재하지 않는 게 아닐까 하는 생각이 들 정도다.

　결코 미각치는 아니다. 야에의 명예를 위해 그것만큼은 미리 단언해 두고자 한다. 단, TV의 탤런트처럼 반응이 호들갑스러울 뿐이다.

　참, 점심을 먹은 지 얼마 되지도 않았는데 잘도 먹네…….

　아주머니들에게는 미안하지만 계속 이렇게 둘 수는 없다. 나는 어미 새에게 먹이를 받아먹는 새끼 새 상태였던 야에에게 다가갔다.

"앗~! 야에 누나. 이런 곳에 있었구나?!"

"오오, 서방…… 우읍……!"

내가 일부러 어린이처럼 목소리를 꾸며 말을 걸었는데도 불구하고 '서방님'이라고 대답하려고 했던 야에의 입을 힐다가 재빨리 막았다. 힐다, 나이스.

"이러면 안 되잖아~. 엄마가 찾고 계셔. 어서 가자~."

나는 스스로 생각해도 낯간지러운 말투로 최대한 어린이다운 모습을 연기했다. 고등학생이 어린이 모습이 되어 버리는 애니를 전에 본 적이 있는데, 이런 기분이었구나……. 정말로 대미지를 받는다. 부끄럽기도 하고, 허무하기도 하고.

"엄마? 무슨 말씀인지. 어머니는 이셴에……."

그런 내 마음을 눈치채지 못한 야에의 옆구리를 힐다가 팔꿈치로 찔렀다. 그제야 야에는 겨우 "아." 하며 깨달은 듯했다.

"오, 오오. 그랬습니다. 그럼 돌아가기로 하지요."

"어라, 아가씨. 가는 거니?"

"죄송합니다. 조금 일이 있어서, 이만 가 보겠습니다."

야에가 아주머니들에게 어색한 웃음을 지으며 사과했다.

우리는 그 자리를 떠나려 했지만, 겸사겸사 사 가라며 시식한 물건을 마구 건네주는 아주머니들에게 결국엔 패배. 장바구니가 여러 음식으로 가득 찼다.

어차피 뭔가 사길 해야 했으니 별로 상관은 없지만……. 게다가 루도 찾아야 하니 아주머니들 상대로 시간을 빼앗길 수도 없고.

"와, 이곳의 음식은 별나서 정말 맛있더군요."

"마음에 들었다니 다행이야. 일단 음식을 사기 전에 루부터 찾자."

어…… 이쪽인가?

스마트폰의 표시를 따라 나아가자 이윽고 냄비, 프라이팬 등이 놓인 코너가 보였다. 조리 기구 판매점인가. 이해가 된다.

그 구석 부근에서 진지하게 사각형 프라이팬을 신기하다는 듯이 빤히 바라보는 나의 아내를 발견했다.

"루."

"…………."

"루~."

"어? 앗! 토, 토야 님. 죄송합니다. 그만 생각을 하느라……."

루가 프라이팬에서 눈을 떼고 겨우 우리를 바라봐 주었다. 뭘 그렇게 생각한 걸까. 얼핏 보면 형태가 사각형일 뿐 평범한 프라이팬일 뿐인데.

"실은 왜 이것만 형태가 다른가 해서요. 다른 물건은 대부분 둥근 형태인데……."

"이건 계란말이를 깔끔하게 만들기 위한 거야. 아마도."

프로 요리사는 달걀말이 전용 프라이팬을 갖고 있다는 말을 들었다. 다른 요리를 하면 냄새가 배서 달걀 이외에는 절대로 안 만든다고 한다. 그러고 보니 외국에는 사격형 프라이팬이 없었던 같기도 하다.

"달걀말이 전용인가요……. 굉장한걸요. 저어…….."

"선물로 하나……. 아니지, 요리장인 클레아 씨 몫까지 두 개 사자. 분명 기뻐할 거야."

"네! 틀림없이 기뻐할 거예요!"

루가 사격형 프라이팬을 쥐며 환히 웃었다. 클레아 씨는 루의 요리 스승이다. 루는 클레아 씨에게 많은 것을 배웠고, 두 사람은 신분을 넘은 사제 관계를 쌓았다. 제자의 선물을 분명 기뻐하겠지.

힐다가 들고 있는 장바구니에 프라이팬을 넣으려고 돌아보니, 힐다와 야에가 판매대에 투명 케이스에 싸여 걸려 있던 부엌칼을 들고 조금 전의 루처럼 가만히 노려보았다.

"만듦새가 허술하군요……. 금방 날이 나갈 듯합니다."

"맞아요. 게다가 여기에는 혼이 담기지 않은 것 같아요. 부엌칼 하나라도 만드는 사람의 마음이 담겨 있지 않으면 쉽게 자를 수 있는 것도 자를 수 없는데 말이죠."

그건 공장에서 만든 거잖아……? 프레스 가공으로 만든 물건과 장인이 직접 두드려 만든 물건은 당연히 다르지만, 요즘엔 기술이 아주 뛰어나다던데? 그 부엌칼은 질이 좋지 못한 모양이지만.

"어쨌든 이제 다 모인 거지? 저녁은 뭘 만들 생각이야?"

"이거예요!"

린의 질문을 듣고 루가 손에 들고 있던 카드를 쭉 펼쳐 보였다. 이게 뭐지?

자세히 보니 겉에는 요리 사진이, 뒤에는 그 요리를 만드는 재료와 어떻게 만들면 되는지에 관한 설명이 적혀 있었다.

"이곳 입구에 놓여 있었어요. 무료로 받을 수 있다고 해서 사양하지 않고 받았는데요, 음식 재료의 분량, 요리의 순서, 지켜야 할 주의점까지 상세하게 적혀 있어서 놀랐어요!"

아, 무료 배부 레시피 카드구나. 엄청나게 받았네.

"모두 맛있어 보이는 음식뿐이에요……. 실력 발휘를 하고 싶어요!"

오오. 루가 불타고 있어. 지금까지 루한테는 지구의 레시피를 스마트폰으로 검색해 알려줬지만, 당연히도 이세계의 음식 재료를 사용했다. 이렇게 말하긴 뭐하지만, 유사품을 만든 거나 마찬가지다. 그런데 진짜로 이곳이 음식 게르르 만들 수 있으니 의욕이 넘칠 수밖에 없는지도 모른다.

그런데 설마 그걸 다 만들 작정인가?

"만들 생각인데요?"

내 의문에 태연히 대답하는 루. 저기요, 공주님? 그렇게 만들어도 다 먹을 순 없거든요. 며칠 동안 나눠서 만들면 안 될까요?

"야에 씨가 있어요."

"……그렇구나."

그런 말을 들으니 반박할 말이 떠오르지 않아.

우리는 다 같이 우르르 지하의 식품 매장을 둘러보기로 했다. 루가 어떤 음식 재료를 원하는지 말하면 내가 그 장소로 모두를 이끌었다.

처음 와 보지만, 일본은 이런 식품 매장의 배치가 거의 비슷하니 알기 쉬워 편리한다.

채소, 고기, 생선은 제일 바깥에 있으니. 도시락도.

스우가 또 과자 코너에서 과자를 마구 담고, 린제와 사쿠라가 아이스크림 코너에서 아이스크림을 잔뜩 장바구니에 담는 등, 조금 샛길로 새기도 했지만 루가 원했던 음식 재료는 모두 갖추었다. 쌀이 좀 무거웠어. 그리고 디저트를 너무 많이 샀어.

그렇지. 계산할 때 표시된 가격을 보고 나는 무심코 침을 꿀꺽 삼켰다.

이세계에서는 웬만큼 대단한 부자가 됐지만, 난 아직 지구의 금전 감각이 남아 있었던 모양이다…….

아홉 명이나 되니 이 정도는 당연한 건가? 일본의 대가족을 이끄는 어머니는 굉장히 힘들겠어……. 아니지. 우리는 야에가 있잖아. 실제로는 이거 절반 정도 아닐까?

반대로 아홉 명이나 있으면 이렇게 많이 사도 다 같이 나눠서 먹을 수 있다. 커다란 비닐봉지에 음식을 빵빵하게 넣고 우리는 지하 밖으로 나갔다.

자전거 주차장 구석에서 사람이 없는 적당한 타이밍에 혹시 몰라 아내들에게 벽을 쳐 달라고 한 뒤 몰래 스마트폰을 이용해【스토리지】를 열었다.

사들인 상품을 모두 넣어두면 빈손으로 돌아갈 수 있다. 마법은 정말 편리해.

그러니 인기척 없는 곳으로 가서【게이트】를 열고 가는 방법도 있었지만, 우리는 평범하게 자전거를 타고 가기로 했다. 모두 지구를 더 봐 두고 싶어 했으니 딱 좋다.

돌아가는 길에 작은 옷가게를 발견해 다 같이 들어가 옷과 소품을 사기도 하는 등, 곁길로도 새면서 할아버지 집으로 돌아가 보니 어느덧 저녁노을이 질 무렵이었다.

"자! 실력 발휘를 할게요! 린제 씨, 스우 씨, 도와주세요!"

"으, 응. 알았어."

"알겠네!"

루기 잔뜩 기합이 넣고 부엌으로 갔다. 그 뒤를 린제외 스우가 뒤따랐다. 조수로 이 둘을 지명한 이유는 다른 사람은 조수로서 도움이 안 되기 때문이었다.

유미나와 힐다는 왕족이라 직접 요리를 하는 일은 거의 없다. 야에는 먹기 전문이고(조금은 만들 줄 알기야 하겠지만), 린과 사쿠라는 무관심하고. 에르제는 요리를 전부 불지옥 수준의 매운맛 요리로 만들어 버리는 스킬을 지녔다.

린제는 원래 요리를 잘했고, 스우도 신부수업이라는 명목으로 어느 정도는 요리를 배운 모양이었다.

야에도 샌드위치를 만들 줄 아니 전혀 요리를 못하지는 않지만 루가 지명하지 않은 이유는 중간중간에 음식을 계속 집어먹을 걸 우려한 것인지도 모른다.

"토야 님! 음식 재료를 꺼내 주세요!"

"네네, 알았어."

나는 【스토리지】에서 음식 재료를 부엌의 테이블 위로 꺼냈다. 할아버지는 혼자 살았지만 요리가 취미였기도 하고, 손님이 많아 냉장고는 대형이었다.

오늘 다 먹을 거긴 하지만 쉽게 상할지도 모르는 음식 재료를 우선적으로 냉장고에 넣었다. 그래도 다 안 들어가는 재료는 그냥 테이블 위에 올려 두었다. 대부분 채소니 금방 상하지는 않으리라 생각한다. 그리고 요리가 차례차례 완성되면 냉장고의 공간도 여유가 생기겠지.

우리는 요리하는 동안 TV를 보기도 하면서 느긋하게 지냈다.

화면에 나오는 모든 것들을 아내들이 일일이 다 물어봐서 나는 그 질문에 대답하는 기계가 되고 말았다.

이윽고 부엌에서 맛있는 냄새가 솔솔 풍기자 TV를 보던 모두의 마음도 들떴는지 나에게 하는 질문이 줄어들었다. 린은 계속 조금씩 질문했지만.

"다 됐어요!"

린제의 목소리를 듣고 우리는 서둘러 다른 방으로 이동했다. 할아버지의 식당에는 많은 사람이 같이 먹을 수 있게 큰 테이블이 놓여 있었다. 좌우에 네 명씩, 총 여덟 명이 앉는 테이블이었지만 다른 방에서 의자를 가져오니 간신히 열 명도 앉을 수 있는 공간이 나왔다.

"우와, 굉장해!"

"아주 호화롭군요!"

식당에 들어가 보니 테이블 가득 다양한 음식이 놓여 있었다.

타르타르 소스를 뿌린 새먼 소테, 배추 사과 샐러드, 청새치 레몬소스구이, 감자 청경채 크림 조림, 바지락 닭다리살 빠에야, 닭날개 만두, 큰 접시에 담긴 야키소바. 그 외에도 자잘한 요리가 많았다.

어떻게 이걸 다 만든 건지……. 게다가 전자레인지나 그릴을 벌써 능숙하게 활용하다니, 굉장한걸? 조금 가르쳐 줬을 뿐인데.

"자자, 자리에 앉으세요!"

만족스럽게 웃는 루의 재촉을 받으며 우리는 각자의 자리에 앉았다. 나와 아내들 앞에는 자신의 접시와 젓가락, 포크가 놓여 있었다.

"그럼, 잘 먹겠습니다."

""""""""잘 먹겠습니다!""""""""

루와 린제, 스우가 만들어 준 요리는 모두 맛있었다. 아쉽게도 패밀리레스토랑에서와 마찬가지로 위장까지 작아진 나는 많이 먹을 수 없었지만.

역시 지구의 재료를 사용하니 맛이 다른 것 같네. 아니면 내가 지구를 그리워하니 더 맛있게 느껴지는 걸까? 추억 보정처럼.

전체적으로 저녁을 다 먹자, 린제와 아내들이 냉장고에서 다양한 아이스크림을 가지고 왔다. 그뿐만 아니라 케이크 종류, 푸딩, 젤리, 화과자 등도 같이. ……또 먹어?

이번 신혼여행 동안 아내들이 살찌지 않을까 걱정이다. '행복해서 찌는 살'이라면 대환영이지만. 물론 모두의 체형이 변한다고 해도 난 신경 안 쓴다.

……하지만 신의 권속이 되었다면 그런 점도 변화가 없으려나……?

머리 한구석으로 그런 생각을 하면서 나는 린제와 아내들이 사 온 아이스크림을 덥석 물었다. ……맛있어. 이 아이스크림도 오랜만이다. 떡 아이스크림, 그리운 맛이다. 이거 좋아했었지.

"내일은 어떻게 하실 예정이신지요?"

야에가 몇 개째인지 모를 만주를 우물우물 먹으면서 나에게 물었다.

"아빠랑 엄마의 꿈속에 나타나고 싶어도 낮에는 그럴 수 없잖아. 밤까지 집에만 틀어박혀 있을 수도 없으니, 놀러 갈까?"

기껏 신혼여행을 왔으니 아내들과 많은 추억을 만들고 싶었다.

"그럼 토야 오빠, 전 전철이라는 걸 타보고 싶은데요."

"좋구먼! 유미나 언니, 나도 찬성일세!"

전철이라. 이 근처는 아침저녁만 아니면 별로 붐비지도 않고, 이번엔 꼭 스마트폰 들고 다니라고 할 거니 괜찮으려나?

하지만 그냥 전철만 타서는 재미가 없다. 역시 어딘가에 놀러 가고 싶은데, 어디로 가면 좋을까.

나는 스마트폰을 꺼내 전철역 주변을 조사했다. 미술관, 박물관……. 박물관은 이곳의 역사를 자세히 모르면 별로 재미없을지도 몰라. 나도 이세계에서 영웅이나 무기를 봐도 별 감흥이 없었으니.

영화관도…… 항상 스마트폰으로 투영해 영화를 보고 있으니까. 영화관은 영화관에서만 맛볼 수 있는 박력과 분위기가 있긴 하지만.

놀이공원은 좀 머네. 그렇다면 동물원이나 수족관인가. 전철로 1시간도 안 걸리고.

"동물원이라면…… 동물을 많이 볼 수 있는 곳인가요?"

유미나가 고개를 갸웃하며 물었다. 이세계에는 동물은 물론 마수도 여기저기에 어슬렁거리고 있어서 그런지 동물원이 없었다. 식물원이나 장미화원은 왕궁 안에 있기도 했지만.

"다양한 동물이 있는 겐가?! '얼룩말' 도?!"

"응, 얼룩말은 있을 거야……."

스우는 신나 했지만, 얼룩말이면 아프리카에 있는 동물 아니었나?

그런 생각이 들어 동물원 홈페이지에 접속해 봤더니 있었다. 그랜트얼룩말. 일본의 동물원에서 흔히 볼 수 있는 얼룩말이라는 모양이다. 몰랐어.

"있나 봐."

"오오!"

사자, 호랑이, 캥거루, 낙타, 곰, 침팬지, 고릴라, 하마, 코끼리……. 꽤 많은 종류가 있구나.

"식사는 어떻게 할 건데?"

"동물원 안에 음식점이 있으니 괜찮을 거야."

치즈케이크를 먹으면서 묻는 사쿠라를 보고 나는 쓴웃음을 지으며 대답했다. 벌써 내일 음식 걱정이야?

도시락을 만들고 싶었는지 루가 조금 아쉬운 표정을 지었지만. 아무리 할아버지라도 도시락통을 열 개나 가지고 있을 리 없고(찬합이라면 있을지도 모르지만), 【스토리지】에 넣었다가 꺼내기엔 사람들이 너무 많아서 안 된다. 화장실에 들어가 몰래 요리를 꺼내 나올 수도 없는 노릇이고.

에르제가 푸딩을 먹다가 말고 물었다.

"여기엔 마수가 없지? 평범한 동물이야? 안 위험해?"

"다들 우리에 갇혀 있거나 안전하게 볼 수 있는 거리에 있어서 괜찮아."

"습격하면 때려도 되는 거지?"

"아니! 가능하면 때리지 말고 해결해 줬으면 하는데……! 무, 물론 정말로 위험하면 어쩔 수 없겠지만……."

거의 가능성이 없겠지만, 호랑이나 사자가 우리에서 도망쳐 동물원 안의 사람을 습격하려고 한다면 어쩔 수 없다고 생각한다. 그렇지만 양이나 염소, 레서판다라면 그냥 잡는 정도로 끝내 줬으면 했다.

동물원에 있는 모든 동물보다 눈앞에 있는 여자아이들이 훨씬 강하단 말이지……. 【부스트】가 없어도 고릴라나 코끼리에게 이길 수 있지 않을까……?

"방금 실례되는 생각하지 않았어?"

"으냐악?! 아니, 전혀!"

"그래? 그럼 다행이지만, 앗, 린제. 그거 내가 먼저 점찍어 놓은 건데!!"

"먼저 먹는 사람이 임자야~!"

크림이 가득 들어간 쇼트케이크를 놓고 다투는 쌍둥이 자매. 대체 몇 개째야? 디저트를 먹을 때는 모두 야에로 변하네…….

"방금 실례되는 생각을 한 듯한 느낌이 들었습니다만……."

"사모님. 신경 쓰지 마시고 많이 많이 드세요!"

"? 물론 사양하지 않고 먹을 겁니다만."

야에가 고개를 갸웃거리며 카스테라에 손을 뻗었다.

후우……. 결혼한 뒤로는 내 생각이 아내들에게 다 노출될 때가 많아. 혹시 텔레파시 같은 능력이 생긴 건가? 신수들과 염력으로 이야기할 때처럼.

그냥 권속화가 된 덕분에 모두의 감이 날카로워졌을 뿐인지도 모르지만. 어느 쪽이든 간에 조심하자.

할아버지의 집이 있는 마을에서 큰 시가지까지, 전철을 타고 가길 30분. 거기서 다시 지하철로 환승해서 십수 분 정도 가자 오늘의 목적지인 동물원앞 역이 나왔다.

시가지까지는 처음 타 보는 전철에 흥분하며 흘러가는 경치를 바라보기도 하고, 손잡이를 잡아 보기도 하는 등 즐거워했던 아내들 모두는 지하철로 갈아타자마자 새카만 터널이나 쿠와앙~ 하는 소음에 불안한 표정을 지었다. 유미나는 흥미진진하게 관찰했지만.

"지하를 달리게 하다니, 재미있는 생각이네요. 이러면 마수나 도적도 습격하지 않으니, 어떻게 보면 가장 안전할지도 몰라요. 흙 마법 사용자가 수십 명 정도 있으면 저편에서도 만들 수 있겠어요."

이세계에 지하철? 아직 펠젠에서 마동 열차를 만들어 운행해 보려는 단계인데. 이 공주님은 지구에서 많은 것을 흡수하고 있는 모양이었다.

지하철에서 내려 긴 계단을 올라가 지상으로 나왔다. 여기서 몇 분 정도 걸어가면 목적지인 동물원이다.

너무 크지도 너무 작지도 않고, 최신 시설은 아니지만 그렇다고 너무 낡지도 않은 그런 동물원이었다.

티켓 판매소에서 입장권을 사 볼까. 일반은 500엔, 초·중학생은 150엔인가.

"어디 보자. 일반 다섯 명, 초·중학생 다섯 명일까······?"

야에, 힐다, 에르제, 린제는 딱 봐도 고등학생 같다. 사쿠라도 16세니 고등학생이라고 해도 될 듯했다. 유미나와 루는 고등학생이라기엔 조금 무리가 있나? 15세니 고등학생이라고도 할 수 있겠지만.

동물원으로서는 비싸게 주고 들어가 주면 좋을 테니 안 된다고는 하지 않으려나?

린과 스우는 아무리 봐도 중학생이고, 나는 아예 초등학생 이하로 보이니······.

티켓 판매소의 카운터까지 키가 닿지 않아 나는 야에에게 돈을 건네준 다음 입장권을 사 달라고 부탁했다. 입장권과 함께 작은 팸플릿도 받았다.

"아, 여기에 지도가 실려 있네."

"와아, 동물이 많이, 있어요."

쌍둥이 자매의 말을 듣고 팸플릿을 열어 보니, 그곳에는 동물원의 지도가 그려져 있었다. 그리고 여기저기에 동물들의 일러스트도 있었다. 아하, 이거를 보고 따라서 가면 되겠구나.

안으로 들어가 보니, 높은 나무도 있는 등 자연 속에 만들어진 동물원 같은 느낌이었다.

평일이라 사람은 별로 없었다. 어린아이를 데리고 온 부모님과 어떻게 된 일인지 중학생으로 보이는 아이들도 몇 명인가 있었다. 소풍? 아니면 야외수업인가?

입구 정면에 몇몇 벤치가 놓인 휴게소 같은 장소에는 비둘기 몇 마리가 노닐었지만 애네는 동물원의 동물이 아니겠지.

어딘가에서 마음대로 날아 들어온 듯했다.

"오오! 새하얀 새가 있구먼!"

스우가 달려들었다. 겨우 새 정도에 저렇게 흥분하다니. 그런 생각이 들지도 모르지만 성안에서 살다 보면 큰 새를 볼 기회가 별로 없으니까. 코교쿠한테 부탁하면 얼마든지 볼 수야 있겠지만.

먼저 울타리에 둘러싸인 연못에서 많은 새가 우리를 맞이해 주었다. 울타리 옆을 보니 동물을 소개하는 설명판이 있었다.

"큰고니, 고니, 흰기러기, 흰뺨검둥오리……."

기러기와 오리, 백조인가. 그 새들 몇 마리가 울타리 안에 만들어 놓은 작은 연못에서 꽉, 꽉 하고 울었다.

백조는 실제로 보긴 처음이다. TV에서는 몇 번이나 봤는데 실제로 보니 좀 흥분되는걸?

문득 보니 아까 그 비둘기들이 백조가 흘린 먹이를 먹고 있었다. 오호라, 저게 목적이었구나.

"토야 님, 얘네도 새인가요?"

"응? 앗! 펭귄이네!"

힐다가 가리킨 백조 옆의 울타리에는 펭귄이 있었다. 이것도 난 처음 본다. 더 흥분되는걸?

이래선 아내들보다 내가 더 흥분한 거 아닌가? 겉보기에는 어린이가 신나서 구경하는 모습일 테니 이상하지는 않겠지만.

설명판에는 훔볼트펭귄이라고 적혀 있었다. 펭귄 몇 마리가 작은 수영장의 옆을 아장아장 걸었다.

설명판에는 한 마리, 한 마리 모두 이름이 적혀 있었지만 난 구별이 안 되었다. 사육사는 구별할 수 있을까?

"귀엽네요."

"이건 데리고 가고 싶어요……."

아장아장 걷는 펭귄을 유미나와 루가 넋을 놓고 바라보았다. 펭귄은 물론 귀엽지만, 나는 그걸 보고 행복한 표정을 짓는 두 사람이 더 귀여웠다.

펭귄을 더 보고 싶었지만 아쉬운 마음을 뒤로하고 오른쪽 길로 가 보니, 그곳에는 라마 몇 마리가 있었다. ……라마가 뭐였지?

설명판을 확인. 어디 보자······. 아, 낙타의 근연종이구나. 안데스에 사는 혹이 없는 낙타였어.

모두 와자지껄 라마에게 다가갔다. 그 모습을 보면서 나는 설명문을 읽기 시작했다.

"화가 나거나 흥분한 라마는 매우 냄새가 지독한 침(위장의 내용물)을 뱉어 상대를 공격합니다······?"

설명문을 읽는 내 목소리를 듣고 모두 웃으면서 한 걸음 뒤로 물러섰다. 아까부터 뭔가 냄새가 고약하다고 생각했는데 이거였나.

라마가 마치 준비 운동이라도 하듯이 입을 쩝쩝 움직였다. 우리는 얼른 그 라마 앞에서 멀어졌다.

옆에는 쌍봉낙타가 있었다. 처음 보는데 크네. 정말 혹이 두 개다. 타기 쉬울 것 같아.

옛날에 이런 동물을 타고 사막을 건넜구나······. 낙타는 물을 안 마셔도 며칠간 움직일 수 있다는 모양이었다. 낙타 이외의 동물을 타고는 사막을 건너기가 거의 불가능했다고 한다. 인간은 낙타를 파트너로 삼아서야 비로소 넓은 사막을 건널 수 있었다는 건가.

근데 왜 우릴 가만히 보지? 미동도 안 하네? 앗, 살짝 움직였다.

"거의 안 움직이네요. 느긋한 성격인 걸까요?"

"낙타 레이스도 있다니 발은 빠를 테지만, 이런 넓이여선 달릴 이유가 없으니.”

울타리와 해자에 둘러싸인 낙타 우리는 그다지 넓지 않았
다. 적도 없으니, 달릴 이유가 없으면 당연히 느긋하게 지낼
수밖에 없으려나?

움직이지 않는 쌍봉낙타와 작별하고 다음 장소로 이동했다.

쌍봉낙타 다음은 레서판다였다. 의외로 크네. 그리고 귀엽
다.

어째서인지 울타리 주변을 빙글빙글 돌았다. 가끔 이쪽을
힐끔 쳐다보기도 했지만 TV에서 봤던 것처럼 뒷다리로만 서
거나 하지는 않았다.

그리고 길을 따라 걷다가 우리는 장난감을 가지고 노는 일본
원숭이를 보기도 하고, 뒹굴거리는 반달곰을 보기도 하고, 햇
볕을 쬐며 자는 멧돼지를 보기도 했다.

“작고 귀여워.”

사쿠라가 들여다보고 있던 투명한 아크릴로 둘러싸인 우리
안에는 검은꼬리프레리도그 몇 마리가 있었다. 꼬리가 검어
서 그대로 붙은 이름인가?

땅굴 근처에 서서 작은 앞발로 먹이를 먹고 있었다. 저건 보
초처럼 망을 보고 있는 거였던가?

“앗, 서로 껴안았어요!”

힐다 앞에 있던 검은꼬리프레리도그 두 마리가 서로를 정면
에서 껴안았다. 게다가 키스까지 나눴다. 저게 검은 검은꼬리

프레리도그의 인사법이라는 모양이었다. 어딘가 훈훈한 기분을 느끼며 우리는 다음 구역으로 걸어갔다.

"맹수 우리……? 위험한 동물일까? ……별로 위험해 보이지는 않는데."

린이 안내판에 적힌 문자를 보고 고개를 갸웃했다. 그 마음은 나도 이해한다.

강화 유리 너머로 보이는 동물은 백수의 왕인 사자였다. 사자는 바위 위에 드러누워 잠을 자고 있었다.

너무 무방비해……. 용맹한 모습은 눈곱만큼도 찾을 수 없다. 이래선 큰 고양이다.

사자는 잠든 채 움직일 생각을 하지 않았다. ……죽진 않았겠지?

그 옆의 호랑이 우리에 가 보니, 수마트라호랑이가 사자랑 똑같이 잠들어 있었다. 커다란 카메라를 든 이지씨기 호랑이를 찍었지만 호랑이는 아무런 반응을 보이지 않고 게으르게 잠을 만끽했다.

"성에서 뒹굴거리는 코하쿠와 똑같군요……."

야에가 호랑이를 보면서 가만히 중얼거렸다. 그렇긴 한데. 코하쿠는 코하쿠대로 마을 안의 동물들을 통솔하거나, 성안을 순찰하기도 해. ……확실친 않지만.

호랑이 우리를 떠나 동굴처럼 만든 터널에 들어가 보니, 벽 한쪽이 강화 유리로 된 곳이 나왔다. 유리 너머는 물이 고여 있는데, 그 수면은 야에의 키보다도 높은 곳에 있었다. 마치 수족관에 온 듯한데 무슨 동물이지? 바다표범인가?

갑자기 물속으로 엄청 커다랗고 흰 뭔가가 뛰어들었다. 우와앗?!

"뭐, 뭔데뭔데, 뭔데?!"

"곰이다! 새하얀 곰이구먼!!"

에르제가 유리 너머에 나타난 흰곰을 보고 주먹을 쥐며 자세를 잡았다. 자, 잠깐! 때리지 마! 유리 깨져!!

에르제도 그걸 눈치챘는지 바로 주먹을 내렸다. 이곳의 강화 유리가 얼마나 튼튼한지는 알 수 없지만 에르제가 진심으로 일격을 날리면 쉽게 깨지리라고 생각한다.

"뭐야, 곰이네…… 깜짝 놀라게 하고 참……."

나는 설명판을 봤다. 북극곰인가. 아, 여긴 맹수 우리였지? 바다표범일 리가 없었어.

북극곰은 천천히 물속을 헤엄쳤다. 헤엄 잘 치네.

북극곰은 수면에 얼굴을 내밀고는 유리 너머에 서 있는 우리를 바라보았다.

"후후. 폴라가 생각나는걸? 그 아이, 잘 있을까?"

린이 유리에 손을 대고 북극곰을 올려다보았다. 그런데 북극곰은 금세 고개를 홱 돌리더니 헤엄을 치며 떠나 버렸다.

"어머. 내가 싫었던 걸까?"

린은 키득 웃으며 떠나가는 북극곰을 바라보았다.

북극곰이 있던 동굴을 빠져나가니 매, 올빼미, 참수리 등이 있는 맹금류 구역이 나왔다. 맹금류는 높은 철망에 둘러싸인 곳에서 나뭇가지에 앉아 우리를 흘겨보듯이 내려다보았다. 키가 작아져서 그런지 누가 내려다보는 일에 익숙해져 버렸네…….

동물원 안의 동쪽을 빙글 돌아 이번엔 서쪽으로 갔다.

우리는 호랑꼬리여우원숭이, 큰긴팔원숭이, 사자꼬리마카크, 침팬지 등의 원숭이가 있던 우리 앞을 지나 완만한 언덕을 계속 올라갔다. 서쪽은 쭉 언덕인가? 조금 전에 봤었던 백조들이 아래쪽에 있었다.

스쳐 지나가는 사람들을 보니 어린이 비율이 높네. 맞다. 우리도 어린이를 데리고 있었구나……. 노부부도 드문드문 보였다. 이곳은 근처 사람들의 휴식 공간인 듯했다.

"참 예쁜 새인데."

"인도공작인가."

스우가 우리 안에서 걷는 공작 두 마리를 넋 놓고 바라보았다. 깃털이 파란색과 녹색으로 화려한 걸 보니 이 새는 수컷인가 보네. 암컷은 분명 더 수수한 색이었다. 암컷은 안 보이는데 바위 그늘에 숨어 있기라도 한 건가?

깃털을 펼친 모습을 보고 싶어 조금 기다렸지만 두 마리 모두 깃털을 펼치지는 않았다. 깃털은 구애 행동을 할 때 펼친다니까, 암컷이 없으니 당연히 안 펼치는 거겠지.

"수컷끼리라도 펼칠지도, 모르는데요?"

"응. 상대를 견제하기 위해서 펼치기도 한다지만…….."

어째서일까. 린제의 말이 다른 의미로 들리는데.

"오오, 서방…… 토야 님. 저기에 식사할 수 있는 곳이 있습니다!"

야에가 가리킨 곳을 보니 동물원의 레스토랑이었다. 테라스석이 많은 걸 보니 밖에서 먹어도 되는 모양이었다. 아직 점심 시간이 되지 않아 사람도 많이 보이지 않았다.

"조금 이르지만 점심을…….."

먹을까? 내가 그런 말을 하기도 전에 야에, 루, 스우, 사쿠라, 이 네 명이 빠른 걸음으로 앞서 나갔다. 먹보 만세.

네 사람 뒤에서 우리는 가게의 자동문을 지나갔다. "어서 오세요~!" 힘찬 점원의 목소리가 들렸다.

"와아……. 느낌이 괜찮은 가게, 네요."

린제가 가게 안을 둘러보더니 기쁜 목소리로 말했다. 나무로 만들어진 가게 안은 밝고 세련된 분위기로 넓어서 개방감이 느껴졌다. 유리문 너머의 테라스석에는 따스한 햇볕이 쏟아져 매우 기분 좋아 보였다.

힐다가 입구 옆에 있는 기계를 바라보았다. 발권기였다.

"토야 님. 이건 '자동판매기'인가요?"

"발권기야. 여기에 돈을 넣고 먹고 싶은 음식의 표를 사는 거지. 봐, 저기에 사진이 붙어 있지?"

아무래도 이곳은 발권기로 요리를 고르는 시스템인 듯했다. 반대편 아크릴패널에 다양한 요리의 사진이 붙어 있었다. 이게 메뉴구나.

"앗, 귀여워."

"어머, 정말이네."

에르제와 린제가 사진 속 요리를 보고 미소를 지었다. 정말 귀여운 요리네.

햄버그가 귀여운 곰 발바닥 모양이고 그 위에 치즈로 만든 육구가 올라가 있었다. 옆에 있는 쌀밥도 곰 머리 모양이다.

그 외에도 코끼리 윤곽에 밥을 올린 카레나 염소와 토끼 모양의 한 쿠키가 올라간 파르페 등, 동물을 본뜬 요리가 많았다. 물론 평범한 스파게티나 피자, 오므라이스도 있었다.

우리는 각자 먹을 음식을 정하고 발권기로 식권을 사서 카운터로 가지고 갔다.

요리를 받은 우리는 기왕에 마련되어 있으니 테라스석에서 먹기로 했다. 햇볕도 따스하고 놀러 나오기 딱 좋은 날씨라 다행이다.

테라스석에는 열 명이 앉을 자리가 없어서 우리는 다섯 명씩 나뉘어 앉았다. ……잠깐만, 야에. 그 어린이용 의자는 없어도 돼!

"응, 괜찮아. 맛있어."

"귀엽고 맛있구먼. 클레아한테 만들어 달라고 했야겠으이."

사쿠라와 스우는 똑같은 '곰곰 플레이트' 라는 요리를 주문했다. 그 곰 모양 햄버그와 밥이 나오는 메뉴였다. 그 외에도 새우튀김, 샐러드, 감자가 같이 곁들여져 나왔다. 꽤 호화로운걸?

 루나 요리장 클레아 씨라면 쉽게 만들 수 있을 듯했다. 어린이가 기뻐할 만한 요리니, 이런 것도 필요하겠지. 언젠가 아홉 명이나 늘어날 테니까…….

 우리 자리에는 스우, 사쿠라, 야에, 루가 앉았다. 그 탓에 테이블 위에는 빈틈이 없을 만큼 많은 요리가 놓여 있었다. 다른 손님들도 오싹한 표정을 지으며 옆을 지나갔다.

 "……냠냠. 반죽이 두껍지만 쫀득한 식감이네요. 토마토의 신맛과 단맛, 치즈의 농후함이 아주 절묘하게 어우러져서……."

 루가 중얼거리며 피자를 먹었다. 이 테이블에 있는 요리는 대부분이 루가 주문한 거지만, 그 대부분을 다 먹는 사람은 야에였다. 피자도 루가 한 조각을 먹는 사이에 야에의 위 속으로 세 조각이 사라졌다. 나눠 먹는 거야?

 "으음~! 이건 정말 맛있습니다!"

 루는 여러 요리를 먹어 볼 수 있고, 야에는 많이 먹을 수 있으니 서로 원원인가……? 둘 다 기뻐하니 그거면 충분하려나?

 나도 눈앞의 볼로냐 스파게티를 먹기로 했다. 응, 맛있어.

 "임금님, 이다음엔 어디로 갈 거야?"

"동쪽은 돌았으니 서쪽으로. 서쪽에선~ 코끼리랑 고릴라, 코뿔소랑 얼룩말을 볼 수 있어."

"오오, 얼룩말 말인가! 참으로 기대되는구먼!"

그 외에도 타조, 기린, 플라밍고도 있네. 이 앞의 구역은 아프리카 구역이라는 모양이었다.

"그런데 이곳의 동물들은 너무 얌전하군요. 우리에 들어가 있으니 더 흉포하지 않을까 생각했습니다만."

"아냐. 호랑이랑 사자는 정말 위험해. 코하쿠를 비교 대상으로 삼으면 안 돼."

이곳의 호랑이나 사자는 계속 잠만 자서 위험을 느끼지는 않았지만. 그래도 맹수는 맹수다.

풀어서 기르는 동물을 안전한 차로 이동하며 관찰할 수 있는 사파리파크였다면, 더 야생에 가까운 모습을 볼 수 있었을지도 모르지만.

"그런데 동물을 이런 형식으로 볼 수밖에 없다니. 숲이나 산에 가면 더 많이 볼 수 있지 않을까 하네만."

"음~. 일본은 대형 동물이 별로 없으니까. 있다 해도 곰 정도인가. 그것도 쉽게 볼 수는 없기도 하고, 위험해."

그 외에도 멧돼지처럼 위험한 동물이 있긴 하다. 야생에 사는 원숭이처럼 사람에게 성가신 피해를 주는 동물도 있고.

이세계는 숲에 가서 늑대를 만나기도 하고 그러는데, 여기서는 조우 확률이 그렇게 높지 않다. 들개조차도 거의 볼 수 없으니.

인간은 살기 좋은 세계지만 동물들한테는 어떨까?

이세계는 거수나 용처럼 인간이 거의 이길 수 없는 생물도 있으니, 공존하면서 살 수밖에 없긴 하지만.

지구에도 용이 있었다면 동물원에서 볼 수 있었을까? 루리 같은 거대한 용이 들어갈 우리를 만들려면 굉장히 힘들 것 같기도 하다. 날기도 하니까.

맞다, 불을 뿜으니 위험한가? 지구에선 용이 있어도 동물원 엔 없겠네. 응, 없겠어.

"이제 또 돌아볼까?"

철저히 디저트까지 다 먹고 식사를 마친 우리는 다시 동물원 안을 걷기 시작했다.

나는 주머니에서 팸플릿을 꺼내 지도를 보았다. 이 앞은 아 프리카 구역이랑…… 파충류관?!

내려다보니 코끼리 두 마리가 천천히 걷고 있었다.

이렇게 해자를 판 형태로 거리를 벌려 놓고 보는 형식을 모 트 형식이라고 한다고 한다. 이 형식은 우리에 둘러싸인 형식과는 달리 시야를 차단하지 않아 더욱 자연스러운 동물들의 모습을 볼 수 있다. 조금 거리가 떨어져 있어서 아쉽긴 하지만.

"꽤 크네요. 손질하기가 힘들겠어요."

"먹으면 배가 부를 듯합니다."

잠깐만! 루랑 야에의 코끼리를 바라보는 시점이 좀 달라.

그건 시점이 아무래도……. 어? 그런데 맘모스는 분명히 사람이 먹었었지?

검색해 보니 아프리카에서는 상아를 목적으로 코끼리를 밀렵한 뒤, 그 고기를 시장에 내다 팔기도 한다는 모양이었다.

이세계에서 용을 사냥해 먹기도 해서 그런지 이런 사실을 알고 나니 어떤 맛일지 흥미가 생겼다. ……맛있을까? 물론 안 먹을 거지만.

그런 생각이 전해졌는지 코끼리는 우리 앞에서 멀어져 갔다. 조금 발걸음이 빠른데 그냥 기분 탓인가?

코끼리 구역을 떠나 옆에 있던 타조 구역으로 이동했다. 코끼리 우리와 마찬가지로 해자가 파인 저 너머에 타조가 두 마리 서 있었다.

"미스미드에 있는 대구조랑 비슷한걸?"

린이 타조를 보면서 그렇게 중얼거렸다. 린이 말하길, 미스미드의 남부에는 타조와 아주 비슷한 새가 있다고 한다. 미스미드에 사는 수인 일족은 그 대구조를 길들여 말 대신 타고 다

닌다는 모양이었다. 짐차를 끌게도 하고.

"미스미드에서는 먹기도 하죠?"

"잘 아네? 나는 먹어 본 적 있는데 기름기가 적어서 말고기처럼 담백한 맛이었어."

"맛있었겠습니다……."

우리의 대화에 루와 야에가 참가했다. 너흰 거기서 떨어져.

장수종인 만큼 린은 많은 음식을 먹어 봤다. 원래 호기심이 왕성해 진귀한 음식을 보면 꼭 먹어 보지 않고는 못 배기는 듯했다.

친구 중에도 있었지. 새로 발매된 위험해 보이는 주스를 꼭 먹어 보는 애. 먹은 다음엔 '맛없어!', '이건 꽤 괜찮아' 같은 말은 했지만 한 번도 '맛있어!' 라고 하는 말은 들어 본 적이 없다.

또 야에와 루의 먹잇감을 노리는 눈빛을 보고 위기감을 느꼈는지 타조들은 뛰어서 멀리 이동했다. 어라라?

"오오! 얼룩말일세!"

멀리 있는 얼룩말을 발견한 스우가 달려갔다. 그 뒤를 따라서 우리도 빠른 걸음으로 얼룩말이 있는 곳으로 갔다.

울타리 너머에 있는 얼룩말은 느긋하게 구역 안을 걸어 다닐 뿐 우리를 보려고도 하지 않았다. 얼룩말 우리 앞에는 인공적으로 만든 듯한 강이 흘렀는데, 그게 우리와 얼룩말의 우리를 나누고 있었다.

얼룩말 저 너머에는 아까 봤던 코끼리가 보였다. 같은 구역인가? 연못 같은 물로 구분 지어져 있긴 하지만.

"우우. 타 보고 싶었어."

사쿠라가 아쉽다는 듯이 말했다. 타 볼 수 있는 동물원도 있다는 모양이지만, 여긴 못 타. 게다가 얼룩말은 꽤 성질이 거칠다나 봐.

"앗, 새끼가 있어요!"

유미나가 가리킨 바위의 그늘에서 작은 얼룩말 새끼가 깡충 뛰어나왔다. 그리고 종종거리며 어른 얼룩말 주위를 돌았다.

"어미에게 응석을 부리는, 걸까요?"

"그럼 저기서 자는 얼룩말은 아빠인 걸까?"

린제와 에르제의 시선을 따라가 보니, 배를 땅에 대고 엎드려 있는 얼룩말 한 마리가 보였다. 가족인가?

……잠깐만. 저기서 엎드린 얼룩말이 엄마고, 여기 있는 얼룩말이 아빠일지도 모르잖아? 순간적으로 남편에게 아이를 맡긴 뒤, 뒹굴거리며 TV드라마를 보는 아줌마의 모습이 뇌리를 스쳤다. 흐으. 힘내, 아빠 얼룩말…….

얼룩말(주로 새끼)을 보고 훈훈해진 우리는 다음 구역으로 나아갔다.

"우와……."

"목이 길어요……."

야에와 힐다가 입을 벌리며 위를 올려다보았다. 높은 철망

안에 지구에서 가장 키가 큰 동물인 기린이 서 있었다. 안 움직여서 순간 장식인 줄 알았다. 얌전하네.

"전혀 안 움직이네, 요……?"

"앗, 눈을 깜빡였어."

에르제의 말대로 기린이 천천히 눈을 감았다가 다시 떴다. 그런데 그러고는 또 전혀 움직이지 않았다. 살아 있는 거 맞아?

지쳤나……? 동물들도 스트레스를 받기도 하고 나름의 걱정이 있겠지.

더 가까이 와 줬으면 했지만, 우리는 기린의 휴식을 방해하지 않게 그 자리를 조용히 떠났다.

다음 구역은 곳곳에 물웅덩이가 있었고 강도 흘렀다. 아프리카의 물웅덩이…… 무슨 동물일까?

그렇게 생각한 다음 순간, 물속에서 천천히 그 동물이 육지로 올라왔다.

"하마구나."

처음 보는데 크네. 어……? 육상에서는 코끼리 다음으로 무거운 동물이구나. 1.5톤에서 3톤……. 엄청난 무게야.

성질은 사납다고……? 특히 출산 전, 육아 중의 암컷은 새끼를 지키기 위해 특히 거칠다고……. 그런 인상은 아니었지만, 어머니는 강하다고들 하니까.

나도 엄마한테는 도저히 당해내지 못할 것 같았다. 그 할아버지의 딸이니……. 무섭기로 따지면 할아버지보다 더 무섭다.

엄마가 진심으로 화를 낸다면 차라리 사자 우리에 들어가는 편이 낫다. 전에도…….

"왜 그러세요?"

"아니…… 좀……. 무서운 일이 떠올라서……."

유미나가 웅크린 나에게 걱정스러운 듯이 말을 걸었다.

중학교 시절에 장난을 쳤다가 흠씬 혼났던 일이 머릿속에 번 뜩 떠올랐다. 지금도 얼굴에 휘두른 그 손바닥은 피할 수 없을 것 같아…….

하마 구역을 지나자 나무로 만든 다리가 연못에 걸려 있는 장소가 나왔다. 연못에서는 플라밍고 몇 마리가 날개를 접고 쉬고 있었다. ……한 마리만 색이 아주 진하지 않나? 쟤만 화 려해. 눈에 띄어.

"사쿠라의 머리카락처럼 예쁘네요."

"응."

플라밍고를 보면서 린제가 미소 짓자, 예쁘다는 말을 들은 사쿠라가 쑥스러운 듯 자신의 머리카락을 매만졌다.

"왜 저렇게 독특한 색인 걸까?"

"빨간색 색소가 포함된 음식을 먹어서 저런 색이라고 들었 어."

"그래?"

내가 질문에 대답하자, 질문한 에르제가 감탄했다는 듯이 고개를 끄덕였다. 분명 그랬을 거야.

나는 플라밍고 설명판 앞에 가서 내 말이 맞는지 확인했다. 응. 역시 그랬어. 오, 이건 큰플라밍고라고 하는구나.

아. 딱 한 마리만 매우 붉길래 야에처럼 먹보 플라밍고인가 했더니, 분홍플라밍고라는 다른 종인 모양이다. 미안.

다음은 고릴라 구역이었는데, 아쉽게도 고릴라는 컨디션이 나쁜지 사육 구역 뒤에 있는 방에 들어가 있는 듯했다. 모습 자체는 강화 유리 너머로 볼 수 있었지만 역시 힘이 없네. 몸조리 잘해.

이제 동물원은 거의 다 돌았지만 하나 남겨 둔 곳이 있었다.

"여기가 파충류관인가……."

그 건물 입구의 양 사이드에는 커다란 뱀과 용의 나무 조각이 놓여 있었다. 뱀은 알겠는데 용은 설마 이 안이 없겠지? 이 세계라면 있을지도 모르지만.

"우와."

육중한 문을 밀어 안으로 들어가니 열기가 우리를 화악 덮쳤다. 실내는 바깥에 비해 온도가 높았다. 이건 파충류에게 적합한 온도를 유지해서 그런 거겠지?

투명한 아크릴판으로 차단된 벽 너머에는 다양한 뱀이 종류별로 들어가 있었다.

줄무늬뱀, 일본쥐뱀, 비단뱀, 아나콘다…….

우와아……. 왜 이럴까. 코쿠요 덕분에 익숙할 텐데도, 의사

소통이 안 되어서인지 불길한 느낌을 씻어낼 수 없었다.

"모두 안 움직이네요."

"먹이도 없으니, 빠르게 움직일 필요가 없을지도 몰라."

힐다가 일본쥐뱀의 케이스를 들여다보며 고개를 갸웃했다. 힐다의 말대로 뱀들은 똬리를 튼 채 아까부터 전혀 움직이지 않았다.

역시 마수와도 싸우는 아내들이라 그런지 뱀을 봐도 전혀 두려워하지 않았다. 하지만 '귀엽다'는 생각은 안 드는 듯, 다른 동물을 볼 때처럼 떠들썩하게 들썩이지는 않았다.

벽에 전시된 파충류를 통로를 따라가며 하나하나 들여다보았다.

뱀, 뱀, 거북, 거북……. 오, 악어다. 매끈이카이만. 세계에서 두 번째로 작은 악어라.

"대수해에 비슷한 동물이 있었어. 주로 식용이었지만."

린이 그런 말을 하자, 곧장 그 두 사람이 끼어들었다.

"호오. 그 동물은 맛있습니까?"

"조리법은요? 대수해의 부족이라면 통구이인가요?"

"맛은 닭고기에 가까웠어. 아주 탄력적이지만 맛있었지. 조리법이 어떤지 자세히는 모르지만, 구운 음식이긴 했어."

이거야 원. 두 사람에게 꼼꼼히 그걸 또 대답해 주는 린도 사람이 참 좋아. 의외라고 하면 혼날지도 모르지만, 린은 다른 사람을 돕길 좋아한다. 공공연히 그렇게 하지 않을 뿐.

눈앞의 울타리 아래를 보니 커다란 거북이 느릿느릿 걸어왔다.

아프리카가시거북인가. 뱀에 비하면 그나마 마음이 누그러지는걸? 이런 말을 했다간 코쿠요한테 〈차별이야!〉라며 항의를 받을 것 같지만.

뱀이랑 거북 말고 도마뱀도 있구나. 다섯줄도마뱀, 중국악어도마뱀, 표범도마뱀붙이……. 다들 거의 움직이지 않지만.

관내에는 벤치도 몇 개인가 있어 쉴 수 있었다. 뱀이나 악어를 보는 거라 마음이 진정되지 않을 듯도 하지만, 좋아하는 사람에겐 천국이 따로 없겠지.

그래도 이렇게 천천히 보니 뱀도 모양과 색채가 다 달라 재미있었다. 코쿠요는 새카맣다 보니……. 정말로 흑요석처럼 매끈거리기도 해서 그건 그거대로 예쁘긴 하지만.

입구로 들어갈 때와는 달리 출구로 파충류관 밖으로 나가자 시원한 바람이 우리를 맞이해 주었다. 아아, 시원해. 고온다습한 환경에서 겨우 빠져나왔네.

기분 좋은 바람에 취해 있는데, 옆에 있던 유미나가 오른쪽 앞을 가리켰다. 그곳에는 비교적 깨끗한 2층짜리 건물이 있었다.

"토야 오빠, 저건 뭔가요?"

"응? 저건…… 전시관 겸 휴게소……라네. 동물의 박제나 골격 표본, 자료가 전시된 곳인가 봐. 앗, 선물을 살 수 있는 매점도 있어."

내가 팸플릿을 보면서 유미나에게 대답했다.

"선물요? 꼭 사가고 싶어요."

"저도 그렇습니다."

"자, 토야! 어서 가자!"

"잠깐만. 알겠으니까 잡아당기지 마!"

힐다, 야에, 에르제에게 이끌려 나는 전시관으로 달려가야 했다. 너희랑 나랑 보폭이 다르다니까……!

전시관의 자동문을 지나자, 조금 전에 봤던 북극곰의 박제가 바로 앞에 전시되어 있었다. 와아, 생각보다 박력이 넘치네.

어디 보자. 북극곰의 털은 흰색이 아니라 투명하구나. 속의 검은 피부에 반사된 빛이나 태양광이 난반사 되어 흰색으로 보인다라.

그에 더해 북극곰의 털은 마키로니처럼 심이 없다고 한다. 그 털 속 공간이 단열 효과를 내며 열을 놓치지 않게 돕는다…….
그래, 환경에 적응해 진화한 거구나.

"전시된 물건이 많네, 요."

린제의 말대로, 여러 동물의 박제나 골격 표본 등이 가늘고 긴 공간에 빽빽이 전시되어 있었다. 벽에는 아까 봤던 북극곰의 가죽을 벗겨 걸어 놓았기도 해서, 뭐라 말할 수 힘든 안타까운 마음도 들었다.

"이렇게 보니 어떻게 다른지 잘 알겠어. 흥미로워."

린이 초식동물과 육식동물의 골격 표본을 비교하며 바라보았다. 이건 코끼리의 골격 표본인가? 역시 코에는 뼈가 없었구나. 코가 없으니 이미지가 달라지네……. 앗, 코만 박제해 놓은 것도 있어.

그 외에도 반달곰, 시로, 멧돼지, 담비 등의 박제가 즐비했고, 천장에는 새의 모형이 편대를 이루고 있었다. 다양하고 세심하게 전시해 놨네.

"나는 역시 살아 있는 동물이 좋구먼……."

"동감. 공부는 되지만."

스우와 사쿠라는 이런 분야에는 별로 흥미가 없는 듯했다. 반대로 린과 린제, 유미나는 감탄하면서 전시물의 설명을 읽었다.

어? 의외로 야에랑 에르제가 열심히 골격 표본을 보잖아?

"그러니까 이곳의 뼈만 부수면 말입니다……."

"맞아. 여기를 이렇게 돌려 비틀면 단숨에 뿌득하고……."

응, 내 착각이었어. 무서운 얘길 주고받고 있네.

"앗, 아까 봤던 기린이에요!"

린제가 잔달음으로 달려간 곳엔 기린의 골격 표본이 서 있었다. 이 거리에서 보니 역시나 높이가 상당하다. 아니면 내 키가 줄어들어 그렇게 보이는 건가? 4~5미터는 되겠는데…….

"선물은 어디서 파나요……?"

힐다가 두리번거렸지만 매점으로 보이는 곳은 없었다.

앗, 벽에 화살표가 있다. 이쪽이네.

화살표를 따라가니 유리 자동문 너머에 넓은 매점이 있었다.

매점의 벽은 따뜻한 색으로 통일되어 있었고, 밝은 조명이 가게 안을 비췄다. 바닥은 나뭇결 모양으로 자연스러운 분위기를 연출했다.

선반이나 낮은 테이블에는 다양한 동물 상품이 이래도 안 살거냐는 듯이 진열되어 있었다. 동물 모양의 쿠션, 식기, 작은 동물 피규어, 봉제 인형, 동물 형태의 배낭도 있었다.

"유미나 씨, 유미나 씨! 이거 귀엽지 않나요?!"

"좋은걸요?! 앗, 루 씨. 이것도 귀여워요!"

"언니, 이 가방은 어떤가?"

"와, 귀여운걸? 나도 있었으면······."

가게에 들어가자마자 모두 흩어져 흥미가 있는 코너로 달려갔다. 쇼핑센터처럼 미아가 될 만큼 넓은 곳도 아니니 그래도 괜찮지만.

정말 상품 구색이 다양하네. 키홀더, 런천매트, 도시락통까지······. 나도 성안 사람들한테 줄 선물로 사갈까? 집사 라임 씨한테는 넥타이가 어떨까? 양이 프린트된 것도 있고······ 집사에 양······ 아니아니.

동물 귀가 달린 파카, 육구 장갑, 육구 슬리퍼······. 이건 우리 아내들이 입으면 엄청난 파괴력일 거야. ······아홉 명분 사

둘까. 응, 기념이 될 테니까. 다른 뜻은 없다.

이 동물 피규어는 종류가 많네. 전부 다 모으려면 힘들겠어. 봉제 인형도 크기가 대형, 중형, 소형으로 다양하고 종류도 많아.

"역시 얼룩말은 꼭 사고 싶구먼."

"그걸로 할래?"

"그래! 에드한테 선물할 생각이네!"

스우가 얼굴 가득 미소 지으며 대답했다. 남동생인 에드워드에게 주는 선물이라. 누나가 주는 선물이잖아. 아기지만 틀림없이 기뻐할 거야.

유미나도 남동생인 야마토 왕자에게 주려고 봉제 인형을 사가겠다고 했다. 사자인가. 미래의 왕에게 백수의 왕을 선물한다는 거구나.

그리고 우리는 매점의 누나가 살짝 흠칫할 정도로 많은 선물을 샀다. 거의 봉제 인형과 과자 종류였지만.

열 명이 들면 들지 못할 정도는 아니다. 동물원 밖으로 나가면 몰래 【스토리지】에 넣어 둘 테고 말이지.

문득 떠오른 동물원 방문이었지만 즐거웠다. 신혼여행에서 동물원에 가는 건 좋은 선택일지 걱정이었지만, 아직 이틀째니 괜찮겠지.

이제 오늘 밤은 최대의 미션이 기다리고 있다. 이번 여행의 목적이라고도 할 수 있는 우리 부모님에게 아내들을 소개하는 미션이.

　일단 마법을 사용해 꿈을 꾸고 있다고 착각하게 할 생각이다. 아빠랑 엄마라면 이 모습인 나를 봐도 알아보겠지만 일단 【미라주】로 원래의 모습으로 변신해 두는 게 좋겠지?

　꿈이라고 착각하겠지만, 그래도 건강히 잘 지내고 있다고 두 분에게 전하고 싶다.

　아내가 아홉 명이라서 한소리 들을 듯하지만……. 아니면 황당해서 말도 못 할까?

　뭐, 어떻게든 되겠지.

동물원에서 돌아온 우리는 심야 미션을 위해 잠시 잠을 청했다. 아빠는 만화가, 엄마는 그림책 작가라는 특수한 직업인데도 두 사람 모두 웬만해선 밤을 새우며 일하지 않았다. 아빠가 말하길 '철야는 결과적으로 비효율적'이라고 한다. 자지 않으면 사고력도 둔해지고 집중력도 떨어진다. 엄마는 피부가 거칠어진다고도 말했지만.

일을 완수하려고 건강을 해쳐서는 의미가 없는 일이다. 건강하기에 일을 할 수 있는 거니까. 나도 그렇게 생각한다.

그렇지만 밤을 새워서 일을 안 하면 제시간에 맞출 수 없는 상황은 뜻하지 않게 찾아온다. 갑자기 수정해야 한다든가.

분명 아빠가 연재하는 작품의 마감은 며칠 전이었을 거다. 옛날과 달라지지 않았다면. 예전과 마감일이 같다면 오늘은 자고 있을 가능성이 크다.

나의 본가는 할아버지 집이 있는 마을의 옆 옆 마을. 전철을 타면 15분 만에 갈 수 있는 거리다. 역에서 역까지는 전철로 15분 걸리지만, 할아버지 집에서 역까지는 30분, 전철을 타고 15분 그리고 내가 살던 마을의 역에서 또 15분 가야 본가이니 대략 1시간은 걸린다.

시간이 시간이라 당연히 전철은 움직이지 않았다. 처음부터 전철을 타고 갈 생각은 없었지만. 이런 한밤중에 이 많은 사람이 우르르 걸어 다녔다간 틀림없이 경찰에게 붙들리겠지. 그런 위험한 짓을 할 생각은 없다.

"【게이트】."

나는 스마트폰에 신기를 흘려 할아버지 집에서 본가로 전이하는 문을 열었다. 너무나도 잘 아는 우리 집이다. 어디에서든 열 수 있다.

내가 제일 먼저 【게이트】를 지났다. 불이 켜져 있지 않아 어두웠지만 앞에는 익숙한 거실이 있었다. 내가 마지막으로 봤던 모습과 거의 달라진 게 없었다. 앗, TV는 새로 샀구나.

그리운 우리 집……. 앗, 감상에 잠겨 있을 때가 아니었어.

"【어둠이여 꾀어라, 편안한 잠, 슬리프 클라우드】."

내 발밑에서 마법진이 펼쳐지더니, 그곳에서 발생한 옅은 보라색 구름이 집 전체에 떠돌았다. 이 집에 있는 모든 사람을 잠의 세계로 이끄는 구름이다. 아빠랑 엄마가 안 자고 있을 가능성도 있으니까. 도둑인 줄 알고 신고라도 하면 일이 귀찮아지기도 하고. 이제 무슨 소리가 난다고 일어날 걱정은 없다.

【게이트】를 지나 나의 아내들이 유미나를 시작으로 거실에 잇달아 나타났다.

"여기가 토야 씨의 집, 인가요……?"

린제가 어둑어둑한 7평 정도의 방안을 두리번거리며 둘러보았다. 좁다고 생각하는 걸까? 이게 평범한 집인데요? 성이랑 비교하면 안 됩니다만?

"그런데 어떻게 할 거야, 달링? 부모님이 꿈을 꾼다고 착각히게 만들 거랬는데, 【미라주】나 【히프노시스】를 쓸 거야?"

"아니. 신기를 매개로 해서 우리와 아빠, 엄마의 의식을 이으려고. 그게 더 현실감이 없어서 꿈이라고 착각하기 쉽거든."

처음에는 린이 말한 방법을 생각했지만 이게 더 안전하다고 카렌 누나한테 메시지가 왔다.

세계를 넘어 메시지가 도착하다니 굉장해……. 앗, 지금까지도 인터넷을 보거나 하느님이랑 전화를 하고 그랬지? 새삼스럽긴 하네.

물론 신기인 내 스마트폰이니 가능한 일로, 나의 아내들이 가지고 있는 스마트폰은 불가능한 일이다.

즉, 꿈이라고 착각하게 하는 게 아니라, 정말로 꿈속에서 만나려고 한다. 이 방법이라면 나도 어린이 모습이 아닌 원래 모습으로 두 사람 앞에 나설 수 있고, 임기응변도 가능하니까.

유미나가 고개를 작게 갸웃하며 물었다.

"소환수와 의식을 공유……. 그런 것과 같은 건가요?"

"그거에 가깝긴 하지. 정확히는 닫힌 별도의 공간에 모두의 의식을 가지고 가는 느낌이라고 하면 될까? 마음속을 들여다

보는 건 아니니 괜찮아."

신의 힘으로 만든 공간에 모두의 의식을 연결……. 인터넷 게임 세계에 로그인하는 것과 비슷하다. 인터넷 게임이라고 해 봐야 의미가 전해지지 않을 테니 설명은 생략하겠지만.

아빠와 엄마의 침실은 2층이다. 일단 집 전체를 범위로 지정하자. 수습생이라 이름만 신인 나로서는 이 이상의 신기는 컨트롤할 수 없다.

아내들은 거실 소파에 앉아 편히 있으라고 하자. 나는 거실 중앙에 서서 의식을 집중했다. 집 전체에 신기의 촉수를 뻗었다.

천천히 심호흡했다. ……좋아.

"그럼 시작할게. 【커넥트】."

스윽. 모두의 의식이 잠드는 듯이 사라져 갔다. 회선을 연결하듯 신력(神力)으로 만든 서버상의 유사 세계로 모두의 의식을 유도했다.

마지막으로 의식을 잃은 나도 천천히 눕듯이 러그 위에 쓰러졌다.

"여기는 어디인지요……?"

"신력으로 만든 극소한 이세계……. 그렇게 말하면 될까?

아무것도 없지만. 【스토리지】 안이라고 생각하면 돼.”

두리번거리며 주변을 살피는 야에의 질문에 대답하면서 나는 오랜만에(말이 오랜만이지 이틀 만이지만) 원래대로 돌아온 자신의 모습을 기뻐했다. 시야가 높아서 좋은걸?!

유사 세계라 옷이 찢어질 일도 없고, 지금도 평소의 코트 차림이다. 지금으로선 나도 이 모습이 나에게 가장 잘 어울린다고 생각한다…….

“그건 상관없는데…… 왜 이렇게 발밑은 안개가 떠돌고, 위는 어둑어둑, 한 건가요?”

“이건 그러니까, 난 한 번 죽었잖아? 역시 유령 같은 분위기를 연출해야 하나 싶어서.”

린제가 지적한 대로, 신력으로 만든 이 공간은 아무것도 없는 어둑어둑한 공간에 안개 같은 스모그가 발밑에 끼어 있는 그런 곳이었다. 이러니 좀 ‘영계(靈界)’ 같잖아? 실제로는 본 적이 없으니 옛날 영화나 드라마를 참고했을 뿐이다. 신계에는 자주 가지만.

“그런데 이러면 꼭 미련이 있어서 어딜 헤매다 온 것 같잖아? 행복하게 살고 있다고 말하러 온 거지?”

“앗.”

……맞다. 에르제의 말대로다. 이래서는 마치 부모님을 원망하려고 온 분위기다. 유령이라고 해서 너무 안이하게 생각했네. 반성하자.

그렇다면 어떤 무대가 좋을까?

"밝은 태양, 흰 구름, 그리고 꽃밭……. 그런 아름다운 자연 풍경이 좋지 않을까요? 행복하게 보이기도 하고요."

"그래, 맞아. 천국에서 행복하게 사는 모습처럼 보이려면 그게 좋지 않을까?"

힐다의 제안에 린도 작게 고개를 끄덕였다. 오호라. 그쪽이라.

나는 이미지를 떠올리고 손가락을 튕겼다. 그 순간, 안개가 날아가고 어둑어둑했던 공간에 부드럽고 밝은 햇살이 비쳤다. 머리 위에는 끝없는 푸른 하늘이 펼쳐졌고, 발밑에는 날아가 버린 안개 대신에 아름다운 꽃들이 저 멀리까지 흐드러지게 피었다.

이 세계는 내가 만든 유사 공간이다. 해외 SF 드라마에 자주 나오는 홀로그램 가상 공간은 만드는 법처럼, 내가 마음대로 바꿀 수 있다. 상쾌한 바람도 불게 하자. 향기로운 꽃향기도 떠돌게 하고.

"굉장해……. 마치 진짜 같아요."

유미나가 발밑의 꽃을 살짝 건드렸다. 만졌다는 감각도 제대로 인식할 수 있으니 현실과 크게 다르지 않을지도 모른다. 아쉽게도 나는 아직 오래 유지할 만한 힘이 없지만. 길어야 1시간일까……? 그야말로 덧없는 꿈이라고 해야 하나?

"그런데 토야의 아버지랑 어머니는 어디 계신가? 벌써 이 세계로 초대했는가?"

"응. 그 집에 있던 모든 사람의 의식을 연결했으니 이 세계 어딘가에 계실 텐데……."

스우에게 그런 대답을 하다가 나는 스우 머리 너머의 꽃밭에서 이쪽으로 성큼성큼 걸어서 오는 사람의 그림자를 보고 말을 멈췄다. 뒤에서는 또 한 사람이 성큼성큼 걸어오는 사람의 뒤를 다급히 쫓아왔다.

앞에 있는 사람은 한데 모은 머리카락을 어깨로 내린 20대 후반으로 보였지만, 사실은 30대 초반의 여성. 그리고 그 뒤에서 난처한 얼굴로 쫓아오는 사람은 40을 넘긴 사람으로 안경을 쓴 키가 큰 남성이었다.

말할 것도 없이 나의 부모님이다. 아버지의 이름은 모치즈키 토이치로. 직업은 만화가. 어머니의 이름은 모치즈키 츠즈리. 직업은 그림책 작가.

그 그림책 작가님이 아무런 표정 없이 이곳을 향해 빠르게 돌진해 왔다.

오랫동안 같이 살았던 나는 안다. 엄마는 굉장히 불쾌할 때 저런 표정을 짓는다. 어쩌면, 정말 어쩌면, 엄마는 화가 난 건가……?

어? 죽은 아들과의 감동적인 재회 장면 아닌가?

엄마가 내 앞에 멈춰 섰다. 엄마가 발산하는 무언의 압력에 주변에 있던 내 아내들도 조금씩 나에게서 멀어져 갔다.

"아, 안녕. 엄마……. 잘 있었어?"

무난한 대화를 시도하며 어색하게 웃는데, 엄마가 내 얼굴로 손을 뻗어 왔다. 가느다란 손이 내 뺨에 닿았다. 차갑다. 이런 감각까지 느껴지는구나.

엄마가 다른 한 손도 내 뺨에 갖다 댔다. 눈앞의 엄마가 아주 살짝 미소 지었다. 어린 시절에 봤던 그리운 미소였다.

내가 그런 그리움에 빠져 있는데, 엄마의 양손에 점차 힘이 들어가기 시작했다. ……어?

엄마의 키는 나랑 크게 차이 나지 않는다. 원래 모델을 했던 만큼 여성으로서는 큰 키다. 이 가느다란 몸 어디에 이런 힘이 있는지 궁금할 정도로 엄마의 양손이 꽉 내 머리를 붙잡았다.

아까 그 미소는 어디로 갔는지, 눈앞의 친엄마는 순식간에 험악한 얼굴이 되더니 내 머리에 강한 박치기를 날렸다.

"이 비보 너석!!!!"

"아야앗?!!!"

눈앞에 수많은 별이 날아다녔다. 뒤로 쓰러진 나는 깨질 듯한 머리의 통증에 발버둥 치며 꽃밭에서 데굴데굴 굴렀다. 잠깐만! 통증 같은 감각까지 전해진다고?! 아냐, 실제로는 그런 충격이 있었다고 뇌가 착각하는 것뿐일 텐데?! 아, 그런가. 그럼 아프지 않다고 생각하면……!

안 아픈 거야, 안 아픈 거야, 안 아픈 거야……. 오오, 아픔이 가셨다. 역시 나의 세계. 근데 아직 통증이 남은 기분이다…….

"이제야 얼굴을 비치다니! 부모에게 도리를 다하려면 최소한 죽은 그날 꿈속에 나타났어야지!! 게다가 이제 겨우 왔나 싶었는데 신부가 아홉 명이라고?! 우리 마음도 모르고 아주 즐거워 보이는걸?! 응?!"

"잠깐만?! 어떻게 아는 거야?!"

팔짱을 끼고 무섭게 서 있는 엄마를 올려다보면서 나는 깜짝 놀라 그렇게 물었다. 여기 있는 아이들이 아내라고는 아직 한마디도 안 했는데. 텔레파시인가?! 원래 감이 날카롭긴 했는데…… 설마 그럴 리가!

"츠즈리 씨, 잠깐만 기다려요. 너무 심하지 않아요?! 토야, 괜찮니?!"

"이 정도쯤은 어차피 꿈이니까 괜찮아!!"

걱정스럽다는 듯 아빠가 엄마 등 뒤에서 말을 걸었다. 두 사람 모두 이게 꿈이라고 생각하는 모양이었다. 내 노림수대로 됐지만, 그렇다고는 해도 설마 이런 공격을 받을 줄이야……. 보통 이렇게 만나면 포옹을 해 주고 그러지 않나? 여전히 현실이든 꿈이든 가차가 없어?!

"그런 것보다, 엄마가 어떻게 애네를 알아?!"

"일주일 전날 밤에 하느님이라는 이상한 할아버지가 꿈에 나타났어. 당신의 아들을 빼앗아서 면목이 없다면서."

"나도 꿨어. 머리가 하얗고 안경을 쓴 할아버지."

설마 세계신님……? 먼저 엄마랑 아빠의 꿈속에 나타났구

나. 날 죽게 해서 미안하다고 사과하러…….

……어? 좀 불길한 예감이 드는데?

"……그래서, 어떻게 했어?"

"화가 나서 따귀를."

"우어어?!"

"……때리려고 했는데 꿈속에서 토이치로 씨가 말리길래 봐줬어."

뚱한 표정으로 엄마가 고개를 홱 돌렸다.

"아무리 꿈이라지만 자신을 하느님이라고 소개하는 사람의 뺨을 때리면 안 된다고 생각해서 반사적으로 말렸지. 할아버지는 얼굴을 실룩이며 웃었지만."

아빠가 쓴웃음을 지으면서 대답했다. ……돌아가면 사과해 두자.

"아들을 죽게 했으니 당연히 화가 날 수밖에. 무엇보다 너도 잘못했어! 번개에 맞고 죽다니 기합이 부족해! 그 정도는 피해야지! 한심하게!"

터무니없는 소릴. 평범한 번개가 아냐. 신의 번개라고. 사악함을 털어 버리는 신의 번개!

"하느님이 '당신의 죽은 아들이 아내 아홉 명을 데리고 꿈에 나타날 테니 잘 부탁하네' 라는 엄청난 말을 했어! 내 꿈인데 일어나자마자 무심코 '어이어이' 하고 딴지를 걸었다니까!"

"신기하게도 나도 같은 꿈을 꿨지 뭐야. 그런데 츠즈리 씨도 토야도 마치 진짜 같네. 이건 정말 꿈일까?"

아, 그렇구나. 아빠도 엄마도 자신 이외에는 상대방까지 전부 꿈이라고 생각하나 보네. 아빠가 뺨을 꼬집으려고 했다. 앗, 안 되지. 나는 몰래 통각을 느끼지 못하게 만들어 두었다.

"……안 아파. 역시 꿈인가. 그렇겠지. 그렇지만 또 토야를 만나서 기뻐. 잘 지내나 보구나……. 죽었는데 잘 지내다니 그것도 이상한가?"

"아빠……."

아빠가 하하하, 하고 웃었다. 여전히 느긋하네……. 너글너글하다고 해야 할지, 둔감하다고 해야 할지. 엄마도 아빠처럼 뺨을 꼬집었다. 당연히 이번에도 통각을 커트해 뒀다.

"……어? 아까는 조금 아팠는데."

"착각 아닐까?"

"그런가?"

엄마는 뺨을 문지르며 고개를 갸웃했지만 더는 깊이 생각하지 않기로 한 모양이었다. 여전히 단순……. 아니지, 세세한 일에 집착하지 않는 성격이라 다행이다.

"너, 키가 하나도 안 자랐구나? 아, 내 꿈이니까 당연히 죽었을 적의 모습 그대로인가? ……어른이 된 네 모습을 볼 수 없어 아쉬워."

엄마가 조금 쓸쓸하게 웃었다. 내 몸은 신으로 변해 남들보다는 성장이 늦다. 그래도 언젠가는 몸도 어른이 되리라 생각한다. 그렇게 되면 한 번 더 만나러 올까……? 세계신님이 허락해 줘야 하겠지만.

"그런데……."

갑자기 엄마가 나의 아내들을 바라보았다. 상당히 충격적인 우리의 재회를 보고 모두 약간 얼떨떨한 모습이었다. 당연하다. 만나자마자 박치기라니, 나도 깼다.

그래도 시부모님에게 인사를 하려고 유미나가 용기를 내어 앞으로 한 걸음 내디뎠다.

"저, 저어. 그, 그러니까, 저, 저는……."

"네가 유미나지?"

"네?"

엄마가 이름을 말하자 유미나가 멍한 표정을 지으며 움직임을 딱 멈췄다. 이름까지 알아? 세계신님은 그런 얘기까지 했다 말이야?!

"그쪽의 은발이 긴 아이가 에르제, 짧은 아이가 린제, 포니테일을 한 아이는 분명히 야에……였던가? 토야치로 씨, 맞아?"

"응. 맞아요. 그쪽에 있는 금발에 몸집이 작은 아이와 트윈테일인 아이는 알겠어. 스우와 린이었던가? 이 아이들도 토야의 신부가 되었구나."

납득할 만하다는 듯이 아빠가 작게 고개를 끄덕였다. 어? 좀 이상하네? 유미나랑 에르제, 린제, 야에까지는 아는데 스우랑 린은 신부인 줄 몰랐다……는 건가?

"나머지 세 명은 모르겠지만……. 앗, 미안! 아직 거기까지는 안 읽었거든!"

루, 힐다, 사쿠라. 이 세 사람이 엄마의 말에 충격을 받은 듯 울먹이자, 엄마가 다급히 세 사람에게 달려갔다.

"…… '안 읽었다' 니 무슨 말이야?"

"히무라. 동급생이었던 히무라 알지?"

응? 물론 알기야 한다. 중학생 시절의 동급생으로 자주 같이 놀았던 친구다. ……왜 걔 이름이 나오지?

"그 아이는 지금 내 밑에서 어시스턴트로 일하는데…… 그 아이도 하느님이 나오는 꿈을 몇 번인가 꿨대."

뭐야. 세계신님은 히무라의 꿈에까지 나타났어?! 여전히 여기저기에 훌쩍훌쩍 나타나시네?!

"그 꿈속에서 하느님인 할아버지가 토아의 활약을 보여 주셨다나 봐. 네가 다른 세계에 가서 대활약하는 이야기인데……. 그 아이가 그 이야기를 콘티로 그려서 나한테 보여줬어."

"뭐어?!"

그게 뭐야?!

콘티는 만화를 그리기 전에 구도나 컷 분할, 캐릭터의 움직임, 대사를 간단히 나타낸 만화의 설계도다. 밑그림의 밑그림으로, 그 시점에 좋은 작품인가 아닌가가 결정된다고 해도 과언이 아니다.

콘티를 보면 이야기가 어떤 흐름으로 진행될지 안다……. 그렇다면 내가 이세계에서 행동한 일을 훤히 다 봤다는 거잖아?!

　물론 히무라의 이상한 꿈이라는 인식이겠지만. 그런 말 못 들었거든요, 세계신님?!

　"그, 그걸 어느 정도까지……."

　"어디 보자…… 지난주에 가져온 콘티에서는 거북이랑 뱀인 몬스터가 동료가 됐었어."

　산고와 코쿠요……. 그렇다면 바빌론을 발견하기 직전 즈음인가. 그렇다면 루랑 힐다랑 사쿠라는 아직 안 나왔을 거다.

　"하느님한테 아내가 아홉 명이라는 얘길 듣고 깜짝 놀랐어. 뭐가 어떻게 돼서 그렇게 된 건지……. 꿈에서 설명을 해 달라고 해도 의미 없는 일인가? 요즘엔 정말 이상한 꿈만 꿔. 재미있으니 상관없지만."

　"맞아~."

　바빌론 박사나 하느님 패밀리 때도 그랬지만, 내 행동을 엿보는 사람이 너무 많지 않아……? 설마 친구도 그걸 보고 있고, 그것도 모자라 만화로 그려 부모님에게 보여 주고 있었다니. 완전 수치 플레이잖아! 히무라, 당장 그거 중단하고 다른 작품 그려!

　지금 이 상황도 누군가가 보거나 소리를 듣고 있겠지……?

　"으음?"

　"……? 사쿠라, 왜 그래?"

　엄마랑 이야기하던 사쿠라가 다른 방향으로 시선을 돌렸다.

의아한 듯이 엄마도 사쿠라가 바라보는 곳으로 고개를 돌렸다.

자연히 나도 그곳을 향해 고개를 돌렸는데, 그곳에는 끝없이 꽃밭이 펼쳐져 있을 뿐 아무것도 없었다. 애초에 이 세계에는 우리 외에 누군가가 있을 리 없을 텐데.

그럼에도 사쿠라는 귀에 손을 대고 뭔가를 들으려고 했다. 사쿠라는 권속 특성『초청각』을 지녔다. 사람이 들을 수 없는 음역의 소리나 멀리 떨어진 소리도 감지해 들을 수 있다. 무슨 소리가 들리나?

"이상한 소리가 들려……. 신음?"

"어?"

신음?! 무섭게!! 호러야?! 그런 설정을 한 기억은 없는데?!

"……아냐, 신음이 아니야. 마치 아기가 칭얼거리는 듯한……."

""앗.""

아빠랑 엄마가 '혹시……'라고 하듯 빠르게 걷기 시작했다. 응? 뭔데?

우리도 곧장 두 사람의 뒤를 쫓았다.

몇 분 정도 걷자 꽃밭 속에 묻혀 있는 베이비복을 입은 아기를 발견했다. 당장에라도 울 것 같은 얼굴로 칭얼대고 있었다.

"역시나. 그래, 착하지. 울지도 않고, 정말 착하네."

"꺄아……."

엄마가 꽃밭 안에서 그 아기를 안아 올렸다. 이 아기는……
설마.

엄마가 미소를 지으며 어르더니 아기를 나에게 보여 주었다.

"후유카, 보렴. 오빠란다~."

"꺄?"

역시 그렇구나. 동그랗고 작은 검은 눈동자가 나를 바라보았다. 이 아기가 나의……. 여동생이 태어났구나.

맞아. 【커넥트】의 효과 범위를 집 전체에 지정했으니 잠들어 있던 이 아이까지 이곳으로 끌려 들어온 거야.

"역시 후유카였구나. 토야를 만나고 싶어서 우리 꿈에 들어온 걸까?"

"내 꿈에 들어온 거야. 오빠에게 인사를 하러 오다니, 역시 내 딸인걸? 배려할 줄 아는 아이구나?"

"츠즈리 씨, 무슨 말씀을. 내 딸이기도 하잖아요."

두 사람 모두 이상한 말다툼을 하면서 아기를 얼렀다. 어? 우리 부모님이 이렇게 딸 바보라고? 내가 어릴 적엔 사실상 방임을 했었을 텐데? 할아버지한테 거의 맡겨두다시피 하면서.

조금 질투가 났지만, "자, 안아 보렴." 하고 엄마가 아기를 건네주어 안은 순간 그런 마음은 확 달아나 버렸다.

"꺄아아."

"와…….."

후유카가 단풍 같은 작은 손을 나에게 뻗었다. 귀엽다. 아기를 처음 안아 보는 건 아니지만, 제일 귀엽게 보이는데 내 여동생이라서 그런 걸까?

"와아, 어머나! 귀여, 워요!"

"참으로 귀엽구먼!"

"앤 귀여워. 단언할 수 있어."

내 주변을 린제, 스우, 사쿠라가 둘러쌌지만 후유카는 전혀 울 생각을 하지 않고 흥미로운 듯이 세 사람을 바라보았다.

"'후유카', 라고 하는군요?"

"'후유카'로 할까 '토카'로 할까 고민했었는데, 여자아인데 별명이 *토짱'이어선 가여우니 후유카로 결정했어."

깔깔 웃으면서 엄마가 유미나에게 설명했다. 그 별명 말인데, 초등학교 시절에 내가 그런 별명으로 불릴 뻔했어. 엄마 뒤에서 쓴웃음을 짓고 있는 아빠도 아마 비슷한 경험이 있을 게 분명했다. '토이치로'니까.

"꺄아아, 다아."

"아앗."

"와아."

후유카가 몸을 비틀어 옆에 있던 린제에게 손을 뻗었다. 겁이 없네. 상당히 공격적인 성격인 듯하다. ……엄마를 닮았나?

"괜찮으니 한번 안아 봐."

"네? 괜찮을까, 요?"

*토짱(とうちゃん): 아빠라는 뜻의 토짱과 발음이 같다.

"새언니니까 당연하지. 사양할 거 없어."

엄마의 말을 듣고 난 후유카를 조심조심 린제에게 건네주었다. 나는 떨어질까 봐 조심조심 행동하는데, 후유카는 린제에게 빨리 보내 달라고 재촉하듯이 손을 버둥거렸다.

"다아아, 꺄아."

"만나서 반가워, 후유카. 린제 새언니야."

"다아아 ♪."

린제가 말을 걸자 후유카는 기분 좋다는 듯이 미소를 지었다. 꽃이 활짝 피는 듯한 웃음이란 이걸 두고 하는 말인 건가. 사모님 보세요, 천사가 있어요.

"저, 저도 안아 봐도 될까요?"

"떨어뜨리지 않게 조심해 준다면 상관없어."

자신도 안고 싶어진 건지 에르제가 엄마에게 허락을 구했다. 다른 아이들도 교대로 후유카를 안고는 행복한 미소를 지었다. 인기 많네. 내 동생.

"아주 잘 웃는 아이입니다."

"저까지 흐뭇한 기분이 들어요."

야에의 품 안에서 꺅꺅 무슨 말을 하듯이 웃는 후유카를 루가 들여다보았다.

"낯을 안 가리는 아이 같아요."

"역시 달링의 동생이야. 배짱이 두둑하다고 해야 할지 뭐라고 해야 할지……. 나중에 크면 상당한 여걸이 되지 않을까?"

"얘들이 참…….."

힐다와 린의 대화를 듣고 무심코 딴지를 걸고 말았다. 여걸 이라니. 남자를 팍팍 쓰러뜨리는 *토모에 고젠 같은 모습으로 성장한 후유카가 내 뇌리에 떠올랐다. 다정한 아이로만 자라 준다면 그래도 뭐 괜찮지만…….

멍하니 그런 생각을 하는데, 엄마가 내 어깨를 팍팍 두드렸다.

"후유카도 있겠다, 우리는 즐겁게 살아갈 테니 넌 걱정하지 말고 꼭 성불하기다?"

"으응…… 그거야 뭐…….."

뭐라고 말하면 될까. 부모님이 성불을 빌어 주다니, 눈물이 왈칵 쏟아질 듯한 그런 감정이 드네…….

엄마랑 아빠는 히무라의 콘티를 읽은 기억이 형편에 맞게 만들어 낸 꿈이라고 생각하고 있으니 어쩔 수 없지만.

그냥 전부 진실을 말해도 되지 않을까 하는 생각도 들었지만, 내가 이곳에 있는 이유는 어디까지나 신계 연수의 일환이라 나는 이곳을 자유롭게 찾아올 수 없다.

세계신님의 허락을 받으면 올 수 있을지도 모르지만, 세계 신님도 계속 나만 편의를 봐줄 수는 없는 일이 아닐까. 권속이라고 해서 너무 편애하는 것처럼 보여도 좀 그렇고.

게다가 난 저편의 이세계에서 살아가기로 했다. 나의 아내

---

*토모에 고젠(巴御前): 헤이안 시대의 여성 무장.

들과 함께 앞으로도 계속.

　"초등학교 시절에 선생님한테 전화가 와서 깜짝 놀랐어. 아침에 집을 나간 토야가 학교에 안 왔다고 하잖니. 사고인가 유괴인가 해서 어쩌나 하고 허둥대는데 경찰한테 연락이 왔어. 토야가 뭘 했다고 생각해? 뗏목을 타고 강의 하류로 내려갔대. 도중에 뗏목이 부서져 물에 빠진 걸 구해 줬다더라고. 정말 바보 같은 아이야."

　"왜 뗏목을……."

　"뗏목을 타고 강을 내려가면 걸어서 가는 것보다 학교에 빨리 도착할 수 있을 거라 생각했대. 설사 가는 데 성공했더라도 다음 날은 어떻게 할 생각이었는지 참."

　이제 그 얘기는 그만해…….

　등 뒤의 꽃밭에서 엄마가 나의 과거 폭로전을 펼치고 있었다.

　난 도저히 듣고 있을 수가 없어서 아빠랑 둘이 멀리 떨어진 곳에 앉아 【스토리지】에 보관해 뒀던 루의 수제 요리를 먹는 중이었다.

"그리운 이야기야. 초등학교 2학년 시절이었던가?"

"……1학년."

뗏목을 타고 강을 내려가는 아이디어는 아빠가 준 『톰 소여의 모험』에서 얻은 거거든? 어린이라도 뗏목을 만들 수 있다는 생각 말이야.

하지만 어린이의 힘으로는 주변의 폐자재나 낡은 로프 같은 거로 제대로 된 뗏목을 만들 수 없었다. 결국 배를 타고 떠난 지 불과 몇 분 만에 순식간에 뗏목은 분해되어 강 한가운데에서 침몰하고 말았다. 정말 한겨울이 아니라 다행이었어.

그 이후로 많은 사람에게 혼쭐이 났다……. 할아버지만큼은 '어설프게 만들면 안 되지!' 하고 뗏목 제작 기술이 미숙하다며 혼을 냈지만.

꿈이라고 생각해서 그런가? 아까부터 엄마는 계속 남의 흑역사를 마구 쏟아내고……. 아니지. 엄마는 꿈이 아니어도 내 흑역사를 마구 말할 사람이야.

나의 아내들도 어느새 친해져서는 엄마에게 질문을 쏟아냈다. 너무 내 흑역사를 들춰내지 말았으면 하는데…….

"토야가 결혼이라니. 꿈이라고는 하지만 경사스러운걸? 무척 기뻐……."

"이제부터가 큰일이지만……."

"토야. 결혼을 했으면 남자가 먼저 한 발 뒤로 물러서 줘야 해. 그래야 무슨 일이든 순조롭게 진행되는 법이야. 부부 생활을

윤택하게 만드는 비결이란다."

음~. 우리 아내들은 내가 굳이 물러서지 않아도 먼저 앞으로 나오는 타입이 많으니……. 오히려 내가 쭉쭉 끌려간다고 해야 하나? 이세계의 여성은 행동력이 강하고 할 말을 확실히 하는 사람이 많기도 하니까.

제일 얌전한(얌전하다고 생각되는) 린제조차도 나에게 자신의 의견을 확실히 밝힌다.

반대로 의지할 만하다고 해서 너무 의지만 해선 남자로서 한심하다는 생각이 든단 말이지. 쓸데없는 남자의 자존심이란 걸 알면서도.

"그런 자존심은 얼른 버려. 가족에게 자존심을 세워 봐야 아무 소용 없어. 꼴사나운 점까지 포함해 모두 받아들이기에 가족이니까, 남자의 허세나 자존심은 무의미할 뿐이야."

……그거야 그렇다고 생각하지만.

옛날에 실패한 일을 들킨다고 꼴사납다며 아내들이 날 싫어할 거라곤 생각하지 않는다. 나도 아내들의 옛날얘기를 듣고 싫어하게 될 리가 없으니까.

"토야의 첫사랑 상대는 쇼코라고 하는 옆집 누나였어."

"근데 그거랑 부끄러운 거랑은 별개잖아!"

멈추지 않는 엄마의 이야기를 등 뒤로 들으면서, 나는 루가 만든 도시락을 분풀이하듯 마구 먹었다. 아아, 진짜! 맛있네!

"우, 후, 후아암……."

"어머. 후유카? 잠오니?"

돌아보니 엄마에게 안겨 있던 후유카가 작게 하품을 하며 눈을 흐리멍덩하게 떴다.

그럴 수밖에. 잠을 자는데 【커넥트】로 의식이 연결되어 이곳으로 끌려온 거니까. 아기가 아니라도 정신적으로 피곤해질 수밖에 없다.

아니면 오빠의 명예를 지켜주기 위해 배려해 준 걸까? 아주 훌륭한 여동생이야. 오빠는 너무 기뻐…….

꿈속에서 잠드는 거니 렘수면에서 논렘수면으로 이행한다는 걸까? 어느 쪽이든 간에 아기에게는 힘든 모양이었다.

"……이제 가 볼게."

"벌써?"

루의 도시락을 【스토리지】에 넣어 정리하면서 나는 일어섰다. 목적은 달성했고, 너무 오래 있으면 작별이 힘들어진다. 아빠가 아쉽다는 듯한 눈빛으로 나를 올려다보았다.

"여기에 너무 오래 있을 수는 없어. 후유카도 잠이 오는 모양이고, 이제 그만 돌아갈게."

"그렇구나. 아쉬워."

【커넥트】을 사용해 아공간을 유지하려면 신력이 소비된다. 오래는 못 버틴다. 그 전에 돌아가야 한다. ……그리고 이 이상은 흑역사를 들키고 싶지 않았다.

아빠도 일어나 우리는 같이 엄마와 아내들이 있는 곳으로 갔

다. 아빠가 루의 요리를 극찬하자 루는 얼굴을 붉히며 기뻐했
다. 반대로 엄마는 뚱한 표정을 지었지만.

할아버지도 아빠도 요리를 잘하는데 엄마는 요리 실력이 별
로니까. 나에게 어머니의 맛은 주먹밥과 샌드위치였다. 그것
만큼은 실력이 특화됐는지, 엄마의 주먹밥과 샌드위치는 굉
장히 맛있다. 나만 그렇게 느끼는지도 모르지만. 아니지, 아
빠도 마찬가지인가.

한 번 더 그 주먹밥과 샌드위치를 먹고 싶었는데…….

"가려고?"

"응. 후유카를 계속 잠도 못 자게 둘 수는 없잖아."

"다아아…….."

엄마의 품속에서 후유카가 몸을 비틀었다. 보니 굉장히 졸
립나 보네. 여기서 빨리 해방해 줘야겠어.

"백중날에는 꼭 돌아와야 한다? 오이나 가지로 말을 만들어
둘 테니까. 아, 겸사겸사 아빠도 끌고 와. 너랑 똑같은 꿈에는
나타나질 않더라. 손녀의 얼굴 정도는 보러 오라고 말해 줘."

"응, 그래. 만나면…….."

나는 엄마의 말에 애매하게 대답했다. 할아버지가 어디 있
는지 모르니까. 천계에 있나? 꿈에 나타나지 않는 건 할아버
지 탓이 아닐 거 같은데.

백중날에 올 수 있을지는 모르겠지만, 언젠가는 꼭 오자. 후
유카가 자란 모습도 보고 싶으니까.

"이제 가 볼게. 두 사람 모두 건강해. 후유카도 또 보자."

"너도 건강하고……. 아니지. 이건 이상한가? 아무튼 다 같이 즐겁게 지내. 그 아이들 울리면 안 된다?"

"또 만나길 기대할게. 다음엔 더 오래 있다 가면 좋겠다."

신족으로서 실력이 붙으면 더 오랜 시간 정신세계에 머물 수도 있으리라 생각한다. 그렇게 되도록 힘내자.

"【디스커넥트】."

정신세계와의 접속을 해제했다. 이윽고 시야가 흐릿하고 애매해지며 우리는 현실 세계로 돌아왔다.

"음……."

러그 위에서 몸을 일으켰다. 음, 의식은 선명해. 시야가 다시 낮은 위치로 돌아와 안타까웠지만.

"으음……?"

"후아……?"

처음에는 스우와 유미나가 일어났고, 이어서 모두가 의식을 되찾기 시작했다.

모두 꿈에서 깨어났지만 【슬리프 클라우드】로 잠을 재운 엄마와 아빠는 아직 자고 있을 거다.

"……응?"

"왜 그러십니까?"

이제 철수할까. 그런 생각을 했는데 묘한 감각이 느껴졌다. 설마…….

거실 커튼을 열고 마당을 보니 세계신님이 서 있었다. 어? 어째서?!

창문으로 밖을 보니 달빛 속에서 나에게 손을 흔들었다. 그리고 그 뒤에는 고개를 숙인 인물이 한 명. ……누구지?

드르르륵 창문을 연 나는 놓여 있던 샌들을 신고 밖으로 나갔다. 사이즈가 안 맞아서 걷기 힘드네…….

"순조롭게 끝난 듯하구먼."

"어떻게 된 건가요? 앗, 죄송합니다. 어머니가 실례되는 행동을 해서……."

"아닐세. 그거야 어쩔 수 없는 일이지. 내 탓인 건 분명하잖은가. ……조금, 아니지. 꽤 무섭긴 했다만은……."

세계신님이 메마른 웃음을 흘렸다. 잠깐만. 하느님을 겁먹게 하다니 대체 어떤 존재길래, 마이 마더.

"그런데…… 그분은 누구세요?"

"음. 이자는 종속신이네."

"네?!"

"아닐세, 아니야. 자네들 세계에서 날뛰던 종속신과는 다른 신이라네."

아, 깜짝이야. 그 니트신이 되살아난 줄 알았어. 그러고 보니 그 니트신과는 달리 젊네. 아니, 아예 여성이잖아…….

니트신은 삐쩍 마른 할아버지였지만, 이 종속신은 카렌 누나보다 조금 연상…… 20대 후반의 외모였다.

검은 머리는 짧았고, 몸매는 늘씬했다. 분위기는 모로하 누나를 닮았네.

"이자는 자네가 쓰러뜨린 종속신의 지도 담당 종속신이네."

어? 그 니트신의 지도?! 내가 놀라자, 그 지도 담당이었다는 종속신은 고개를 숙인 채 사과를 하기 시작했다.

"지난 저의 실수로 여러분의 세계에 큰 피해를 주어 뭐라 드릴 말씀이 없습니다. 원래는 바로 사과해야 할 일이었지만 아직도 지위를 얻지 못한 몸이라 지상에 내려올 수 없어……."

"아니에요. 고개를 들어 주세요. 이제 다 끝난 일인걸요."

종속신은 말하자면 정식 신이 되기 직전의 신이다. 하지만 종속신도 최상급에서 최하급까지 천차만별인데, 우리 세계에서 날뛰었던 그 신이 니트라고 하면, 이 사람은 입사 내정을 받은 우수한 수준이라는 듯했다.

즉, 종속신도 선배와 후배처럼 상하관계가 있는데, 이 사람이 그 니트신을 지도했었다는 모양이었다. 고생 많으셨겠어요…….

"그자는 참을성이 부족해 조금만 힘들어도 포기하고, 꾀를 부리며 빠져나가려고만 하는 면이 있어서……. 그때마다 혼을 내 줬지만 전혀 반성하는 모습도 없고……. 그러던 어느 날

갑자기 사라져 이번에도 평소처럼 땡땡이를 쳤다고 생각했는데 그런 터무니없는 일이…….”

　많이 놀라셨겠네요. 어제까지 지도했던 알바생이 아침 뉴스에서 범죄자로 보도되는 장면을 본 거나 마찬가지니까.

　“나는 모두 자신을 탓하지 말라고 했네만, 속죄를 안 하면 하급신이 될 수 없다고 말을 꺼내서 말일세……. 그래서 토야한테 데리고 온 게야.”

　참 반듯하다고 해야 할지 뭐라고 할지……. 전부 니트신이 잘못한 일인데.

　“그래서 말이네. 이 아이가 자네 여동생의 수호신이 되고 싶다고 하네만…….”

　“네에?!”

　수호신이 뭐야?! 우리 여동생, 신내림이라도 받는 건가?!

　“정확히 말하자면 신이 아니라, 이 지상에서 사는 생물로 강림해 슬며시 여동생을 지키는…… 보디가드 같은 역할이지. 당연히 허가 없이 신의 힘은 사용할 수 없네만…….”

　“아니요, 굳이 그러지 않으셔도 되는데요! 정말로 신경 안 써요!”

　“그래선 제 마음이 홀가분해지지 않습니다! 부디 받아들여 주십시오!”

　허억……. 안 되겠어. 이 사람은 너무 고지식해. 농담이 통하지 않는 우등생 타입이다. 철저히 문제를 해결하지 않으면 다음 일을 못 하는 사람. 신이지만.

"허락해 주지 않겠는가. 평생 인간 곁에 있다고 해도 신에게는 불과 며칠 정도의 감각일 뿐이야. 그렇게 해서 이 아이의 마음이 편해진다면, 하고 싶은 대로 하게 허락해 줬으면 하는데……."

"으~음……."

이전에 소환수를 후유카의 보디가드로 보내면 어떨까 생각한 적이 있긴 한데……. 지구에서는 마력이 거의 없어 소환수를 유지할 수 없다는 사실을 알고는 단념했었다.

그 대신 최하급의 종속신이긴 해도 신이 보디가드가 되어 준다면 이보다 더 안심이 되는 일은 없겠지만…….

"그런데 어떻게요? 인간화해서요?"

"그래선 문제가 복잡해지기도 하니, 동물이 되려고 합니다. 여기서 키우는 애완동물로 모습을 바꿔, 여동생이신 분을 지킬 생각입니다."

신이 애완동물이 되겠다니 무슨 농담인지……. 그런데 눈앞의 이 사람은 정말 진지하게 하는 말인가 본데……. 나로서도 고마운 일이니, 그럼 부탁해 볼까?

"그럼 개가 좋겠어요. 부모님 모두 개를 좋아하거든요."

"개…… 말인가요? 알겠습니다."

그렇게 말하더니 종속신 여신은 곧장 늑대처럼 생긴 새하얀 개로 변신했다. 오오, 와일드해. 시베리안 허스키나, 그런 계열의 개인가?

〈이런 모습이면 어떨까요?〉

"이건 음~~~~. 이대로라면 키워 줄지 어떨지 모르겠네요……."

〈네에?!〉

크게 충격을 받은 듯 귀를 축 늘어뜨린 개. 너무 와일드해서 문제야. 고독한 늑대 같은 이미지라고 해야 하나? '난 혼자서 살겠어' 같은 분위기라고 해야 할지.

누가 키워 주길 바란다면 첫인상이 중요할 텐데. 아, 그렇지.

"강아지도 될 수 있나요? 귀엽고 작아야 키워 줄 가능성이 클 텐데요."

〈그렇군요. 그거라면…….〉

흰 개가 반짝 빛나더니 순식간에 작은 강아지가 되었다. 우오오, 귀여워. 조금 전까지 야생에서 살 것 같던 분위기는 어디로 갔는지.

〈이 모습은 어떤가요?〉

"딱 좋아요. 이젠 두 사람에게 붙임성 있게 대하며 어필하면 되지 않을까 하는데요. 앗, 말은 하지 말아 주세요?"

〈잘 알고 있습니다.〉

척. 흰 강아지가 앞발을 이마 옆에 대고 경례하는 자세를 취했다. 아뇨, 그거 이상한데요. 정말 괜찮을까?

"귀찮게 해서 미안하구먼."

"아니요, 저도 고마워요. 역시 걱정이 됐거든요."

"이 아이라면 마력을 긁어모아 상태 회복 마법 정도는 사용할 수 있지. 병에 걸리거나 혹시 모를 상황에 대처할 수 있을 테니 안심할 수 있어."

그렇구나. 정말 의지가 되는 보디가드다.

이제 안심이라며 돌아봤는데, 흰 강아지가 내 아내들에게 붙들려 시달리고 있었다.

"귀여워요! 폭신폭신해요!"

〈악, 그, 그만. 악!〉

"새하얗구먼! 참으로 귀엽네!"

어? 어디서 많이 본 장면인데. 코하쿠 때랑 똑같잖아. 그리워라.

……정말 괜찮을까?

◇ ◇ ◇

"다아아, 다아."

"응? 왜 그러니, 후유카?"

츠즈리는 창문을 향해 곧장 엉금엉금 기어가는 딸을 눈으로 좋고 있었다. 항상 기분이 좋은 딸이지만 오늘은 유독 더 흥겨워 보였다. 문득 이 아이도 그 꿈을 꾼 것이 아닐까 하는 생각이 들었다.

어젯밤 꿈에 죽었던 아들이 나왔다. 그것도 아내를 아홉 명이나 데리고. 자신의 꿈이긴 하지만 너무 엉뚱한 설정이라 어이없었다. 너무 많잖니. 모두 좋은 아이들이었지만.

이 이야기를 남편에게 했더니 '자신도 똑같은 꿈을 꿨다' 며 놀랐다. 서로 꾼 꿈에 관해 자세히 이야기해 보니, 아무리 생각해도 같은 꿈을 꿨다고 생각할 수밖에 없었다. 부부 둘이서 같은 꿈을 꾸다니 참 신기한 일도 다 있다 싶다.

같은 집에서 일하고 있어 생활 리듬도 똑같으니 그런 현상이 일어난 것인가 하는 생각도 들었다.

츠즈리는 너무 깊이 생각하지 않는 주의라 '신기한 꿈을 꿨다' 는 사실만을 받아들였지만, 남편은 아직도 꿈에 관해 생각 중이다.

"음~. 이건 영계가 보낸 어떤 암시……. 아니야, 원래 토야가 아스트랄체라면……."

……단순히 만화의 아이디어에 사용할 수 있다고 생각하고 있는지도 모르지만.

어쨌든 유난히 선명한 꿈이었다. 자각몽이라고 하는 거겠지. 그 꿈에는 딸인 후유카도 등장했다. 그래서 어린 이 아이도 그 꿈을 꿨을지도 모른다고 생각한 것이다.

"설마."

츠즈리는 고개를 저으며 그런 생각을 부정했다. 역시 그건 아니겠지. 확인해 보고 싶었지만 아직 아기인 후유카라 확인해 볼 도리가 없었다.

그 후유카가 창틀을 붙들고 일어서더니, 마당과 연결된 창문을 탁탁 두드렸다. 열어 달라는 말일까? 창문 아래는 젖빛 유리라 후유카의 시야 높이로는 마당을 볼 수 없었다. 마당을 보고 싶은지도 모른다.

"무슨 일이니? 밖을 보고 싶니?"

"다아, 꺄아아. 멍, 머!"

"멍, 머?"

딸의 알아듣기 힘든 발음을 들은 츠즈리가 고개를 갸웃하는데, 창밖에서 〈멍!〉 하는 작은 소리가 들렸다.

츠즈리가 일어서 창가로 다가가 보니 마당에 강아지 한 마리가 예의 바르게 앉아 있었다. 새하얗고 예쁜 강아지다. 견종은 시베리안 허스키 강아지 같은데 조금 다르긴 했다. 잡종일까?

"다아아, 멍, 머!"

"아~. 멍멍이라는 말이었구나."

겨우 딸의 말을 알아들은 엄마는 드르르륵 창문을 열었다. 곧장 강아지를 향해 돌진하려는 후유카를 츠즈리가 다급히 안아 올렸다. 아침부터 아기 옷을 흙투성이로는 만들지 말아 주렴.

"멍, 머!"

"그래그래. 알았어."

츠즈리는 후유카를 안은 채 샌들을 신고 마당으로 나갔다. 강아지는 가만히 앉아 꿈쩍도 하지 않았다. 아주 얌전한 강아지네. 츠즈리는 그렇게 생각했다. 보통 이 정도 크기의 강아지라면 호기심으로 가득 차 있어 이리저리 뛰어다닐 텐데.

"자, 멍멍이야."

"멍멍!"

"멍!"

후유카에게 대답을 하듯이 강아지가 작게 짖었다. 츠즈리는 후유카를 안은 채 웅크려 앉아 강아지의 머리를 쓰다듬어 주었다. 강아지는 도망치지 않고 쓰다듬는 손길을 그대로 받아들였다.

"사람에게 익숙한 아이구나. 누가 키우는 강아지일까?"

목 주변의 털을 젖혀 봐도 목걸이는 보이지 않았다. 묶여 있던 흔적도 없어 츠즈리는 길을 잃은 개일지도 모른다고 생각했다.

"끄그응."

강아지가 츠즈리의 손에 머리를 문지르며 응석을 부렸다. 이런. 정말 위험해. 딸 정도는 아니지만, 정말 귀엽잖아.

"어? 츠즈리 씨. 그 강아지는 어떻게 된 건가요?"

"아, 토이치로 씨. 아무래도 길을 잃고 마당으로 들어왔나 봐."

돌아보니 창문 밖으로 몸을 내밀며 남편이 우리를 바라보고 있었다. 남편은 바로 샌들을 신고 마당으로 내려왔다.

남편은 개를 좋아한다. 츠즈리 역시 개를 좋아하지만 개를 키운 적은 없다. 지인의 집에서 태어난 강아지를 입양하려고 했던 적도 있지만, 강아지가 츠즈리를 무서워하고, 싫어하며 가까이 다가오려고 하지 않아 포기했던 적이 있다. 세 번이나.

"끄우웅?"

그래서 개는 포기하고 살았지만 어떻게 된 건지 이 강아지는 친근하게 굴었다. 강아지는 자신을 무서워하는데 이 강아지는 무서워하지 않으니 이건 운명이 아닐까. 츠즈리는 그렇게 생각했다.

죽은 아들의 꿈을 꾼 다음 날 아침에 나타났다는 점을 봐도 우연이라고는 생각하기 힘들었다(정말로 우연이 아니지만).

혹시 이 강아지는 아들의 환생이 아닐까? 그런 생각이 머릿속을 스쳤지만 그런 생각을 부정하듯이 강아지가 필사적으로 고개를 좌우로 흔들었다. ……아닐지도 모른다.

"토이치로 씨, 이 강아지를 우리 집에서 키우면 안 될까?"

"음~. 혹시 남의 집 강아지이면 작별이 괴로울 텐데요……."

"멍머, 멍머!"

"봐. 후유카도 마음에 든 모양이야."

후유카가 츠즈리의 품에서 손을 뻗어 흰 강아지의 머리를 쓰다듬었다. 그런데도 강아지는 쓰다듬는 손길을 피하지 않고 가만히 있었다.

"정말 얌전한 아이네요."

"그치? 키워도 되지? 너도 우리 집 아이가 되고 싶지?"

"멍!"

대답을 하듯이 강아지가 힘차게 짖었다. 츠즈리와 강아지가 힐끔 토이치로의 표정을 살폈다. 토이치로는 안경을 엄지로 밀어 올리면서 천천히 말했다.

"안 됩니다."

"어~?!"

"다아아?!"

"끼이잉……."

아내와 딸, 그에 더해 강아지한테서 불만과 실망에 찬 목소리가 흘러나왔다.

"먼저 전차를 받아야 합니다. 동물 병원에 가서 치고, 경찰에도 가야 해요. 다른 집에서 키웠던 강아지일지도 모르니까요. 키운다면 절차를 다 끝내고 키워야 합니다."

"야호! 고마워, 토이치로 씨!"

"다아아, 멍머!"

"멍!"

츠즈리의 발치를 빙글빙글 돌면서 흰 강아지…… 전 종속신은 안도의 숨을 내쉬었다.

〈일단은 성공이네요. 앞으로는 최선을 다해 후유카 님을 지

키겠어요.〉

이게 종속신으로서의 마지막 임무. 자신이 저지른 죄를 깨끗이 씻어내지 못한 채 하급신이 되고 싶지는 않다.

언젠가 겉으로는 세대교체를 하는 것처럼 자신의 분체를 만들어 이분을 계속 지키겠어.

"멍머!"

"멍!"

이렇게 모치즈키 가문에는 새로운 가족이 늘었다. 이윽고 이 강아지와 그 주인인 소녀가 수많은 별난 사건에 말려들게 되지만……. 그건 또 다른 이야기.

"후암……."

잠이 덜 깬 눈을 비비면서 계단을 내려갔다. 어젯밤에는 늦게 자서 그런지 잠을 푹 자지 못했다. 낮잠…… 저녁잠? 도 잤으니까.

할아버지네 집은 손님이 많아서 덮을 이불은 사람 수만큼 있었지만, 우리가 전부 한방에서 잘 수 있을 만큼 큰 방은 없었다. 그래서 몇 명씩 방을 나눠서 자기로 했다.

내가 어느 방엘 가도 불공평해지니 나만 혼자서 자기로 했는데, 신혼여행에 와서 부부가 각방을 쓰다니 보통이라면 이혼 직전에나 벌어질 일 아닌가?

어제는 정말 혼쭐이 났었지…….

그 종속신은 무사히 엄마, 아빠와 같이 사는 데 성공했을까? 둘 다 개를 좋아하니 괜찮을 거라고는 생각하지만.

특이하게도 엄마는 개를 좋아하지만, 개는 엄마를 무서워한다. 그런데 귀여운 강아지가 응석을 부리며 다가갔을 테니 엄마도 껌뻑 넘어갔을 게 분명하다.

참고로 나와 할아버지는 개도 좋아하지만 고양이를 더 좋아했다.

어찌 됐든, 그 종속신이 나 대신에 후유카와 우리 부모님을 지켜준다. 고마운 일이다. 그야말로 수호신이네. 아직 정식 신은 아니지만.

"응?"

계단 아래에서 좋은 냄새가 솔솔 났다. 부엌으로 가 보니 앞치마를 두르고 탁탁탁 부엌칼을 다루는 루의 뒷모습이 보였다. 부엌의 창문으로 비쳐 들어오는 아침 해가 반짝이며 루를 감쌌다. 예쁘다…….

"앗, 토야 님. 안녕하세요."

"좋아……."

"네?"

"아, 아냐! 아무것도! 안녕, 루!"

부엌 테이블 앞의 의자에 앉자 루가 전기 포트를 들고 할아버지가 쓰는 찻잔에 차를 따라 주었다.

"일찍 일어났네. 푹 잤어?"

"성에서는 항상 이 시간에 일어나니 습관이 됐거든요. 눈이 번쩍 뜨였어요."

그렇구나. 루는 요리장인 클레아 씨가 아침 일찍 음식 만드는 일을 계속 도왔으니까.

한 번 습관이 들면 습관을 바꾸긴 어려우니. 똑같은 생활을 계속하면 어느새 몸이 저절로 그 습관에 익숙해진다.

"다른 애들은?"

"야에 씨와 힐다 씨, 에르제 씨는 벌써 일어났어요. 마당에서 모의전을 하는 중이에요. 린제 씨랑 유미나 씨는 거실에서 TV를 보고 계시고요."

뭐야. 거의 다 일찍 일어났네. 원래 이세계 사람들은 밤을 새우는 일이 거의 없긴 하지만. 다들 늦어도 오후 10시에는 잠을 잔다.

"스우랑 사쿠라랑 린은?"

"아직 자고 있어요. 아침 식사가 다 준비되면 부를 테니 더 자게 두죠. 어제는 피곤했으니까요."

아무래도 스우, 사쿠라, 린은 아직 자는 듯했다. 내가 마지막으로 일어난 사람이 아니라 안심이 된다. 가능하면 아침 식사가 준비됐는데 아내들을 기다리게 하고 혼자서 느긋하게 자는 남편이 되고 싶지는 않다.

"스우는 어제 후유카를 보고 좋아서 어쩔 줄을 몰랐으니 피곤하겠지. 사쿠라는 원래 늦게 일어나고, 린은……."

"미리 말해 두는데, 나이 탓은 아니야."

"우와앗?!"

목소리를 듣고 돌아보니 아직 잠이 덜 깨서 그런지 날 노려봐서 그런지, 눈을 반쯤 뜬 린이 잠옷 차림으로 서 있었다. 깜짝이야! 기척도 없이 등 뒤에 서지 마!

린은 평소의 트윈테일이 아니라 새하얀 머리카락을 풀어 내리고 있었다. 항상 생각하지만 이런 모습의 린도 귀엽다.

"그런 생각 한 적 없어. 어르신들은 오히려 일찍 일어나잖아? 너무 예민한 생각이야."

"그래? 그럼 다행이고, 루, 나도 차 좀 부탁할게."

"네, 여기 있습니다."

린이 아직 잠이 오는 눈으로 찻잔에 차를 따랐다.

"사쿠라랑 스우도 일어났어?"

"아직 자. 조금만 더 자게 두자. 그런데 달링. 일단 가장 큰 목적은 해결했는데, 이제부터 어떻게 할 거야?"

"앞으로의 일은 다 같이 의논해서 결정하려고. 이제 지구에 언제 또 올지 알 수 없으니 하고 싶은 일을 하는 게 좋잖아."

이대로는 동물원 방문과 부모님과의 만남만으로 모든 일정이 끝나 버린다. 그래선 명색에 신혼여행인데 너무 허전한 느낌이 든다.

스마트폰을 통해 【게이트】를 열면 어디든 갈 수 있다. 신력을 소비하니 마구 쓸 수는 없지만, 하루에 왕복하는 정도라면 문제없으리라 생각한다.

"아, 그러고 보니."

"왜 그래, 달링?"

문득 생각이 나서 나는 할아버지의 서재로 갔다. 책장에 책이 장르별로 잘 나뉘어 있어 찾기 쉽네. 이러니저러니 해도 할아버지는 꼼꼼한 성격이니까. 어~. 이건가.

원하던 책을 들고 린과 루에게로 돌아갔다.

"이건 뭐야?"

"여행 가이드북……. 여행 안내책이라고 하면 되나? 할아버지의 지인이 쓴 책으로 옛날에 보여 준 일이 생각났어."

이 책에는 전 세계의 명소가 실려 있다. 조금 오래됐지만 세계의 명소는 갑자기 크게 변하지 않을 테니, 【게이트】로 가려고 한다면 별문제는 없다.

린이 책을 받아서 팔락팔락 넘겨 보았다.

"와. 재미있는 건축물이네. 고대의 숨결이 느껴져. 난 이런 거 좋아."

"치첸이트사라. 천 년 전의 고대 도시야."

〈마야 고대 도시 최대 규모를 자랑하는 후고전기(서기 900

년~)의〉라고 적혀 있으니 대충 그 정도겠지.

린이 펼친 페이지에는 유명한 '쿠쿨칸 신전'의 사진이 실려 있었다. 계단 피라미드인 그거다. 춘분과 추분에 뱀의 그림자가 계단에 나타난다는 피라미드구나.

그 뱀이 마야에서는 쿠쿨칸, 아스텍에선 케찰코아틀루스라고 불리는 신이다……라고 적혀 있다.

"천 년 전 도시라지만 이렇게 낡게 변하다니."

"여기엔 보호 마법이 없다니까."

"맞다, 그랬었지?"

이세계에선 흙 마법으로 건축물을 강화하는 마법이 비교적 일반적으로 사용된다. 부자의 집이나 성에는 대부분 그런 마법이 걸려 있다.

지구에도 보호 마법이 있었으면 낡기 전의 유적을 많이 볼 수 있었을지도 모르는데, 아쉽다.

가이드북에는 그 외에도 스핑크스, 스톤헨지 같은 고대 유적 외에, 피사의 사탑이나 에펠탑 같은 건물도 있었다. 물론 건축물 말고도 나이아가라 폭포, 그랜드캐니언 같은 자연 관광지도 있었다.

일본의 명소도 있네. 아마노하시다테, 도쿄타워 같은 것들. 스카이트리가 없다는 게 좀 그렇지만, 옛날 책이니 어쩔 수 없나.

린과 책을 들여다보는데 삐삐, 하고 전자레인지가 소리를 냈다.

"토야 님. 이제 두 사람을 깨워 주실 수 있을까요?"

"알았어~."

2층으로 돌아가 일본식 방으로 들어가니, 잠버릇이 나쁘게 이불에서 빠져나와 자는 잠옷 차림의 스우와 사쿠라가 있었다. 젊디젊은 아가씨들이 조심성 없게……라는 생각보다, 이렇게 무방비하게 자는 모습이 귀엽게 느껴지는데 왜 그럴까.

사실 이 두 사람도 이젠 젊은 새댁이지만.

"스우, 일어나. 아침이야."

"음냐……. 아직 졸리구먼……."

어깨를 흔들자 싫다며 손을 쳐내는 스우. 이래서야 레임 씨도 고생했겠는걸……. 스우를 모셨던 오르트린데 가문의 집사인 레임 씨는 이제 스우의 남동생인 에드를 돌봐 주고 있다. 그렇지만 지금은 인수인계 중으로 몇 개월 후에는 레임 씨의 아들이 일을 이어받는다고 한다.

그대로 은퇴하지 않을까 했는데, 형이 있는 라임 씨 곁에서…… 즉, 브륀힐드에서 일하고 싶다고 말했다. 스우와 나 사이에 아이가 태어나면 그 아이의 시중을 들고 싶다는 듯하다.

고맙긴 하지만 이 모습을 보면 아직 한참 멀었을 것 같은데. 나는 천진난만하게 자는 스우를 보고 작게 한숨을 내쉬었다.

"자, 일어나. 벌써 아침 다 됐어."

"밥……."

벌떡. 내 말에 반응한 사람은 스우가 아니라 이불을 안고 자던 사쿠라였다. 음식에 반응하다니. 참 유감스럽기 짝이 없는 기상 아닙니까, 아가씨?

"……이곳에 온 뒤로 음식이 너무 맛있어서 그게 문제야. 틀림없이 살찔 거야. 단언할 수 있어."

"아니, 단언해서 어쩌자는 건지."

"살찌면 싫어할 거야……?"

사쿠라가 날 탐색하듯 고개를 살짝 기울이며 물었다. 바보 같은 소릴.

"그럴 리 없잖아. 어떤 모습이든 난 사쿠라를 절대 싫어하지 않아."

"역시 임금님이야. 그렇게 말해 줄 줄 알았어."

사쿠라가 이불을 놓고 대신에 나에게 다가와 안겼다. 앗, 잠깐만! 어린이 몸으로는 버티기 힘들다니까!

털썩. 나는 깔아둔 이불 위에 쓰러졌다. 그렇게 난 사쿠라에게 안긴 채 꼼짝할 수 없었다.

"우우. 남의 머리맡에서 뭘 하는 겐가……. 나도 같이 하겠네!"

완벽히 잠이 깬 스우가 우리 위에 올라탔다. 윽, 그만. 이상한 데 만지지 마……!

"뭐 하시는, 건가요?"

"""앗."""

린제가 방 입구에서 허리에 손을 댄 채 어이가 없다는 듯한 눈빛으로 서로 밀치락달치락하는 우리를 내려다보았다.

"벌써 전부 다 자리에 앉아 기다리고 있는데요? 얼른 안 일어나면, 안 돼요."

조금 화난 말투로 린제가 재촉했다. 이런. 깨우러 간 내가 안 내려오니 린제가 보러 온 거구나. 미안한 짓을 했네.

"미안, 미안해. 바로 내려갈게……."

그렇게 말하다가 나는 린제를 올려다보던 시선을 천천히 옆으로 돌렸다. 안 돼! 히죽대지 마!

"왜 그러, 세요?"

"흐음. 일부러 돌린 겐가?"

"응?"

"팬티 보여."

사쿠라의 말을 듣고 린제는 화악 스커트를 누르더니, 누워 있는 우리 옆으로 재빨리 비켜섰다. 우리는 이미 부부니 그 정도는 괜찮지 않아? 그런 생각도 했지만 아무리 부부라도 수치심까지 없어져선 안 될 것 같단 생각도 들었다.

"저건 그저께 산 새 거야."

"귀엽긴 하다만, 흰색은 좀 그렇지 않은가. 린제도 이제 유부녀이니 더 '어덜티'한 속옷을 입으면 좋으련만."

"뭐, 뭐 어떤가요?! 이게 마음에, 들었는걸요!"

유부녀니 어덜티하니라는 말을 쓰다니……. 셰스카가 스우한테 이상한 말을 한 건가? 아니면 이곳의 TV를 본 영향인가?

"나도 유부녀이니 더 대담한 속옷을 입을 수 있었다만, 유미나 언니가 아직 이르다며 허락해 주질 않아서 말일세."

당연하지. 지구라면 스우는 아직 중학생이니…… 이세계에선 앞으로 1~2년만 더 있어도 성인으로 대우받을 나이지만.

의외로 이세계 사람들은 수명이 길다. 이 경우의 수명이란 늙어서 쇠약해 죽었을 때의 나이를 말한다. 평균 수명은 병, 마수에 의한 피해, 빈곤 등으로 젊어서 죽는 사람이 압도적으로 많다 보니 상당히 짧으리라 생각하지만.

박사가 말하길, 인간도 엘프나 요정족 같은 장수종 선조의 피가 섞여 있다면 100살을 넘기는 일도 드물지 않다고 한다.

사실을 말하자면 '연구소'에서 검사를 받아 알게 된 일인데, 야에가 그런 사람에 해당한다고 한다. 아주 먼 선조긴 하지만 아주 조금 유각족의 피가 섞여 있다는 모양이다. 정말로 아주 조금이지만.

이셴의 왕인 시라히메 씨도 요정과 유각족의 피를 이어받았다. 이셴에는 '도깨비족'이라는 유각족이 존재했으니, 야에의 먼 선조 중 한 명도 그 사람들 중 한 명이 아닐까.

야에의 믿을 수 없는 식욕을 볼 때마다 그건 도깨비족의 격세 유전이 아닐까 하는 생각이 들기도 한다.

"아무튼!! 어서 일어나세요! 안 그러면 밥이 다 없어질걸요?!"

"우우. 그건 중대한 사태야."

"야에! 내 아침밥은 먹으면 안 되네!"

후다다닥, 벌떡 일어난 스우와 사쿠라가 계단을 내려갔다. 아무리 야에라도 남의 반찬에 손을 대진 않아. 밥이랑 된장국은 계속 더 달라고 해서 먹고 있을지도 모르지만.

"토야 씨도 계속 자지 말고 일어나 주세요."

"아니, 난 자고 있던 거 아닌데……."

뭐 어때. 얼른 아침 먹고 어디 갈지 다 같이 이야기해 보자. 나는 린제의 손에 이끌려 계단을 내려갔다.

"앗, 아악~?! 사쿠라, 그만하게! 그만~!!"

"승부는 비정해."

사쿠라가 조종하는 카트에서 빨간 등껍질이 발사되자, 앞서 달리던 스우의 카트가 그 등껍질을 맞고 스핀을 일으켰다.

그 틈에 사쿠라의 카트가 스우를 골인 지점 바로 앞에서 추월해 선두로 골인했다.

"사쿠라……! 마지막의 마지막에……!"

"브이."

컨트롤러를 쥔 채 스우가 주저앉았다. TV 화면에는 1위 시상대에 서서 기뻐하는 사쿠라의 캐릭터가 있었다.

스우와 사쿠라가 푹 빠져 있는 게임은 예전에 발매된 콘솔 게임이었다.

할아버지의 서랍에 들어 있던 물건을 스우가 눈치 빠르게 발견했다.

할아버지는 나이에 비해 새로운 물건을 좋아해서, 이런 콘솔 게임도 즐겼다. 하나에 빠지면 열중하는 성격이라 소프트

웨어도 꽤 많이 가지고 있었다.

설마 아직도 작동될 줄은 몰랐지만. 그럴 수밖에 없는 게 이 본체는 내가 태어나기 훨씬 전에 나온 거니까. 소프트웨어는 팩이다, 팩. 이른바 레트로 게임이 되어 버린 물건이다.

지구에서는 오래된 게임이라도 이세계에서 온 아내들에게는 최신 게임인 거겠지. 아까부터 여러 게임을 잇달아 꽂아서 해 보고 있다. 이렇게 안 질리고 계속할 줄이야.

나도 옛날에는 할아버지랑 열띠게 대결하긴 했었지만.

원래 오늘은 어디로 갈지 다 함께 결정하기로 했었는데, 다들 우리 부모님에게 인사를 갔다 오느라 지쳤는지 저절로 다같이 집에서 편히 쉬는 분위기로 흘러갔다.

신혼여행인데 이래도 되는 걸까. 【게이트】가 있으니 너무 초조해할 필요는 없기야 하지만.

"크으으윽! 사쿠라! 이번엔 이거로 승부하세!"

"바라던 바야."

스우가 벌떡 일어나 팩이 가득한 상자에서 새로운 게임을 꺼냈다. 응? 그건 RPG라 승부를 못 할 텐데······.

게임이 시작되었다. 임금님이 마왕을 쓰러뜨리라고 주인공에게 사명을 내리는 오프닝 화면을 보면서 소파에 걸터앉아 있던 린이 중얼거렸다.

"프레임 유닛으로도 비슷하게 놀 수 있지만, 이 '콘솔 게임'은 즐기는 일에 특화되어 있구나?"

"응. 원래 그런 기계니까."

원래 프레임 기어의 시뮬레이터인 프레임 유닛 자체가 체감형 게임을 참고로 하여 만든 거다.

"가지고 돌아가면 바빌론 박사가 기뻐할 듯한데."

"그렇긴 해. 아, 그리고 보니 선물을 부탁했었지."

바빌론 박사에게 미지의 문명인 지구의 기계는 간절히 바라는 물건인 듯, 뭐든 좋으니 살 수 있을 만큼 사 달라고 나에게 몇 번이나 부탁했다.

물론 살 수 있는 물건이라고 해서 다 살 생각은 없지만, 어느 정도는 사 갈 생각이긴 하다.

사 간다면 전자제품일까⋯⋯? 박사라면 이세계에서도 사용할 수 있게 개조할 수 있겠지.

그럼 내일은 전자제품을 사러 갈까? 어차피 가야 하니, 빠른 가 늦는가의 차이인 뿐이다.

"뭘 사려고?"

"냉장고나 세탁기, 청소기가 있으면 편리할 거야."

"저요저요저요!! 전자레인지, 전기밥솥도 후보에 넣어 주세요! 그리고 가스레인지도 있으면 아주 편리할 거예요!"

나와 린제의 대화를 듣고 루가 손을 들며 엄청난 기세로 끼어들었다. 그건 전부 조리 가전이지? 가스레인지는 가전이 아니지만⋯⋯ 어? 그런데 가전제품 판매점에서 가스레인지도 팔았던 것 같기도 하다.

"무슨 말인가? 게임을 사러 가는 겐가?"

"아니, 게임은 아니지만 가전제품 판매점에 가 볼까 해서. 전철 타고 조금만 가면 대형 가전제품 판매점이 있을 테니까."

적어도 3년 전까지는 있었다. 상당한 대기업이니 망하지는 않았을 것 같은데.

유미나가 주전자로 찻잔에 물을 따라 차를 타더니 나에게 내밀었다.

"마법이 없는 이 세계는 기계 문명이 발달했군요? 마도구가 판매되는 거나 마찬가지니 놀라워요. 마치 고대 마법 문명 같아요."

'충분히 발전한 과학 기술은 마법과 구분할 수 없다' 라고 SF의 거장, 아서 C 클라크가 말했는데, 마법 세계의 사람이 보면 그런 느낌인 건가?

둘 다 편리한 도구라는 점에서는 같다고 할 수 있으려나?

"임금님, 임금님. '티브이' 는 안 사?"

스우가 플레이하는 게임 화면을 가리키면서 사쿠라가 물었다.

"TV만 산다고 해도 뭘 해 볼 수는 없을 텐데. 송신…… 영상을 보내 주는 사람이 없으면 아무것도 안 나오니까."

게임기의 디스플레이로는 사용할 수 있을지 모르지만. 【애널라이즈】로 해석하고 싶어 할 테니 한 대 정도는 가지고 돌아가도 될까? 그리고 스우랑 사쿠라는 틀림없이 게임기를 가지고 돌아갈 테고…….

"그곳엔 가전제품 외에도 많은 물건이 놓여 있으니까 재미있을 거야."

"쇼핑센터와 비슷한 곳인가요?"

"비슷하긴 해. 쇼핑센터만큼 물건이 다양하지는 않지만."

분명히 장난감은 물론 문방구, 자전거까지 팔았던 기억이 난다. 어? 쇼핑센터랑 크게 다르지 않은 건가? 신선 식품까지 팔지는 않겠지만.

"토야! 계속 슬라임에게 당하고 있다! 내가 너무 약한 모양이야!"

스우가 조종하는 '용사 스우'는 가장 약한 적 몬스터인 슬라임에게 지고 있었다. 어? 벌써 당해? ……아, 무기랑 방어구를 '장비' 하지 않아서 그렇구나…….

그걸 알려줬더니 간신히 슬라임을 이길 수 있었다. 그렇지만 바로 체력이 줄어서 숙소에서 회복한 다음 또 필드로 나가는 일이 반복됐지만.

"이 임금님은 쩨쩨하구먼. 나무 막대기 하나로 세계를 구하라니 불가능하지 않나. 프레임 기어 한 대라도 내어 줬으면 하네만."

아니, 그럴 수는 없지. 나도 처음 했을 적엔 어린 마음에 투덜댔던 기억이 나긴 하지만, 그건 게임이니 현실적인 이야기를 꺼내선 재미가 없는 거야. 그런 점은 받아들이고 해야 해.

스우가 슬라임을 쓰러뜨려 돈과 경험치를 벌어 새 무기를 샀을 즈음, 2층에서 린제가 내려왔다.

"토야 씨, 이 책의 다음 이야기를 읽고 싶은데요."

"어? 벌써 다 읽었어?"

린제는 서재의 벽장에 있던 책을 열심히 읽었다. 쇼핑센터에서 산 책은 이세계에 돌아가 읽겠다는 모양이었다. 신혼여행에 와서 책만 읽는 신부라니 그건 좀 그렇지 않을까.

린제가 읽는 책은 할아버지의 책이 아니라 엄마가 옛날에 읽던 엄마 책이다. 젊은 사람의 연애를 그린 로맨스 소설로, 그 호쾌한 엄마가 학생 시절에는 이런 책도 읽었다는 사실을 나는 지금도 좀처럼 믿기 힘들었다.

"잠깐만 기다려. 다음 권이 있는지는 모르겠지만 찾아볼게."

내가 린제와 함께 서재의 벽장을 뒤져 보니, 속권 몇 권과 같은 작가의 작품이 몇 권인가 나왔다.

그걸 린제에게 건네니 그 자리에 바로 앉아 서둘러 책을 펼쳐 읽기 시작했다. 뭔가 좀……

서재를 슬쩍 보니 마찬가지로 책에 푹 빠진 사람들이 또 있었다.

에르제, 야에, 힐다. 이 무투파 3인조가 로맨스 소설과 함께 발굴된 만화 단행본을 마구 읽었다.

야에와 힐다는 소년 만화의 정석 배틀물을 읽었지만, 에르제는 순정 만화를 읽었다. 모두 엄마의 개인 물품이네. 나도 전에 읽은 적 있지만.

"맞다. 내일은 가전제품 판매점에 가기로 했어. ……일찍 자기다?"

"네에, 알겠습니다……."

"알았어~."

"네, 그럴게요."

"그렇게 하도록 하겠습니다……."

얼굴 좀 들고 대답해! 좀 섭섭하거든! 권태기는 아니겠지?! 만약 그렇다면 너무 빠르잖아!

나는 뭐라 형용할 길 없는 허전한 기분을 맛보며 서재를 떠났다.

"와, 많이 샀네, 정말……."

뒷골목에서 남들의 눈을 피해 가전제품 판매점에서 산 물건을 모두【스토리지】에 넣었다.

드라이어, 콘솔 게임, 카메라, 청소기, 다리미, 전자레인지, 전기밥솥, 믹서기, 전기포트, 토스터기, 커피메이커 등……. 어처구니없을 만큼 많이 사고 말았다.

TV, 냉장고, 세탁키, 가스레인지(팔고 있었다) 등 큰 물건은 나중에 할아버지 집으로 배달해 달라고 했다. 아슬아슬하게 집에 있을 시간이니 괜찮으리라 생각한다.

조리 기구가 많은데, 루가 폭주한 탓이다. 초콜릿 파운틴은 과연 살 필요 있었을까? 이세계에도 초콜릿은 있으니 낭비는 아니겠지만.

빈손이 된 우리가 뒷골목 밖으로 나와 역 빌딩의 시계를 보니 벌써 점심시간이 지나 있었다.

"기왕에 나왔으니 뭐라도 먹고 갈까?"

"좋은걸요! 좋은 가게가 있으면 들어가 볼까요?"

내가 제안을 하자 유미나가 곧장 찬성해 주었다. 다른 아내들도 고개를 끄덕였지만 루는 조금 아쉬운 표정을 지었다.

너무 그런 표정 짓지 마. 안 그래도 저녁에는 오늘 산 조리 기구를 사용해 볼 수 있으니까.

"그럼 바로…… 어?"

힐다가 어떤 가게 앞에서 멈춰 섰다. 응? 거긴 음식점 아닌데? 신발 가게야. 마음에 드는 신발이라도 있어?

그런데 힐다가 본 것은 신발이 아니라 유리 윈도에 붙은 포스터인 듯했다.

"토야 님. 이 '학원제'는 뭘 말하는 건가요?"

"학원제? 아, 고등학교 학원제 포스터구나. 학원제란……."

"난 알아! 학교 축제지? 각 반이 물건을 출품하거나 노점을 내는 그거잖아!"

내가 힐다에게 설명하려고 했는데, 나보다 먼저 기세 좋게 대답한 사람은 에르제였다.

에르제가 어떻게 아는 거지? 설명해 준 적 있나?

"어제 만화에서 봤어! 재미있어 보이더라!"

"거기서 봤구나……."

그리고 보니 그 순정 만화에 그런 장면이 있었던 것 같기도 하네. 2권에 걸쳐서 오래 다뤘었다. 학원제까지의 준비 기간과 학원제 이야기를.

"그래? 학생들의 축제구나. ……음식도 있을까?"

"있어! 타코야키, 크레이프, 야키소바, 감자버터, 도너츠도 팔던데? 맛있어 보였어!"

린의 의문에 또 에르제가 대답했다. 그런데 그건 만화 속 학교 얘기잖아? 실제로는 있을지 없을지 알 수 없어.

린제가 흥미롭다는 듯이 포스터를 바라보았다.

"여기에는 우리도 갈 수, 있나요? 일반인 입장 가능, 이라고 적혀 있는데요."

"입장 규제가 없다면 갈 수 있을 거야. 어디 보자……. 마침 오늘 하네. 장소도 이 근처야."

나는 고등학교를 6개월 정도밖에 안 다녀서 이런 이벤트와는 별로 인연이 없었다. 그러니 솔직히 말하면 나도 조금 흥미가 있다.

"가 볼래?"

"물론이지!"

"그래! 뭔지는 모르겠다만, 재미있어 보이는구먼. 가 보기로 하세."

내 질문에 에르제가 바로 대답했고, 스우도 고개를 끄덕였다. 다른 모두도 찬성인 듯하다. 그럼 가 볼까요.

스마트폰으로 지도를 열고 길을 확인하면서 우리는 걷기 시작했다.

"검도부가 만든 특제 야키소바입니다~! 한번 드셔봐 주세요~!"

"사과사탕! 하나 어떠신가요?!"

"2학년 C반 교실에서 점을 봐 드립니다~!"

교문을 지나자 떠들썩한 사람들의 웅성거림과 함께 학생들이 손님을 끄는 목소리가 여기저기에서 들여왔다. 힘이 넘치네.

멀리 보이는 운동장에서는 스테이지를 만들어 이벤트를 열고 있는 듯했다. 탤런트라도 왔나?

"오오! 참으로 활기차구나! 재미있겠구면!"

"토야 님! 사과사탕이 뭔가요?! 궁금해요! 앗, 저기에 있는 뽑기과자라는 것도요!"

스우야 그렇다 치고 루가 굉장히 흥분했다. 미지의 음식에 흥미가 가서 마구 끌리는 모양이다.

"이건 일단 안 먹어 볼 수는 없겠습니다……! 여러분, 가시죠!!"

"""오오~!!!"""

야에가 그렇게 말하며 나서자 스우, 루, 사쿠라 등 먹보 팀이 와앗~! 하고 노점을 향해 달려갔다. 잠깐 기다려! 너흰 돈 없잖아!

어쩔 수 없이 우리도 먹보 팀의 뒤를 쫓아갔다. 또 미아가 되면 엄청 고생일 테니까.

이번에는 다들 스마트폰을 가지고 왔으니 연락은 되겠지만, 그렇다고 해서 눈을 뗄 수는 없다.

야에는 몰라도, 사과사탕이란 뽑기과자를 한 사람당 하나씩 먹었다간 다른 음식을 못 먹게 되니, 모두 음식은 나눠서 먹었다. 나는 먹어 본 적이 있어 사양했지만.

그보다 우리는 엄청 눈에 띄나 보네…….

야에랑 나를 빼면 전부 외국인으로 보이는 데다, 다들 귀여우니 어쩔 수 없나.

"얘, 너 무슨 학교야? 우리가 안내해 줄까?"

아니, 어쩔 수 없지 않구나. 이런 날라리 같은 남자가 접근해 오니 성가시다.

갈색으로 염색해 딱 봐도 경박해 보이는 남자 고등학생이 우리에게 말을 걸었다. 정확히는 우리가 아니라, 나를 뺀 모두에게. 우리는 일본어를 하니 말을 걸면 같이 놀 수 있다고 생각한 걸까?

"아니요. 저희끼리 돌아볼 테니 괜찮습니다."

"그러지 말고. 우리 친구도 부를 테니, 뭐하면 학교 밖으로 놀러 가자."

마안을 사용하진 않았지만 흑심을 꿰뚫어 본 유미나가 에둘러 거절했지만, 남자 고등학생들은 끈질기게 계속 말을 붙였다.

바보냐. 우린 학원제를 보러 온 거야. 왜 밖에 나가야 하는데?

유미나가 계속 거절했지만 남자 고등학생들은 끈질기게 같이 놀자고 말을 붙였다. 나도 점점 열이 올랐다.

앗, 이런. 에르제나 야에가 나보다 더 화가 난 모습이야. 눈초리가 험악해졌잖아. 어서 이 바보들을 말려야겠어.

"……【물이여 오너라, 청렴한 수구(水球), 워터볼】."

"어?"

갑자기 들린 작은 목소리를 듣고 나는 고개를 돌렸다. 그러자 린이 쉿, 하고 검지를 입에 댔다.

린이 스윽 유미나 앞을 가로막았다.

"그보다 너. 얼른 화장실에 가 봐야 하지 않을까? 아무리 그래도 너무 많이 참는 것 같은데?"

"응? 앗?!"

린의 말을 듣고 고등학생이 자신의 하반신을 보니, 고간이 흠뻑 젖어서 얼룩이 져 있었다.

주변 사람들이 키득키득 웃는 소리가 들렸다.

고등학생은 고간을 가리더니 당황해 어쩔 줄 몰라 했다.

"앗, 이건 그거 아닌데. 저어…… 하하하, 그럼 이만 가 볼게!"

얼굴이 새빨개진 고등학생은 쏜살같이 도망쳤다. 아~아……. 이상한 트라우마에 걸리지 말아야 할 텐데.

"방금 린이 마법을 쓴 거야?"

"아주 작은 물공밖에 못 만들어. 마소가 없으니 정말 큰일인걸?"

린은 탁구공 정도의 물공을 만들어 우리 뒤에서 저 고등학생의 고간에 발사한 거겠지. 물론 아무도 못 봤을 거라 생각한다.

"괜찮아? 몸 어딘가가 안 좋다든가 그러진 않고?"

"괜찮아. 인간보다 마력은 많은 편이니, 저 정도라면 문제없어."

여기에는 마력의 기본이 되는 마소가 없어 마력 회복도 쉽지 않다. 그런데 마력이 고갈되면 기력을 잃는다.

"덕분에 살았어요, 린 씨."

"뭘. 저렇게 자신감이 지나친 남자한테는 저런 망신 정도는 줘야 해."

감사의 말을 하는 유미나를 보고 린이 웃으면서 대답했다.

"맞아. 저런 남자들은 성가시니까. 조금만 더 추근거렸으면 내 주먹이 나갔을 거야."

"소인도 그렇습니다. 집어 던져 버릴까 하고 생각을 했습니다."

에르제와 야에가 무서운 소릴 했다. 역시 위험했구나…….

상황을 생각해 보면 저게 제일 나았던 건지도 모른다.

"임금님, 이거 뭐야?"

"응?"

사쿠라가 학교 건물 벽에 붙은 포스터를 가리켰다. 연극부의 포스터 같네. 체육관에서 하는 모양이다. 연극의 제목은 '미녀와 야수' 인가.

"학생들이 연극을 하나 봐. 체육관……. 저기 저 큰 건물 안에서."

"연극! 무대인가요?! 재미있겠어요!"

린제가 눈을 반짝이며 포스터의 줄거리를 읽었다. 보니까 가야 할 흐름인 것 같네?

공연은 오전과 오후에 하는데, 오후 공연은 아직 시작하지 않은 듯했다. 시작하기까지는 아직 좀 시간이 있다.

"그럼 그 전에 뭐라도 가볍게 먹고 갈까? 다음엔 뭘──."

"네! 저는 '솜사탕'이 뭔지 궁금해요!"

"솜? 그건 솜인가요? 꼭 실처럼 보이는 뭔가를 두르고 있는데요……."

루의 말을 듣고 힐다가 조금 당황스럽다는 듯이 말했다.

루가 가리킨 노점에서는 학생들이 기계 안에 나무젓가락을 넣고 흰 실을 두르고 있었다.

본격적인 솜사탕 기계는 아니고 꼭 장난감처럼 생겼지만 그래도 만들어지긴 하는구나. 축젯날 밤에 노점에서 파는 솜사탕처럼 크진 않았지만.

"난 저기에 있는 추로스라는 걸 먹어 보고 싶어."

"앗, 언니도? 뭔가 맛있어 보이지?"

"나는 저 감자버터라는 걸 먹어 보고 싶구먼."

"토야 오빠, 사타안다기……라는 음식은 어떤 건가요?"

"임금님, 감자떡, 감자떡 먹을래."

"순서대로! 순서대로 돌 거니까 다들 떨어지지 마!"

모두 뿔뿔이 흩어져 좋아하는 음식을 먹으러 갈 듯해서, 나는 제일 먼저 뛰쳐나갈 기세인 루와 야에의 손을 잡았다.

난 필사적이었지만 어린아이의 몸무게로는 기껏해야 두 사람밖에는 못 막는다. 다른 사람이 보기엔 누나들이 어린이의 손을 잡고 걷는 모습으로밖에는 안 보이겠지?

그리고 연극이 시작될 때까지 우리는 노점에서 파는 온갖 종류의 음식을 다 먹었다. 주로 야에가.

즐겁게 지내는 듯하니 아무 불만은 없지만.

◇ ◇ ◇

"아주 재미있었어요."

"좋은 이야기였어. 연기가 조금 딱딱했지만."

린제와 에르제가 체육관을 나오자마자 감상을 나눴다. 연기가 딱딱한 거야 어쩔 수 없어. 프로가 아니니까.

'미녀와 야수'는 나도 유명한 애니메이션으로 봤지만, 스토리는 약간 달랐다. 학생들이 오리지널로 창작한 건가 했는데, 이게 애니메이션보다 더 원작에 가까운 내용이라는 듯했다.

알던 이야기와 조금 달라서 나도 즐겁게 볼 수 있었다. 아내들도 모두 만족한 모양이다.

그 뒤로 우리는 학교 건물 내에서 학생들이 선보인 작품이나 놀이기구 등을 돌아봤다. 칠판 아트, 빙고판 공으로 맞히기, 페트병 볼링, 사격 등등.

사격은 유미나가 전부 다 명중시켜서 학생들을 놀라게 했다. 경품으로 봉제 인형을 받아서 기뻐했었지.

나름대로 즐겁게 논 모양이니 오길 잘했는걸?

교문을 나와 문득 옆을 보니 힐다가 고개를 돌려 학교를 올려다보고 있었다.

"이곳에 있었다면 토야 님도 이런 건물에서 면학에 힘쓰고 계셨겠네요."

"그래. 계속 고등학교에 다녔을 거고, 졸업하고 대학……에는 갈 수 있었을지 모르겠지만, 곧 취직도 하고……. 그런 미래가 기다리고 있지 않았을까?"

그런 미래와는 아주 멀어져 버렸지만.

하지만 이렇게 되어 잘됐다고 생각하기도 한다. 처음에는 어쩔 수 없다고 체념하면서도, 살기 위해 긍정적으로 생각할 수밖에 없었다. 하지만 지금은 아내들과 만나 그저 감사한 마음뿐이다.

"돌아가면 이번에야말로 어디로 갈지 정해야겠네."

"저는 경치가 아름다운 곳에 가 보고 싶어요."

유미나의 요청은 아름다운 경치인가. 유우니 소금사막이나 마터호른이 좋을까? 아, 대도시의 야경을 보여 주고 싶기도 해. 라이트업된 스카이트리라든가.

"나는 역사가 느껴지는 유적을 보고 싶어."

린은 유적이라. 마추픽추나 피라미드가 좋을까?

아니지. 잠깐만. 마추픽추는 어쩌면 린보다도 역사가 짧을지도 모르겠다. 그건 15세기 유적이었을 텐데……? 피라미드는 괜찮겠지만.

"소인은……."

"알겠다. 맛있는 음식이 있는 곳이지?"

"아직 아무 말도 안 했습니다만!"

"어? 아니었어?"

"아, 아니진 않습니다만……."

걱정하지 마. 뒤에서 루도 자신이 원하는 거였다는 듯이 고개를 끄덕였으니까. 너희 둘은 정말 멋진 콤비야.

"나는 다 같이 즐겁게 지낼 수 있는 장소가 좋겠구먼."

"스우, 말 잘했어. 그거 중요해."

스우의 의견을 듣고 사쿠라가 동의했다. 즐겁게 지낼 수 있는 곳이라. 시드니의 오페라하우스에 가면 사쿠라가 기뻐할 것 같은데.

"돌아가면 다 같이 결정해 볼까?"

"토야 씨. 돌아가는 길에 '편의점' 에 들러 아이스크림을 사가지 않으실래요?"

"그거 좋네! 난 TV에 나왔던 '깨물깨물' 을 먹고 싶어!"

린제의 제안에 언니인 에르제가 적극적으로 찬성했다. 어? 더 먹게?? 아니, 저녁을 먹은 후의 디저트인가.

돌아가는 길에 있으니 들르는 거야 상관없지만.

우리는 편의점에 들러 아이스크림과 음료 등을 사고(아이스크림은 녹으니 【스토리지】에 넣어 두었다), 가는 길에 있던 서점에 들러 최신 여행 가이드북을 샀다.

할아버지 집에 있던 가이드북은 오래돼서 지금도 견학할 수 있을지 알 수 없었고, 최신 명소도 실려 있지 않았으니까.

린제는 '미녀와 야수'의 원작을 샀다. 마음에 들었나? 조만간 애니메이션도 보여 줘야겠는걸?

루가 돌아가면 사들인 전자제품(주방 가전만)을 곧장 써 보고 싶다고 했다. 그래. 이세계에 가면 전기가 없으니, 박사가 이세계 사양으로 개조할 때까지 기다려야만 할 테니까, 어쩔 수 없지.

그 탓에 전기밥솥, 떡 찧는 기계, 믹서기, 토스터기, 전기튀김기, 커피메이커, 요구르트 제조기 등을 풀로 활용하게 되어 저녁은 통일성 없는 다양한 음식을 먹게 되었다. 모두 다 맛있기야 했지만.

"이 편리함에 익숙해지면 더는 저편의 기구로 요리를 못 할 거예요……."

고민스럽다는 듯이 루가 중얼거렸다. 현재는 루가 이 세계를 가장 많이 만끽하는 듯하다.

식사 후 편의점에서 산 아이스크림을 먹으면서 우리는 가이드북에 실린 세계 각지의 관광지를 닥치는 대로 살피고, 각자 가고 싶은 장소를 선정했다.

"이 '몽생미셸'에 가 보고 싶어."

"'나스카의 지상화'……? 큰 그림인데, 어떻게 그렸는지 궁금하구먼."

"'오리건 볼텍스'……? 신기한 장소인걸? 마소 덩어리일까?"

서로 선호도가 다르고, 장소에 따라서는 시기상 볼 수 없는 곳도 있었지만, 가 보고 싶은 곳을 전체적으로 확정할 수 있었다.

자, 내일부터 세계 여행이다! 나도 가 본 적 없는 장소들뿐이라 기대된다.

지구 여행을 즐겁게 다니며 아내들과의 신혼여행을 뜻깊은 추억으로 만들어야지……. 아니지. 이건 너무 어깨에 힘이 들어간 건가?

아내들은 물론 나도 재미있게 놀다 가야지.

내일부터 시작될 여행에 가슴을 두근거리며 우리는 잠을 청했다.

그 후에 우리는 신혼여행을 만끽했다.

그날로부터 2주 동안 우리는 세계 각국의 명소로 날아가고, 맛있는 음식을 먹고, 선물을 사고, 추억을 만들었다.

그러다 보니 시간 간 줄도 몰랐는데 어느새 여행의 마지막 날이 되었다. 즐거운 시간은 정말 빠르게 지나가는구나…….

"피사의 사탑이 재미있었, 어요."

"난 루브르 미술관이 흥미로웠어."

"모아이, 굉장히 컸어."

린제, 린, 사쿠라가 서로 인상에 남았던 장소를 꼽았다.

"이탈리아의 젤라토가 맛있었어요. 그 식감은 정말……!"

"소인은 스위스의 치즈퐁듀가 마음에 들었습니다."

"난 타이의 똠얌꿍이 최고였어! 매운맛과 신맛이 중독성이 있어서 도저히 멈출 수 없더라고!"

지지 않겠다는 듯이 루, 야에, 에르제가 여행 중에 먹었던 음식의 맛을 떠올렸다.

"에드에게 줄 선물을 잔뜩 샀네. 기뻐해 줬으면 좋겠구먼."

"지하철과 가극 등을 본 덕분에 많은 공부가 됐어요. 이 경험을 꼭 살려 보겠어요."

"이곳에도 다양한 기사 이야기가 있어 재미있었어요. 오라버니에게 그 이야기를 선물할래요."

스우, 유미나, 힐다는 구입한 선물을 정리하면서 그런 대화를 나눴다. 즐겁게 지낸 듯해 다행이다.

아침에 세계신님한테 연락했으니 이제 데리러 올 즈음인데.

나 혼자서는 아직 세계를 건너는 '이공간 전이'를 할 수 없다. 정확히 말하면 한없이 가까운…… 바로 옆의 세계라면 건너갈 수 있지만 너무 먼 세계로는 건너갈 수 없다. 그리고 나 혼자서는 지구에서 브륀힐드가 있는 이세계로 건너갈 방도가 없으니, 제대로 된 힘을 갖춘 신의 힘을 빌려야만 했다.

출발할 때는 세계신님이 보내 주셨으니 이번에도 세계신님이 데리러 와 주실까?

"때앵~! 아쉽게 됐네요. 정답은 나였어."

"우어엇?!"

할아버지네 집의 거실에 갑자기 나타난 사람은 바로 연애신, 카렌 누나였다. 이번엔 이 사람이었어?!

"카렌 형님이 저희를 데리러 와, 주신 건가요?"

"그럼 안 되지. 린제, 너무 딱딱해. 이제 정말로 여동생이 된 거니까, 언니라고 불러. 자, 따라 해 봐!"

"카, 카렌 언니……?"

"귀여워라! 여동생 최고! 꼬옥~!"

"우와아?!"

카렌 누나가 린제를 와라 껴안았다. 왜 이렇게 신이 나서 난리지……?

"그런데 정말 카렌 누나가 데리러 온 거예요?"

"실례네. 엄정한 가위바위보의 결과, 이렇게 승리한 내가 온 거야!"

"그렇게 대충?!"

아무나 괜찮았던 거냐?! 물론 하급신이라면 누구든 사용할 수 있는 모양이니 아무나 괜찮았을지도 모르지만, 그래도!

"전에도 말했지만 지상에 내려오려면 정말 성가~신 절차나, 그럴 듯~ 한 이유처럼 필요한 게 많아. 이런 기회는 좀처럼 없으니 최대한 활용해야지!"

참 속물적인 이유⋯⋯. 그 마음을 모르지야 않겠지만⋯⋯. 그래도 일부러 여기까지 데리러 와 줬으니 감사해야 한다.

"그럼 아쉽겠지만 돌아갈까? 저편에서 해야 할 일이 산적해졌을 테니까."

"어?! 돌아가게?!"

카렌 누나가 진심으로 놀란 표정을 지으며 날 돌아보았다. 저기요, 누나가 데리러 와 놓고 놀라면 어떡해요?!

"잠깐만, 제발 잠깐만! 그렇게 금방 돌아가도 돼? 오랜만에 고향에 온 거잖아? 더 많이 하고 싶은 일이 있을 텐데?!"

"아뇨. 이미 하고 싶은 건 다 했고, 구경할 것도 다 구경했고, 사야 할 물건도 다 샀으니, 이젠 더 할 일은⋯⋯."

"오자마자 돌아가야 하다니 그럴 순 없어! 얼마나 기대했는데! 모로하가 엄청 부러워했거든. 이건 너무해!"

본심이 나왔구나. 우릴 데리러 오는 역할은 구실이고, 지구를 만끽할 생각이었던 건가. 그보다 부러워하게 만들었단 말이야? 모로하 누나도 엄청 성가셨겠는걸?

"하다못해 사흘! 아니, 이틀! 돌아가는 날을 늦춰 줘⋯⋯!"

"저기요. 우린 신혼여행을 온 건데, 신랑의 누나가 붙어 있으면 이상하잖아요? 연애신으로서 그러면 안 되는 거 아니에요?"

"으윽. 아픈 곳을 찌르다니……! 연애신인데 부부만의 신혼여행을 방해하면 말에 차여도 할 말이 없어……! 아이참~~!"

……말에 차이나? 한심한 누나가 고뇌하는 걸 보고 나는 한숨을 내쉬었다. 어떻게 하지?

고민하는 나에게 유미나가 머뭇거리며 말을 꺼냈다.

"저어, 토야 오빠? 전 상관없는데요……."

"그렇습니다. 형님도 지구의 맛있는 요리를 드셔 보셨으면 하니까요."

"같이 TV도 보고 싶구먼."

야에와 스우도 유미나의 의견에 찬성했다. 모두 쓴웃음을 지으면서도 작게 고개를 끄덕였다. 다들 너무 다정해서 탈이야. 이런 아내들을 얻다니 난 정말 행복한 놈이다.

"모두가 그렇게 말한다면……. 그럼 이틀만 더 있다 갈까? 카렌 누나는 무르하 누나한테 연락해서 늦는다고 꼭 전해 주기예요?"

"알았어! 잘 전해 줄게! 고마워~!"

"와앗?!"

카렌 누나가 린제를 안았던 것처럼 나를 꼬~옥 껴안았다. 악, 숨막혀……!

어린이 상태인 나는 카렌 누나의 커다란 두 개의 무언가 탓에 질식할 뻔했지만, 간신히 야에가 떼어내 주었다. 하마터면 아홉 명을 미망인으로 만들 뻔했어……!

"그렇게 결정됐으면, 루! 이곳의 재료를 사용한 맛있는 음식을 만들어 줘!"

"네, 알겠습니다. 마침 점심을 먹을까 생각하던 참이었으니까요⋯⋯."

루가 웃으며 자리에서 일어섰다. 고생을 시키네⋯⋯. 이런 누나라서 면목이 없어.

결국 우리는 이틀 동안 카렌 누나에게 여러 가지를 안내하며 보냈다. 부부끼리만 화목하게 보내지는 못했지만 즐겁긴 즐거웠다.

마지막 날이 되자 카렌 누나가 또 하루만 더! 라고 하면서 떼를 쓰기 시작했지만 역시 더는 안 되지 않을까⋯⋯? '토키에할머니한테 부탁해 하루를 되돌려 달라고 할 테니까!' 라는 말까지 했지만, 내가 세계신님에게 연락하는 척을 하자 '농담이야!' 라면서 연락하지 말라고 애원했다. 와, 정말 부탁하려 했구나?

아무튼 길었던 신혼여행도 끝이다.

자, 돌아갈까. 우리의 브륀힐드로.

◇ ◇ ◇

"도차~악! 어서 와!"

"카렌 누나도 같이 돌아왔으면서……."

'어서 와'라고 말해 주는 사람이 있어서 기쁘긴 하지만.

우리가 전이한 현관홀에는 집사 라임 씨, 메이드장 라피스 씨, 메이드인 세실 씨, 레네, 셰스카, 요리장인 클레아 씨, 재상인 코사카 씨, 코하쿠를 비롯한 소환수 모두, 토키에 할머니 등이 맞이하러 나와 주었다.

"어? 모로하가 없네. 박정한 누나야."

"아니요. 카렌 님. 모로하 님은 기사들을 데리고 마수의 숲으로 토벌 훈련을 나가셨습니다. 사흘 전에 카렌 님도 들으셨잖습니까."

"………그랬나?"

코사카 씨가 조금 어이없다는 듯이 말했지만 시치미를 떼는 카렌 누나. 완전히 잊고 있었구나…….

내가 눈을 가늘게 뜨며 카렌 누나를 노려보는데, 옆에서 뛰쳐나온 검은 그림자가 내 옆구리에 퍼억! 하는 큰 소리를 내며 태클을 날렸다. 아야앗?!

"어서 와, 토야 오빠! 그래서, 그래서, 그래서?! 선물은?! 저편에서 가져온 선물은?!"

"너 정말……!"

나에게 태클을 감행한 사람은 술의 신인 모치즈키 스이카였다. 웬일로 맨정신인 듯한데 눈에는 핏발이 서 있고 이상한 웃음을 짓고 있어, 마치 금단 증상을 겪는 듯했다. 지금은 체격이 거의 비슷하니 온 힘을 다한 태클은 그만둬!

그렇게 소리치고 싶었지만, 붙들고 늘어져 나를 바라보는 눈에서 '술술술술술술술술술술술술술………' 하는 강력한 빔이 쏘아지고 있어 나는 조금 흠칫하고 말았다.

무서워진 나는 브랜디, 위스키, 와인, 일본주 중에서 다른 사람에게 줄 분량을 제외한 나머지를 【스토리지】에서 얼른 꺼냈다.

덧붙이자면 이것들은 할아버지의 지하 창고에서 꺼내 온 술이었다. 그 비밀 장소는 나와 할아버지밖에 모르니 문제없겠지. 아빠도 엄마도 술은 거의 안 마시니까. 일단 대금은 두고 왔지만. 사장되는 것보다는 누군가가 마셔 줘야 할아버지도 기쁘리라 생각한다. 마시는 사람이 이세계인이든 신이든 간에 상관없이.

"뉴후후후후후후후! 역시 오빠야! 이것도 저것도 다 맛있어 보여! 금주하며 기다린 보람이 있어!"

스이카가 바닥에 놓인 술을 반짝이는(번뜩이는?) 눈으로 바라보았다. 금주를 했단 말이야? 그렇게까지 해서……. 기대해 줬다니 그건 고마운 일이긴 하다.

"그럼 바로 마셔 볼까."

"잠깐. 여기서 마시려고?!"

순식간에 포장을 뜯은 스이카가 뽀옹 하고 일본주의 뚜껑을 열었다. 현관홀에 은은한 술 향기가 떠돌았다.

"우와아……. 향기부터 이 정도라니……! 좋은걸?! 이건 분명히 맛있을 거야!"

에구. 얜 진짜로 마실 생각이야. 진짜, 때와 장소를 생각해야지…… 앗.

"잘 먹겠습……."

예의 없이 병나발을 불려던 스이카였는데, 등 뒤에 서 있던 인물이 무턱대고 그 술을 휘익 빼앗았다.

"앗, 스승님."

에르제가 말을 거는데도 손에 든 술을 단숨에 들이켜는 타케루 삼촌. 언제 온 거지? 하고 생각을 하는 사이에 엄청난 기세로 술이 줄어든다.

"우오아아아아아아아아아————————?! 뭐야, 뭐 하는 짓이야?! 대체 뭐 하는 짓이야아아아아아아아아아아아?!"

눈을 번쩍 뜨며 스이기기 절규했다.

"음, 아주 맛좋은 술이군. 조금 더 쌉쌀해야 더 내 입맛에 맞겠다만."

타케루 삼촌은 그렇게 말을 하고는 다시 술을 들이켜기 시작했다. 스이카가 타케루 삼촌의 다리에 매달려 마구 흔들었다. 우와, 필사적이야.

"그만둬! 그만둬라, 타케루찡! 그건 내 술이다!!"

"쩨쩨하게 굴지 마. 목이 말랐단 말이다. 가끔은 뭐 어때?"

"우와아————————?! 물처럼 벌꺽벌꺽 마시다니————!

모독! 술에 대한 모독이냥~~~~~~! 최소한 맛이라도 봐야지! 아니지, 그만 마셔어어어어어어어!"

스이카의 바람도 소용없이, 타케루 삼촌은 병 하나를 다 비우고 '맛있었다'라고 하며 그 병을 스이카의 머리 위에 올려 두었다. 올려 두는 거냐?!

"에르제. 나중에 훈련장으로 와라. 실력이 무디어지지 않았는지 확인하겠다. 엔데도 있으니 바로 수행을 시작한다."

"네에~~~?!"

에르제의 질린다는 듯한 표정을 보고 타케루 삼촌이 껄껄 웃으며 현관홀 밖으로 나갔다. 여러 면으로 너무 호쾌해 탈이다.

스이카는 망연자실한 멍한 눈으로 천천히 머리에서 술병을 내리고는, 그걸 뒤집어 떨어져 내리는 한 방울의 술을 혀로 받아냈다.

"얘가 진짜……."

그리고 생기가 사라진 눈에서는 주르륵 눈물이 한줄기 흘러내렸다.

좀 불쌍해 보여…….

어쩔 수 없네. 나는 【스토리지】에서 장래에 먹으려고 남겨 두었던 준마이다이긴조를 한 병 꺼냈다. 할아버지가 아주 아끼는 술이라고 했었는데.

"자, 가져가. 이제 뺏기면 안 된다?"

"오오, 토야 오빠. 최고! 싸랑해!"

눈물을 흘리던 스이카가 나를 와락 껴안았다. 전에도 그렇고 지금도 그렇고 얘의 사랑은 참 가볍구나.

스이카는 핏발 선 눈으로 주변을 두리번거리더니, 【스토리지】와 같은 효과가 있을 커다란 포셰트에 내가 준 술을 잇달아 휙휙 집어넣었다.

아무도 안 훔쳐 가니 다급하게 넣을 필요 없는데…… 하고 생각했지만, 훌쩍 카리나 누나가 나타나서 빼앗아 갈 수도 있긴 하겠구나.

"그럼 난 이만 가 볼게! 다들, 어서 오십시오야!"

쌔앵~! 하고 스이카는 바람처럼 떠나갔다. 받을 물건 받았으면 볼일이 없다 그건가.

"이거 참, 아주 소란스럽군요……."

"후후. 그래도 '돌아왔다'는 실감이 들어."

한숨을 내쉰 야에에게 린이 미소를 지으며 대답했다. 린은 발밑으로 다가온 폴라의 머리도 쓰다듬어 주었다.

나도 코하쿠와 소환수들에게 '다녀왔어'라고 텔레파시로 인사를 했다.

〈어서 오십시오, 주인님.〉

다들 아무 일도 없어 보여 다행이다. 내가 마음을 놓고 있는데, 메이드장인 라피스 씨가 주뼛거리며 말을 걸었다.

"폐하……. 언제까지 그 모습으로 계실 건가요?"

"어?"

그러고 보니.

나는 새삼 자신의 모습을 확인했다. ……작다. 여전히 어린이다. 시선의 높이도 그대로다. 너무 오래 이 모습으로 지냈더니 적응이 돼 버렸어……. 근데 돌아왔는데도 왜 아직 이 모습 그대로지?! 세계신님, 이게 대체 어떻게 된 건가요?!

조금 초조해하기 시작한 내 곁으로 토키에 할머니가 미소 지으며 다가왔다. 그리고 작은 목소리로 귀엣말을 해 주었다.

"괜찮아. 아직 몸은 그 모습으로 고정된 상태지만, 곧 원래대로 돌아올 거야."

"그건 언제쯤……?"

"걱정 말려무나. 오늘 밤이 되기 전에는 원래대로 돌아올 테니."

다행이다. 한동안 계속 이 모습으로 지내야 하는 줄 알았네……. 여러모로 곤란한 점이 많으니까. ……여러모로.

"여러분! 돌아온 기념으로 오늘은 호화로운 식사를 해요! 저편…… 어흠어흠. 여행지에서 많은 요리를 배워 왔답니다! 클레아 씨! 선물을 많이 가지고 왔어요!"

"우후후. 기대되네요."

"네, 같이 만들어요!"

루가 짝! 하고 손뼉을 쳐서 지금의 상황을 무마하며 분위기를 환하게 바꾸었다. 돌아와서 환영을 받은 사람이 진수성찬을 차린다는 것도 좀 이상하긴 하지만.

"그럼 나도 훈련장에 다녀올까……실제로도 여행 중에는 운동 부족이었고, 너무 많이 먹은 것 같기도 하니…….”

에르제가 그렇게 중얼거리자, 야에와 힐다가 서로 얼굴을 마주 보며 조금 어색하게 웃었다.

"소, 소인들도 가 볼까요? 힐다 님!”

"그, 그러네요! 오랜만에 힘차게 몸을 움직이고 싶어졌어요!”

세 사람은 다 함께 현관홀 밖으로 나갔다. 이상한 위기감을 느꼈나 보네…….

"나도 에드의 얼굴이 보고 싶으이! 레네! 레네한테 줄 선물도 있으니 함께 가세!”

스우가 그렇게 말하자 레네는 옆에 있던 라피스 씨의 얼굴을 살폈다. 라피스 씨가 살짝 고개를 끄덕이자 레네는 미소를 지으며 스우에게 달려갔다.

니는 【스토리지】에서 스우가 끼고 있는 반지의 【스토리지】로 선물을 옮겼다. 이런저런 명목으로 많이 샀으니까.

겸사겸사 다른 아내들의 선물도 다 분배하자. 에르제, 야에, 힐다는 나중에 나눠 줘도 되려나.

스우와 레네를 【게이트】로 친정이 있는 오르트린데 공작 집안으로 보내고, 이어서 사쿠라도 학교의 교장 선생님인 어머니가 있는 학교로 보내 주었다.

루는 클레아 씨와 주방으로 갔고, 루를 도와주러 유미나와 린제도 따라갔다. 린은 바빌론에 들른다고 한다.

한편 나는…….

"이틀 늦게 오신 탓에 정무가 밀려 있습니다. 빠르게 확인해
주셔야 할 안건이 몇 개인가 있는데, 다행히 그 모습으로도 문
제없는 일들이군요. 가실까요, 폐하."

"저기요, 늦은 건 카렌 누나 탓이지 제 탓이 아닌데요……!"

나는 코사카 씨의 손에 이끌려 집무실로 연행되었다.

어? 갑자기 신혼여행이 끝났다는 실감이 드네. 일은 내일부
터 하면 안 될까요? 안 되는군요. 네, 알겠습니다.

조금 더 행복에 빠져 있고 싶었는데…….

그날의 저녁을 먹기 전에 다행히 원래의 모습으로 돌아왔
다. 이제 다시는 어린 모습이 되지 않겠어. 너무 불편해서 힘
드니까.

밤이 되기 전에 원래대로 돌아와서 다행이야……. 신혼이니
까. 아니, 별 깊은 의미는 없지만. 음냐음냐.

일단 나는 돌아왔다. 이 이세계에 스마트폰과 함께.

자, 내일부터 또 힘을 내 볼까요?

성의 발코니에서 뉘엿뉘엿 해가 지고 있는 브륀힐드 마을을
바라보며 나는 그곳에서 부는 온화한 바람을 온몸으로 느꼈다.

이세계는 스마트폰과 함께.

메카닉 설정 자료집

■ 발트라우테

<table>
<tr><td>개발자: 레지나 바빌론</td><td>본프레임 개발자: 레지나 바빌론</td></tr>
<tr><td>정비 책임자: 하이로제타</td><td>관리 책임자: 프레드모니카</td></tr>
<tr><td>소속: 브륀힐드 공국</td><td>탑승자: 루시아 레아 레굴루스</td></tr>
<tr><td>높이: 17.0미터(장비가 없을시)　중량: 7.9톤(장비가 없을시)</td><td>탑승 인원: 1명</td></tr>
</table>

메인 컬러: 녹색

무장: 어깨의 발칸포×2, 정재 나이프×2

　　　A모드: 정검×2, 대정검×2　　B모드: 다방향 대형 버니어

　　　C모드: 대형 장거리 캐넌포　　D모드: 증가 장갑, 대형 실드

'창고'에서 발견된 신형 프레임 기어의 기본 설계를 바탕으로 만들어진 루의 전용기. 발큐리아 시리즈 중 하나. 유격전 장비 교체형 프레임 기어. 전이 마법으로 무장을 변경해 ATTACKER(어태커), BOOSTER(부스터), CASTER(캐스터), DEFENDER(디펜더)라는 네 가지 타입으로 변경할 수 있다. 어떠한 전황에도 대처할 수 있게 설계된 멀티 타입의 기체다.

이 세계는 스마트폰과 함께.
메카닉 설정 자료집

■ATTACKER
〈어태커〉

■BOOSTER
〈부스터〉

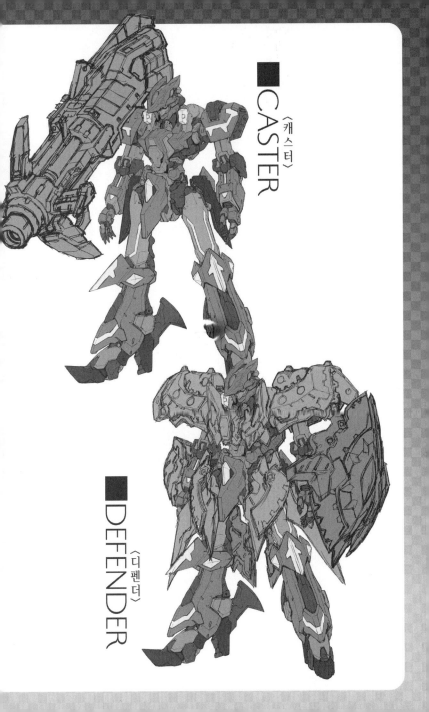

〈캐스터〉
CASTER

〈디펜더〉
DEFENDER

후기

『이세계는 스마트폰과 함께.』제21권을 보내드렸습니다.
즐겁게 읽으셨나요?

결혼식&신혼여행 에피소드였습니다. 마침 6월 발매이니 준
브라이드네요.
일본에서는 장마철과 겹쳐서 결혼식을 올리는 사람이 적다
는 이야기도 있지만, 여긴 이세계이니 그 점은 이해해 주시
길.

동물원에 간 에피소드 말인데, 이건 실제로 센다이의 동물
원에 가서 썼습니다. 그 자리에서. 네, 스마트폰을 들고 그 자
리에서 동물을 보며 집필했습니다.
본 그대로 집필하면 되기에 술술 잘 써지더군요. 둘러본 코
스도 대략 같습니다. 이야기를 재미있게 만들려고 조금 바꾼
부분도 있지만요.
동물원에 있던 북극곰의 이름이 폴라여서 웃음을 터뜨렸습

니다.

　이 책을 가지고 동물원에 가면 재미있을지도 모릅니다.

　경사스럽게도 토야와 약혼자들이 결혼했지만, 여기서 끝이라고 착각하시면 안 됩니다. 앞으로도 한참 더 계속됩니다.

　간행 속도는 조금 떨어지겠지만 계속해서 『이세계는 스마트폰과 함께.』를 잘 부탁드립니다.

　그러면 이번에도 감사의 말씀을.

　드디어 히로인들의 웨딩드레스 차림을 그려 달라고 부탁할 수 있었습니다. 우사츠카 에이지 선생님, 감개무량합니다. 감사합니다.

　오가사와라 선생님. 바쁘신 와중에도 프레임 기어를 멋지게 그려 주셔서 감사합니다.

　담당자 K 님. 하비재팬 편집부 여러분, 이 책을 출판하는 데 도움을 주신 여러분께도 감사의 인사를 드립니다.

　그리고 항상 『소설가가 되자』와 이 책을 읽어 주시는 모든 독자 여러분께 감사의 인사 올립니다.

후유하라 파토라

가면무도회를 열게 되는데——?!

문제 해결을 위해

토야에게 어떠한 상담을 하고

이세계는 스마트

후유하라 파토라 illustration■우사츠카 에이지

결혼식과 신혼여행을 무사히 마치고 이세계로 귀환한 토야와 아내들. 그러던 어느 날, 리프리스 황왕이

폰과 함께. 22

이세계는 스마트폰과 함께. 21

2021년 04월 15일 제1판 인쇄
2021년 04월 20일 제1판 발행

지음 후유하라 파토라 | **일러스트** 우사츠카 에이지

옮김 문기업

발행 영상출판미디어(주)
등록번호 제 2002-000003호
주소 21311 인천광역시 부평구 평천로 132 (청천동)
전화 032-505-2973(代) | FAX 032-505-2982

ISBN 979-11-6625-896-1
ISBN 979-11-319-3897-3 (세트)

異世界はスマートフォンとともに。21
ⓒ Patora Fuyuhara
Originally published in Japan by HOBBY JAPAN Co., Ltd.

힘들게 현자로 전직했더니 레벨1로 게임 세계에 다이브?!
머리는 어른, 몸은 꼬마! 귀여운 현자님의 이세계 분투기!

꼬마 현자님, Lv.1부터 이세계에서 열심히 삽니다!

1~2

내 이름은 쿠죠 유리, 열아홉 살!
VRMMO〈엘리시아 온라인〉을 플레이 중, 겨우겨우 염원했던 현자로 전직했어!
그런데 전직 퀘스트를 마치고 '진정한 엘리시아로 가겠습니까?'라는 선택지가 떠서
얼떨결에 승락했더니, 게임 속 세계로 들어왔어!
그런데 외모는 아바타와 똑같은 어린아이(8세)?! 게다가 레벨은 1이라고?
흐에에에엥~ 대체 어쩌다가 이렇게 된 거야아아아!
정신까지 어려진 꼬마 현자님, 이세계에서 어떻게든 잘 살아 보겠습니다!

아야토 유메 지음 / 타케하나 노트 일러스트

영상출판
미디어㈜

유미엘라 도르크네스, 백작가의 딸, 레벨 99,
히든 보스가 될 수도 있지만 마왕은 아닙니다(단호).

악역영애 레벨 99
~히든 보스는 맞지만 마왕은 아니에요~
1~2

RPG 스타일 여성향 게임에서 엔딩 후에 엄청 강하게
재등장하는 히든 보스, 악역영애 유미엘라로 전생했다?!
그것도 모자라 초반부터 레벨업에 몰두해 입학 시점에서 레벨 99를 찍고 말았다!!
평화로운 일상은 바이바이~ 사람들은 무서워하고, 주인공 일행들은
아예 부활한 마왕이라고 의심하는데……?!

아무튼 내가 최강이니 아무래도 좋은 마이 페이스 전생 스토리, 시작합니다!

타나바타 사토리 지음 / Tea 일러스트

영상출판
미디어㈜

경계미궁과 이계의 마술사

1~7

귀족의 서자로 계모와 이복형제들에게 학대를 받던 테오도르 가트너는
수로에 떠밀려서 죽을 뻔했을 때 『전생의 기억』을 되찾는다.

전생의 기억과 함께 마법을 쓰는 법도 떠올린 테오도르는 자신의 성장과
새로이 태어난 이 세계의 수수께끼를 찾기 위해,
자신을 보필하는 소녀 그레이스와 함께 집을 나와 미궁도시 탐월즈로 떠나는데──.

오노사키 에이지 지음 / 나베시마 테츠히로 일러스트

영상출판
미디어㈜

슬라임을 잡으면서 300년, 모르는 사이에 레벨MAX가 되었습니다
1~11

원래 세계에서 과로사한 것을 반성하고 불로불사의 마녀가 되어
느긋하게 300년을 살았더니──레벨99 = 세계 최강이 되어 있었습니다.
생활비를 벌려고 틈틈이 잡았던 슬라임의 경험치가 너무 많이 쌓였나?
소문은 금방 퍼지고, 호기심에 몰려드는 모험가, 결투하자고 덤비는 드래곤,
급기야 나를 엄마라고 부르는 몬스터 딸까지 찾아오는데 말이죠──.

슬라임만 잡는 이색 이세계 최강&슬로 라이프!
마음이 훈훈해지는 고원의 집으로 오세요!

모리타 키세츠 지음 / 베니오 일러스트

영상출판
미디어(주)